Vater, Mutter, Tod

Das Buch

»Sie ahnte, dass er oben in der Küche saß. Und mit jeder Sekunde, die der Zeiger der Küchenuhr weiterwanderte, wurde die Wut des Mannes größer. Er hatte ihr ausdrücklich befohlen, umgehend wieder zurückzukommen.«

In einer Neuköllner Wohnung stirbt ein kleiner Junge. Mord oder Unfall? Sein Tod löst bei den Eltern nicht nur Kummer und Schmerz aus, sondern ebenso eine unheilbringende Kettenreaktion …

»Spannung pur, Nervenkitzel garantiert und bis zum Schluss ein flüssig zu lesender Pageturner mit einer klaren, eingängigen Sprache, bei dem keine Sekunde Langeweile aufkommt.« *Nele Neuhaus*

Der Autor

Siegfried Langer, geboren 1966 in Memmingen, stand als Schauspieler auf der Bühne und vor der Kamera. *Vater, Mutter, Tod* ist sein erster Thriller. Er lebt in Berlin.

Siegfried Langer

VATER, MUTTER, TOD

Thriller

List Taschenbuch

Besuchen Sie uns im Internet:
www.list-taschenbuch.de

Dieses Buch ist ein Roman.
Alle Charaktere und die Handlung
sind frei erfunden.

MIX
Papier aus verantwortungsvollen Quellen
FSC® C083411

Originalausgabe im List Taschenbuch
List ist ein Verlag der Ullstein Buchverlage GmbH, Berlin
1. Auflage Juni 2011
3. Auflage 2012

Konzeption: semper smile Werbeagentur GmbH, München
Umschlaggestaltung: bürosüd° GmbH, München
Titelabbildung: Teller, Hintergrund: plainpicture, © Maria Dorner
Messer: bürosüd°
Satz: LVD GmbH, Berlin
Gesetzt aus der Adobe Garamond, You Are Loved und Helvetica
Papier: Munkenprint von Arctic Paper Munkedals AB, Schweden
Druck und Bindearbeiten: CPI – Clausen & Bosse, Leck
Printed in Germany
ISBN 978-3-548-61051-1

Gewidmet Edwin Strafford, Stephen Foxx, Victor Larenz, Jane Whittaker, Jinx Kingsley, Jane Marple, Mikael Blomkvist und natürlich auch Frank Miller und den Gebrüdern Tänzer

PROLOG

Die Frau hatte große Angst davor, in die Wohnung zurückzukehren.

Vom U-Bahnhof bis zur Haustür verblieb ihr genau so viel Zeit, wie sie benötigte, um eine Zigarette zu rauchen. Vor dem Haus angekommen, steckte sie sich die zweite an; sie wollte den Augenblick möglichst lange hinauszögern. Unruhig trat sie auf der Stelle.

Ihr Blick fiel auf ihren Oberarm. Obwohl der beginnende Sommer ihre Haut bereits sanft bräunte, traten dort – unterhalb des weißen T-Shirt-Ärmels – deutlich Spuren hervor. Spuren, die eine stark zudrückende Hand hinterlassen hatte.

Sie ahnte, dass *er* oben in der Küche saß. Und mit jeder Sekunde, die der Zeiger der Küchenuhr weiterwanderte, wurde die Wut des Mannes größer. Er hatte ihr ausdrücklich befohlen, umgehend wieder zurückzukommen.

Je länger sie sich Zeit ließ, desto schlimmer würde es werden. Die Konfrontation weiter vor sich herzuschieben ergab keinen Sinn. Also zog sie ein letztes Mal intensiv an ihrer Zigarette, gerade so, als könne sie Tatkraft und Mut inhalieren.

Dann warf sie den halb zu Ende gerauchten Glimmstengel zu Boden. Ohne die Glut ausgetreten zu haben, drehte sie sich zum Eingang.

In der fleckigen Glasscheibe der Haustür spiegelte sich ihr schulterlanges, blondiertes Haar. Leicht zitternd fischte sie ihren Schlüsselbund aus der Handtasche. Er glitt ihr aus den Fingern und landete leise scheppernd auf dem Gitter, auf dem sich Mieter und Besucher ihre Schuhe abstreifen sollten. Zum Glück rutschte er nicht durch.

Sie bückte sich, hob den Schlüsselbund auf und öffnete die Tür. Zu ihrer Erleichterung streckte ihr die neugierige Alte aus dem Hochparterre heute nicht den Kopf entgegen. Ihr Geschwätz hätte ihr gerade noch gefehlt. Mit dem Fahrstuhl fuhr sie hinauf in den achten Stock.

Als die Aufzugtür zur Seite glitt, dröhnten ihr laute Hip-Hop-Klänge entgegen. An anderen Tagen hämmerte sie wütend an die Wohnungstür der Stereoanlagen-Besitzer. Heute nicht. Sie beachtete weder den Lärm noch die Graffiti an den Wänden des Flurs.

Hinter der eigenen Tür schien Ruhe zu herrschen. Sie erinnerte sich daran, dass *er* einmal direkt nach dem Eintreten auf sie gelauert hatte. Er hatte sie grob hineingezerrt und ihr ohne Vorwarnung die Rückseite seiner Hand über die Wange gezogen. Sie war gegen die Garderobe geprallt und hatte Schürfwunden und Prellungen an Schulter und Oberarm erlitten. Ein Garderobenhaken hatte eine blutende Wunde verursacht – nur einen Fingerbreit neben dem Auge. Ihrem Hausarzt hatte sie erzählt, sie sei gestolpert.

Sie nahm sich ein Herz und versuchte, die Tür zu öffnen. Erst beim dritten Anlauf fand der Schlüssel sein Ziel.

Vorsichtig trat sie ein. Der Hip-Hop-Beat überlagerte alles. Unmöglich, Geräusche aus den eigenen vier Wänden wahrzunehmen. Sie sah sich um, entdeckte *ihn* aber nicht.

Ob er schon schlafen gegangen war? Wenn er morgens aufwachte, war er meistens friedfertiger.

Und wenn sie ganz großes Glück hatte, dann waren für ihn die Ereignisse des Vorabends bereits in einem seligmachenden Nebel verschwunden.

Die Luft war rauchgeschwängert und ließ ihre Augen blinzeln. Zu den dröhnenden Klängen von nebenan gesellte sich der Geruch von Bier und Hochprozentigem. Die Atmosphäre in der Wohnung konnte sich mit der jeder Neuköllner Eckkneipe messen.

In Richtung der Wohnküche wurden die Schwaden dichter.

Die Frau glaubte nicht mehr daran, dass *er* bereits im Bett lag.

Sie hängte den Schlüsselbund an ein Bord und ihre Handtasche an die Garderobe.

Dann gab sie ihr Bestes, sich Selbstsicherheit einzureden und trat in den Türrahmen.

Ganz ruhig saß er da, der Mann, auf einem Stuhl am Esstisch. Vor ihm standen vier leere Flaschen Pilsator und eine angefangene. Eine zerknüllte Packung Marlboro und drei ausgetrunkene Fläschchen Kräuterschnaps lagen daneben, auf einem Schneidebrett ein Brot, dazu ein Brotmesser.

Der Blick des Mannes war auf die eintretende Frau gerichtet, genauso wie der Blick des Jungen, der neben ihm saß.

Der Junge hielt einen Esslöffel in der Hand, sein Teller Cornflakes war beinahe leer gegessen. Am Tellerrand, zwischen einem Tetrapak Milch und dem angebrochenen Cornflakes-Karton, hielt eine handgroße, mit einer Harpune bewaffnete SpongeBob-Figur Wache.

Die Augen des Jungen wurden größer; der Löffel rutschte ihm aus den Fingern und landete klappernd im Teller. Der Junge wollte aufstehen, aber die kräftige Pranke des Mannes drückte ihn zurück auf den Küchenstuhl.

Einen weiteren Versuch unternahm der Junge nicht. Er setzte zum Sprechen an, doch die strengen und gleichzeitig glasigen Augen des Mannes unterbanden auch dies.

»Ich bin zurück«, sagte die Frau überflüssigerweise.

Der Mann sah an ihr hinauf und dann nach oben über den Türrahmen.

Der Frau war klar, dass dort die Zeiger der Küchenuhr dem Mann unbarmherzig Munition lieferten.

»Es ist später geworden als geplant, aber …«

Der Mann unterbrach sie rüde.

»Es is' später geworden, ja.«

»Ich habe dort noch …«

Die Frau hielt mitten im Satz inne, obwohl der Mann jetzt sanft und leise und überraschend deutlich sprach: »Was habe ich dir gesagt, als du losgegangen bist?«

»Aber ich habe dort noch ...«

Der Mann erhob leicht seine Stimme: »Ich hab' dich gerade gefragt, was ich dir gesagt hab', als de losgegangen bist.«

Die Frau schluckte. »Dass ich danach sofort wieder nach Hause kommen soll«, antwortete sie leise.

»Wie lange hat die Fahrt gedauert?«

Die Augen des Mannes fixierten die Frau; sie wich seinem Blick aus, sah zu Boden.

»Ich habe nicht auf die Uhr geschaut.«

»Wie lange hat die Fahrt gedauert?«

»Ich weiß es nicht. Eine Stunde? Anderthalb Stunden?«

Erneut blickte der Mann auf die Küchenuhr.

»Und wie spät is' es jetzt?«

»Mir ist klar, dass ich spät dran bin, aber ...«

»Ich hab' dir 'ne einfache Frage gestellt.«

Sie nahm all ihren Mut zusammen, hob leicht den Kopf und trat in die Küche. Sie wollte zum Kühlschrank. Vielleicht gelang es ihr, die Situation zu überspielen.

Völlig unvermittelt sprang der Mann auf. Sein Stuhl und der Tisch wackelten.

Der Junge erschrak. Hastig grapschte er nach seiner SpongeBob-Figur, ehe sie umfallen konnte.

Der Alkohol zeigte seine Wirkung. Die rasche Bewegung hatte dem Gleichgewichtssinn des Mannes zu viel abgefordert. Leicht gebückt und seine Hände zu Fäusten geballt, stützte er sich auf dem Küchentisch auf, um neue Kraft zu sammeln. Er schnaubte dabei wie ein wütender Bulle.

Es dauerte nicht lange – die Frau hatte gerade den Griff der Kühlschranktür erreicht –, da hob er erneut seine Stimme.

»Du wirst mir gefälligst antworten, wenn ich dich etwas frage.«

Die Frau wusste nun, dass der Mann nicht lockerlassen würde. Sie ließ den Kühlschrank geschlossen und wandte sich wieder dem Mann zu.

»Weißt du, dass ich das alles hier so was von satthabe?«

Der Mann lachte laut auf.

»Du hast das alles hier satt? Du?«

»Ja, ich. Und am meisten habe ich dich satt!«

»Wer kümmert sich denn nicht um seinen Haushalt, hä? Wer kümmert sich denn nicht drum, dass was Ordentliches zu essen auf'm Tisch steht?«

Zum ersten Mal fasste der Junge Mut und mischte sich ein.

»Aber Cornflakes sind doch …«, wollte er der Frau zur Seite stehen.

Der Mann gab dem Jungen einen heftigen Klaps auf den Hinterkopf: »Du hältst die Schnauze, Kleiner.«

»Lass den Jungen in Ruhe«, sagte die Frau, ohne lange zu überlegen.

»Willste mir schon wieder Befehle geben?«

»Ich habe nur gesagt, dass du den Jungen in Ruhe lassen sollst.«

»Ich behandle ihn so, wie ich's für richtig halte. Das hab' ich dir heut' schon mal gesagt.«

»Wenn du jemanden schlagen willst, dann schlag

mich«, erwiderte die Frau, um den Mann von dem Jungen abzulenken.

»Das hatt' ich sowieso vor. Aber wenn de mich nun auch noch so nett drum bittest ...«

Er machte einen Schritt auf sie zu. Doch wieder taumelte er. Seine Hand suchte Halt auf dem Küchentisch.

Plötzlich hielt er das Brotmesser in der Hand.

Mit zusammengekniffenen Augen musterte er ihr Gesicht.

»Das letzte Andenken is' ja recht gut verheilt. Zeit für'n neues.«

Wütend stapfte er auf sie zu.

Das Brotmesser näherte sich bedrohlich dem Gesicht der Frau, gleichzeitig rang er um sein Gleichgewicht.

Die Frau griff nach der Hand des Mannes und drückte sie mit ihrer ganzen Kraft nach unten.

Der Mann schien überrascht.

Für einen Augenblick verharrten die beiden Hände und das Messer in Hüfthöhe.

Der Junge nutzte die Gelegenheit. Ungestüm sprang er auf und stieß dabei seinen Cornflakes-Teller vom Tisch. Scheppernd zersprang er in unzählige Scherben. Ohne das Malheur weiter zu beachten, rannte der Junge um den Mann herum und stellte sich schützend vor die Frau. Er streckte dem Mann drohend die Harpune der SpongeBob-Figur entgegen.

Der Mann ignorierte den Jungen. Er spannte seine Muskeln an und stemmte seine Hand nach oben, doch die Frau hielt erfolgreich dagegen.

»Dann bekommste dein Andenken eben an 'ner andren Stelle«, drohte der Mann.

Völlig unerwartet stach der Mann nach vorne.

Das Messer ritzte das T-Shirt der Frau auf und schnitt in die darunterliegende Haut.

Blut benetzte den weißen Stoff.

Die Frau achtete nicht auf den Schmerz. Sie erkannte die Gefahr, in der der Junge schwebte. Er musste zur Seite, schnell.

Mit ihrer anderen Hand versuchte sie, den Jungen von sich zu stoßen. Im selben Moment zuckte das Brotmesser erneut nach vorne.

Die Frau schubste den Jungen geradewegs hinein.

Das Brotmesser schlitzte den Hals des Jungen auf, traf genau die Schlagader.

Blut! Sofort brach es in pulsierenden Strömen hervor.

Der Junge sah ungläubig zu dem Mann, anschließend ins Gesicht der Frau.

Sein Mund öffnete sich und schloss sich wieder. Kein Laut verließ seine Lippen.

Kraftlos sackte er in sich zusammen. Seine Finger vermochten die SpongeBob-Figur nicht mehr festzuhalten. Sie fiel zu Boden und kam neben den blauweißen Scherben des Cornflakes-Tellers zu liegen.

Immer mehr Blut quoll aus dem Hals des Jungen hervor, auf dem beigefarbenen Teppich erschien ein immer größer werdender Fleck in dunklem Rot.

Die Frau ging in die Knie.

Sie nahm den blutverschmierten Kopf des Jungen in den Schoß.

Die Augen des Jungen stierten sie an.

Für einen Sekundenbruchteil dachte sie daran, einen Krankenwagen zu rufen, doch sie wusste, dass es bereits zu spät war.

Die Augen des Jungen waren leer geworden, sie sahen geradewegs durch die Frau hindurch.

Ein markerschütternder Schrei übertönte die dumpfen Hip-Hop-Rhythmen der Nachbarn.

1. KAPITEL

Jacquelines Berichterstattung

In ihrer Mittagspause ging Jacqueline gemeinsam mit ihrer Mutter shoppen. Sie verlor sie dabei aus den Augen. Am Abend desselben Tages behauptete ihr Mann, dass ihre Mutter bereits vor zwei Jahren gestorben sei.

Der Morgen hatte für Jacqueline Adam genauso angefangen wie viele andere davor.

René, ihr Mann, war bereits aus dem Haus, als sie sich in der Küche um das Pausenbrot ihres Sohnes kümmerte. Sie liebte diese Küche. Seit zwei Monaten war sie nun fertig. Eine mehr als fünfunddreißig Quadratmeter große Wohnküche, in amerikanischem Stil, mit einem Arbeits- und Kochtresen, der gleichzeitig als Raumteiler fungierte. Die gesamte Einrichtung in weißen und bordeauxroten Tönen gehalten. Alles exakt so verwirklicht, wie sie es der Innenausstatterin aufgetragen hatte.

Vor ihr auf der Arbeitsfläche lag ein Vollkornbrot. Mit einem Brotmesser schnitt sie zwei dünne Scheiben davon ab. Sie belegte die Scheiben mit Gouda und garnierte das

Ganze mit einem Salatblatt. Danach teilte sie einen Apfel, entkernte ihn und schnitt ihn in acht mundgerechte Stücke. Die beiden Brote legte sie zusammen mit den Apfelteilen in eine blaue Plastikbox. Für Lukas, ihren geliebten Lukas. Sieben Jahre alt war er vergangenen Winter geworden.

Neben dem Arbeitstresen, auf dem Esstisch, stand noch Lukas' leerer Teller; seine Cornflakes hatte der Junge aufgegessen.

Jacqueline wollte eben den Teller wegstellen, da klingelte es an der Tür.

»Ich mach auf«, hörte Jacqueline ihren Sohn aus der Richtung des Badezimmers rufen und gleich darauf vernahm sie, wie Lukas zur Haustür flitzte.

Jacqueline griff nach der Pausenbox und ging zur Küchentür. Sie sah, wie ihr Sohn die junge Frau im Flur herzlich umarmte: Ayse.

Er ist nun alt genug, um ihm das endlich abzugewöhnen, dachte Jacqueline und nahm sich vor, es abends anzusprechen.

Ayse kam, um Lukas abzuholen und ihn zur Schule zu bringen.

»Guten Morgen, Frau Adam«, sagte Ayse. »Au, nicht so doll, Lukas.«

»Guten Morgen, Ayse.«

Ayse musterte den Jungen: »Oh, da hat sich aber einer schick gemacht.«

Jacqueline wusste sofort, was Ayse meinte. Lukas' Haar saß sauber links gescheitelt und er trug sein neues weißes Hemd. Jacqueline war stolz auf ihn.

»Das habe ich ganz alleine gemacht. Ich habe einen neuen Kamm.«

Er zog den Hornkamm, den ihm sein Vater gestern geschenkt hatte, aus der Gesäßtasche, und präsentierte ihn Ayse.

»Von Papa.«

Ayse nickte anerkennend.

»So, wir müssen los«, sagte sie dann.

Lukas' Schulranzen stand bereits fertig gepackt an der Haustür. Er schulterte ihn und lief noch einmal zurück zu seiner Mutter. Jacqueline ging leicht in die Knie, damit er sie zum Abschied auf die rechte Wange küssen konnte. Wie immer.

Sie drückte ihm die Plastikbox in die Hand.

»Werden Sie noch hier sein, wenn ich zurückkomme, Frau Adam?«

»Nein, ich muss heute ins Büro.«

»Dann wünsche ich Ihnen einen schönen Tag.«

»Den wünsche ich Ihnen auch, Ayse.«

Ayse ließ Lukas an sich vorbei und folgte ihm dann in den Vorgarten.

Wie jeden Morgen fuhr Ayse ihn in die John-F.-Kennedy-Schule nach Zehlendorf. Jacqueline war froh, dass er dort untergekommen war. Die Aufnahme war nicht einfach gewesen, doch zum Glück hatten Renés Kontakte ausgereicht. So lernte er bereits ab der ersten Klasse Englisch. Jacqueline wollte ihn fürs spätere Leben gut vorbereitet wissen.

Und der Schulweg, die Strecke von Kleinmachnow

nach Zehlendorf, war mit dem Auto schnell bewältigt. Ayse war den Adams eine große Hilfe.

Jacqueline wollte nur noch das benutzte Geschirr in die Spülmaschine räumen, bevor sie zur Arbeit aufbrach. Doch als sie das Brotmesser berührte, fuhr plötzlich ein höllischer Schmerz durch ihren Kopf. Ohne jegliche Vorwarnung kam er; Jacqueline hatte das Gefühl, ihr Schädel wolle explodieren.

Sie schrie schrill auf, und gleichzeitig zuckte ihr Körper für einige Sekunden, als hätte sie an ein Stromkabel gefasst.

So schnell der Schmerz im Kopf gekommen war, so rasch war er auch wieder vergangen. Dafür breitete er sich nun an ihrer Hüfte aus. Sie sah an sich hinab und war entsetzt. Sie hatte sich mit dem Brotmesser ihre weiße Bluse und die Hüfte aufgeschlitzt. Die Stofffetzen färbten sich rot, Jacqueline wurde übel. Sie taumelte. Während sich die eine Hand um den Griff des Brotmessers verkrampfte, suchte sie mit der anderen hilflos nach Halt auf dem Küchentisch. Ihr Handballen klatschte auf die Kante von Lukas' Cornflakes-Teller. Sich selbst überschlagend, flog er in die Luft und landete auf dem Parkettfußboden.

Mit lautem Scheppern zerbrach er.

Jacqueline erschrak erneut, sie zitterte am ganzen Körper. Ungläubig starrte sie auf die Misere: Das Zwiebelmuster des Tellers hatte sich in ein blauweißes Chaos verwandelt.

Jacqueline bemerkte, dass sie immer noch das blutbefleckte Brotmesser festhielt. Sie legte es auf den Tisch und schob es weit von sich.

Dann massierte sie sich die Schläfen.

An Kopfschmerzen litt sie des Öfteren, doch so plötzlich und so intensiv waren sie bisher nicht aufgetreten.

Erst mal durchatmen, dachte sie, zur Ruhe kommen.

Vor kurzem hatte sie in einem Magazin gelesen, dass epileptische Anfälle viel häufiger auftraten als gemeinhin bekannt. Viele Menschen erlitten nur einen einzigen in ihrem Leben, und diesen im Schlaf. Sie waren sich dessen also noch nicht einmal bewusst.

Vielleicht ist es etwas Vergleichbares gewesen?, dachte sie.

Eine kurze Fehlfunktion im Nervensystem?

Ein einmaliger Aussetzer?

Sie beschloss, die Erinnerung an die eben erlittenen Qualen zu verdrängen.

Jacqueline zog ihre Bluse aus und ließ sie neben den Scherben zu Boden fallen. Sie besah sich den Schnitt in ihrer Hüfte. Die Wunde hatte zum Glück aufgehört zu bluten. Das Messer war nicht sehr tief eingedrungen.

Ein Heftpflaster sollte ausreichen, dachte sie und holte sich eines aus dem Arzneischrank im Bad.

Nachdem sie die Wunde versorgt hatte, nahm sie sich ein Aspirin aus dem Schrank. Sie kehrte zurück in die Küche, löste die Tablette in einem Glas Wasser auf und trank die trübe Flüssigkeit.

Mit Daumen und Zeigefinger griff sie nach dem Messer. Unter heißem Wasser spülte sie es ab und steckte es zurück in den Messerblock.

Dann bewaffnete sie sich mit Schaufel und Besen und kehrte die Scherben zusammen.

Ihr lag sehr daran, dies eigenhändig zu tun und nicht Ayse zu überlassen.

Die Fragen nach den Scherben hätten nur Fragen nach dem Anfall nach sich gezogen. Sie wollte nicht mehr daran denken müssen.

Jacqueline kippte die Scherben auf ihre zerschnittene Bluse und wickelte sie darin ein. Das gesamte Bündel steckte sie in eine Plastiktüte.

Nachdem sie sich eine frische Bluse angezogen hatte, hängte sie sich ihre Handtasche um. Ein letztes Mal kontrollierte sie im Spiegel, ob Frisur und Make-up saßen. Ihre blonden, leicht gelockten Haare fielen elegant bis zu den Schultern, ihr Teint wirkte frisch und gesund. Jacqueline gefiel sich. Die Aktenmappe unter den Arm geklemmt, schnappte sie sich die Plastiktüte und verließ das Haus.

Im Carport stand ihr roter Mercedes. Sie stieg ein und machte sich auf den Weg in ihr Büro in der Friedrichstraße.

Auf halber Strecke hielt sie am Straßenrand an und entsorgte die Plastiktüte in einem orangefarbenen Mülleimer der Berliner Stadtreinigung.

*

Ihren Wagen parkte sie wie immer in der Tiefgarage, direkt unterhalb des Bürogebäudes. Obwohl sie das Architekturbüro nicht täglich besuchte – vieles erledigte sie von zu Hause aus –, hatte sie einen festen, nur für sie reservierten Platz. Auf ihrem Weg zum Fahrstuhl sah sie aus der Ferne einen grau gekleideten Mann vom Sicherheitsdienst, der zusammen mit einem Schäferhund seine Runde drehte. Das Klacken ihrer Absätze hallte durch die weitläufigen Räume. Der Uniformierte drehte sich zu ihr um, musterte sie kurz und wandte sich wieder ab.

Sie betrat die Aufzugkabine – und ertappte sich dann dabei, dass sie auf die Zahlenleiste starrte.

Sie wusste nicht, welche Sensortaste sie berühren sollte.

Sie hatte das Gefühl schon einmal gehabt. Vor etwa acht Wochen. Die Geheimzahl ihrer EC-Karte war ihr nicht mehr eingefallen; und nur deshalb, weil sie sich am Geldautomaten auf die Zahl konzentriert hatte. Solange sie die vierstellige Kombination über Monate hinweg unbewusst eingetippt hatte, war es kein Problem für sie gewesen, sie im Gedächtnis zu behalten.

Es war ihr peinlich gewesen, vor ihrem Bankberater zugeben zu müssen, dass sie sich selbst die Karte gesperrt hatte, weil sie einmal zu oft die falsche Ziffernfolge ausprobiert hatte.

Daran musste sie nun denken.

Dann drückte sie – ganz instinktiv – die ›7‹.

Völlig geräuschlos glitt der Fahrstuhl nach oben. Sie betrachtete ihr Gesicht in den verspiegelten Wänden und wischte sich mit dem Mittelfinger eine Wimper von der Wange.

Im siebten Stockwerk angekommen, wandte sie sich nach links und passierte eine Glastür. Sie fand sich vor einem Tresen wieder.

Eine Frau in einem weißen Kittel saß dahinter und schrieb in kleinen Buchstaben etwas in einen überdimensionierten Terminkalender. Sie blickte auf. An ihrer Brust haftete ein Namensschild, das sie als ›Schwester Ramona‹ auswies.

»Guten Morgen! Haben Sie einen Termin?«

»Wie bitte? Was?«

»Ob Sie einen Termin haben.«

Jacqueline wusste nicht, was diese Frau von ihr wollte, geschweige denn, wo sie war.

»Oder haben Sie akute Schmerzen? Dann können wir Sie auch so drannehmen. Sie müssten allerdings etwas warten.«

Schwester Ramona starrte Jacqueline erwartungsvoll an.

»Waren Sie schon mal hier bei uns?«, fragte sie dann.

»Ich … ich weiß nicht.«

Mit Befremden registrierte Jacqueline, dass sie stotterte.

»Sagen Sie mir bitte Ihren Namen?«

»Adam«, antwortete Jacqueline nach einem Augenblick des Zögerns.

Die Sprechstundenhilfe drehte sich zur Seite und tippte etwas in eine Computertastatur.

»Vorname?«

»Jacqueline.«

»Nein«, vermeldete sie nach einer kurzen Suche. »Ich finde Sie nicht in der Datenbank. Dann bräuchte ich bitte Ihr Krankenkassenkärtchen.«

Sie musterte Jacqueline und ergänzte: »Oder sind Sie privat versichert?«

»Privat.«

Langsam wurde sich Jacqueline der Situation bewusst.

»Wo bin ich hier?«, fragte sie.

Jacqueline sah in das verwirrte Gesicht ihres Gegenübers und vermutete, dass sie selbst keinen weniger konfusen Eindruck vermittelte.

»Ich verstehe nicht«, sagte Schwester Ramona.

»Das hier ist eine Arztpraxis«, sagte Jacqueline in einem Tonfall, als würde sie verkünden, ihr wäre die Entwicklung eines Heilmittels gegen Krebs geglückt.

»Äh, ja, das ist eine Arztpraxis.« Die Sprechstundenhilfe runzelte die Stirn, dann ergänzte sie: »Eine Zahnarztpraxis.«

»Eine Zahnarztpraxis?«

»Wo wollten Sie denn hin?«

»Zur Arbeit. In mein Büro. Ich bin Architektin.«

»Eine Etage über uns ist ein Architekturbüro.«

Erst jetzt wurde Jacqueline klar, dass ihr diese absurde Situation den Atem geraubt hatte. Sie schnappte nach Luft. Dann lachte sie schallend auf.

»Oje, dann bin ich ein Stockwerk zu früh ausgestiegen.«

Schwester Ramona wirkte nun deutlich erleichtert.

»Und ich dachte schon ... Sind ja genügend Psychopathen in dieser Stadt unterwegs.«

»Ich bin schlicht und einfach ein Stockwerk zu früh ausgestiegen«, wiederholte Jacqueline, als müsse sie es sich selbst bestätigen. »Es tut mir leid wegen der Aufregung.«

»Hat sich ja zum Glück alles aufgeklärt.«

Jacqueline verabschiedete sich und verließ die Zahnarztpraxis.

Zurück in der Aufzugkabine, berührte sie erneut das Feld mit der Ziffer 7. Doch die Fahrstuhltür schloss sich nicht.

Der Aufzug ist defekt, dachte sie, deswegen hat er in der falschen Etage angehalten.

Noch einmal presste sie ihren Daumen auf die Taste. Nichts passierte. Sie blickte zur Leuchtanzeige über der Fahrstuhltür: Rote Dioden formten dort deutlich erkennbar eine ›7‹. Nun war sie sich sicher, dass die Ursache technischer Natur war.

Im Büro würde sie als Erstes zu Simon gehen, um ihm den Missstand mitzuteilen. Simon sollte sich mit dem Facility Management in Verbindung setzen und den Defekt melden.

Sie beschloss, das eine Stockwerk zu Fuß zu gehen.

Vorhin, als sie das erste Mal die Kabine verlassen hatte, hatte sie es nicht bemerkt, aber jetzt fiel ihr Blick auf ein Schild mit Orientierungshilfen.

Unter den Worten ›Zahnarztpraxis Dr. Albert Kolm‹ zeigte ein Pfeil nach links und unter dem Hinweis ›Steuerberatungsbüro Berlin-Mitte GmbH‹ einer nach rechts. Doch das war es nicht, was sie erschrecken ließ. Mit einem Mal fröstelte sie.

Am oberen Ende des Schildes stand eine große römische VII zu lesen.

Die Etage war korrekt, die Technik in Ordnung.

Plötzlich fiel es ihr ein. Sie hatte sich geirrt: Ihr Büro lag im achten Stock!

Sie konnte sich nicht erklären, warum sie bereits in der siebten Etage hatte aussteigen wollen.

Vielleicht war sie vorhin durcheinandergekommen, als sie in der Tiefgarage auf die Zahlenleiste gestarrt hatte. So wie damals beim Eintippen der Geheimzahl ihrer EC-Karte.

Oder Überarbeitung? Zu viel Stress in den letzten Tagen?

Das Hotelprojekt am Flughafen Schönefeld hatte Dutzende Überstunden notwendig werden lassen. Dass die Entscheidung der französischen Investorengruppe nun jeden Moment eintreffen konnte, spannte ihre Nerven spürbar an. Möglicherweise war dies auch die Ursache der plötzlichen Kopfschmerzen heute Morgen in der Küche. Ja, es war bestimmt etwas Psychosomatisches gewesen.

Zurück in die Aufzugkabine und die ›8‹ gedrückt.

Die Tür glitt zu und kurz darauf wieder auf.

Das Hinweisschild hier verwies zur Linken auf das ›Architekturbüro Friedrich Vogt & Simon Hall‹.

Sie öffnete die Glastür und trat ein, aufrechten Ganges.

Ausgelassenes Gelächter empfing sie.

Für einen kurzen Augenblick verharrte sie.

Machte sich da jemand über sie lustig?

Hatte einer ihrer Kollegen ihre Odyssee beobachtet?

Sie erkannte, dass die Fröhlichkeit am anderen Ende des langen Flurs ihren Ursprung hatte. Dort lag Simons Zeichenbüro.

Nun hörte sie auch Gläserklirren. Ihre Kollegen schienen etwas zu feiern.

Ihr eigenes Büro lag auf halber Strecke zu den Arbeitsbereichen der beiden Chefs. Sie legte Handtasche und Aktenmappe auf ihren Schreibtisch. Noch ein kurzer Blick in den Spiegel, dann schritt sie nach hinten.

Simon grinste sie breit an, als er sie in der Tür entdeckte. Seine Augen glitzerten; auf seiner Stirn standen Schweißperlen; sein Krawattenknopf war gelöst und saß drei Fingerbreit zu tief.

Es schien nicht sein erstes Glas Champagner zu sein, das er da in der Hand hielt.

Vor ihm standen drei Flaschen Veuve Clicquot, zwei davon leer.

Eben noch salopp und zurückgelehnt in seinem Bürostuhl sitzend, erhob er sich nun – leicht schwankend – und prostete ihr zu.

»Da kommt sie ja endlich, unsere Star-Architektin.«

Jacqueline verstand nicht und sah sich rasch um, um herauszufinden, was hier los war.

Alle waren sie hier und blickten ihr entgegen: Sowohl die anderen sieben Architekten als auch die beiden Damen, die für das Sekretariat und die Buchhaltung zuständig waren; zu ihnen hatte sich noch die derzeitige Auszubildende gesellt.

»Annekatrin«, sagte Simon nun zu Letzterer. »Bitte schenken Sie Frau Adam auch ein Gläschen ein.«

Selbst Herr Vogt, der Seniorchef, stand, an einen hüfthohen Büroschrank gelehnt, im Zimmer und feierte mit. An seinem Glas hatte er zumindest genippt, wie Jacqueline erkennen konnte.

Sie begrüßte ihn mit einem kurzen Kopfnicken, was er wohlwollend quittierte.

Auch glaubte sie, ein Lächeln unter seinem buschigen, grauen Schnurrbart zu erkennen. Sie wusste nicht, ob sie dort jemals zuvor eines gesehen hatte.

»Guten Morgen erst einmal.«

Während die anderen ihren Gruß erwiderten, drückte Annekatrin ihr bereits einen Sektkelch in die Hand. Er fühlte sich angenehm kühl an.

Obwohl sie inzwischen ahnte, was geschehen sein konnte, gab sie sich unbedarft: »Was ist denn hier los? Und was soll der Unsinn mit der ›Star-Architektin‹?«

»Bescheidenheit ist eine Zier, doch weiter kommt man ohne ihr«, zitierte Simon.

Der Champagner öffnete seinem mühsam unterdrückten englischen Akzent wieder Tür und Tor. Da Jacqueline seit Jahren mit ihm zusammenarbeitete, hatte sie ganz vergessen, dass er kein deutscher Muttersprachler war.

»Ich wusste gar nicht, dass du deutsche Sprichwörter kennst.«

»Oh, meine liebe Star-Architektin, ich bin sogar des Französischen mächtig. Ich sage nur zwei Worte.«

Simon setzte sich gerne in Szene, so auch diesmal. Genüsslich wartete er einige Sekunden ab, um die Spannung zu erhöhen.

Dann kam er auf sie zu, hielt ihr sein Glas entgegen und Jacqueline stieß das ihre sanft dagegen.

Ein leises Klirren, dazu sein Kommentar: »›Le Mirage‹! Santé!«

»Nein«, sagte Jacqueline überwältigt.

»Mais oui, Madame.«

Das Projekt am Flughafen. Tatsächlich.

»Heute Morgen kam der Anruf aus Paris. Sie erwarten kleine Nachbesserungen, aber sie haben sich für unseren Entwurf entschieden. Eigentlich sollte ich sagen: für deinen.«

Jacqueline fühlte Glück. Eine gewaltige Woge davon erfüllte sie.

»Es war unsere gemeinsame Arbeit«, berichtigte sie.

»Na, na, na, Frau Adam«, dröhnte von der Seite die sonore Stimme von Herrn Vogt, »da schließe ich mich doch gleich dem Spruch mit der Bescheidenheit an.«

»Entschuldige, dass wir bereits ohne dich angefangen haben«, sagte Simon, »aber die Euphorie hat uns übermannt.«

»Kein Problem«, entgegnete Jacqueline und nahm endlich einen Schluck Veuve Clicquot.

Der Champagner verstärkte ihr Glücksgefühl.

Sie dachte kurz an ihre Hochzeit mit René und an die Geburt ihres Sohnes. Dass das ›Le Mirage‹ nun nach ihren Plänen am Berlin Brandenburg International gebaut werden sollte, war ein weiterer Höhepunkt in ihrem Leben.

Sie genoss den Augenblick.

Im Rampenlicht zu stehen gefiel ihr. Eine wunderbare Würdigung ihrer Arbeit. Auch wenn sie nach außen hin die Bescheidene gab: Sie meinte, die Anerkennung und die Aufmerksamkeit verdient zu haben.

Simon goss nach. Jacqueline war nicht aufgefallen, dass sie das Glas vollständig geleert hatte.

»Das mit Abstand größte Auftragsvolumen, das dieses Büro jemals hatte«, konstatierte Herr Vogt.

Ein Lob aus *seinem* Munde, freute sich Jacqueline, während ihr der Champagner langsam zu Kopfe stieg.

»Kann mich mal jemand festhalten, damit ich nicht zur Decke schwebe?«

Sie erntete Kichern und fröhliches Lachen.

»Festhalten?«, fragte Herr Vogt. »Ich werde Sie anketten und die Türen verschließen!«

Hatte er tatsächlich mitgelacht?

Sie beschloss, diesen wunderbaren Moment für einen wohlinszenierten Abgang zu nutzen.

»Dann wartet ja nun jede Menge Arbeit auf mich.«

In sachlichem Ton wandte sie sich an Frau Paczoska, eine der beiden Sekretärinnen: »Haben Sie mir die Unterlagen aus Paris bereits kopiert?«

Die Sekretärin erschrak.

»Mache ich sofort, Frau Adam.« Und schon war sie aus Simons Büro verschwunden.

Den Sektkelch in der Hand folgte Jacqueline.

Simon hatte von kleinen Nachbesserungen gesprochen. Sie wollte möglichst umgehend daran arbeiten und begab sich zu ihrem Schreibtisch.

Die Party war zu Ende – sowohl für Jacqueline als auch für ihre Kollegen.

*

Gegen Mittag war Jacqueline mit ihrer Mutter verabredet.

Zunächst hatte sie gedacht, das Treffen absagen zu müssen. Doch als sie die Dokumente, die Frau Paczoska in Windeseile kopiert hatte, ein erstes Mal überflog, merkte sie schnell, dass die französische Investorengruppe weitaus weniger Veränderungen wünschte, als sie befürchtet hatte.

So verließ sie kurz vor 13 Uhr ihr Büro, immer noch leicht beschwingt vom Veuve Clicquot.

»Ich bin in etwa einer Stunde zurück«, verabschiedete sie sich vorne im Sekretariat. »Ich habe mein Telefon auf Sie umgestellt, Frau Paczoska.«

»In Ordnung, Frau Adam.«

Jacquelines Blick glitt über das schulterlange, krause Haar der Auszubildenden.

»Übrigens, Annekatrin, der sanfte Rotton steht Ihnen ganz hervorragend. Der ist neu, oder?«, fragte sie freundlich; sie verteilte gerne Komplimente.

»Aber den habe ich doch schon seit fast zwei Wochen, Frau Adam. Sie haben ihn gleich am ersten Tag gelobt.«

»Oh.« Daran konnte sich Jacqueline überhaupt nicht erinnern. Wie unangenehm.

Ihr Lächeln gefror und sie beschloss, nicht näher darauf einzugehen.

Draußen, im Aufzug, drückte sie das ›E‹. Für einen kurzen Augenblick kehrte die vormittägliche Odyssee in ihr Gedächtnis zurück. Sie verdrängte die Gedanken daran.

Die Sonne stand hoch am Firmament, als Jacqueline ins Freie trat. Nicht der Hauch einer Wolke trübte den blauen Himmel.

Jacqueline war froh, dass das Bürogebäude klimatisiert war. Bei dieser sommerlichen Hitze im achten Stockwerk direkt unter einem Flachdach zu arbeiten wäre sonst kaum auszuhalten.

Auf der Friedrichstraße herrschte die gewohnte hektische Betriebsamkeit. Männer in Nadelstreifenanzügen und Frauen in Businesskostümen eilten an der Architektin vorbei.

Um den Passanten auf dem für Berliner Verhältnisse knapp bemessenen Bürgersteig nicht im Weg zu stehen, trat sie ein Stück näher ans Gebäude heran. So konnte sie auch den schmalen Streifen Schatten nutzen, den das Haus spendete.

Jacqueline fischte ein Taschentuch aus ihrer Handtasche und tupfte sich die Stirn ab.

Ihre Mutter schätzte Pünktlichkeit ebenso sehr wie sie selbst. Daher vermutete Jacqueline, dass sie nicht lange auf sie würde warten müssen.

Vor dem Trottoir, auf der Straße, herrschte Stop-and-go. Ein Taxifahrer, dem es zu langsam ging, hupte. Aus der Ferne hörte Jacqueline die Sirene eines Polizeiautos.

Sie mochte das Publikum, das in der Friedrichstraße verkehrte. Dem Senat und der privaten Wirtschaft war es nach der Wende zumindest teilweise gelungen, das altehrwürdige, gehobene Flair wiederherzustellen, das der Straßenzug in Vorkriegszeiten ausgestrahlt hatte.

Eine etwas betuchtere Käuferschicht nahm dies dankend an. Abgesehen vom KaDeW.e, dessen Umfeld im Laufe der Jahre langsam, aber stetig absank, gab es keine vergleichbar exklusive Gegend in Berlin.

Und sie arbeitete hier! Sie lächelte zufrieden.

Nur wenige Meter entfernt führten Treppen hinunter zum U-Bahnhof Stadtmitte.

Jacqueline wusste später nicht mehr, warum ihr diese Frau aufgefallen war, die dort neben dem Geländer des Bahnhofseingangs stand. Sie unterschied sich durch nichts von all den anderen wohlsituierten Damen, die die Straße entlangflanierten. Wahrscheinlich wurde Jacqueline nur deswegen auf die Fremde aufmerksam, weil diese sie zu beobachten schien.

Die Augen der rothaarigen Unbekannten waren genau auf Jacqueline gerichtet und musterten die Architektin. Selbst als sie die Frau fixierte und ihr damit zu verstehen gab, dass sie dies als unschicklich erachtete, wandte die Fremde ihren Blick nicht ab. Am liebsten wäre Jacqueline hinübergegangen und hätte sie zur Rede gestellt, doch die Stimme ihrer Mutter riss sie aus ihren Gedanken.

»Hallo, Jacqueline.«

Ihre Mutter, Roswitha Collin, stand bereits neben ihr. Jacqueline erkannte sofort, dass sie ein neues Kleid trug. Ihr Make-up war dezent. Dass ihr Haar inzwischen vollständig ergraut war, konnte man noch nicht einmal am Haaransatz entdecken.

Wenn ich selbst mit Ende sechzig noch so gut aussehe, dachte Jacqueline, dann werde ich dankbar sein.

Sie begrüßte ihre Mutter mit einer Umarmung. Die Wangen der beiden Frauen näherten sich, ohne sich zu berühren.

»Wo hast du denn hingestarrt, Liebes?«

»Zu dieser Frau dort drüben.«

Aber als Jacqueline ihrer Mutter die Unbekannte zeigen wollte, war diese verschwunden. Weit konnte sie noch nicht sein; Jacqueline blickte umher, doch sie konnte die Frau nirgends mehr entdecken.

»Ich sehe niemanden.«

»Wahrscheinlich ist sie runter zur U-Bahn.«

»Was war denn mit ihr?«

»Ach, nicht der Rede wert. Lass uns losgehen. Shoppen? Oder lieber etwas essen?«

Roswitha klopfte sich sanft mit der Handfläche auf den Bauch: »Diät.«

»Schadet mir auch nicht«, entgegnete Jacqueline. »Quartier 206? Lafayette?«

»Gerne ins Lafayette, da war ich lange nicht mehr.«

Sie machten sich auf den Weg.

Roswitha betrachtete ihre Tochter. »Du wirkst so gut gelaunt und beschwingt«, sagte sie.

»Ich habe auch allen Grund dazu.«

»Was ist passiert?«

»Rate mal.«

Roswitha benötigte nicht mehr als drei Sekunden des Überlegens: »Das neue Hotel am Flughafen!«

Jacqueline nickte.

»Gratuliere, Liebes. Das hast du dir aber auch verdient. Du hast so hart dafür gearbeitet, so viele Überstunden gemacht.«

Oh ja, das habe ich, dachte sich Jacqueline im Stillen.

Obwohl Roswitha es sich nicht anmerken ließ, spürte

Jacqueline, dass ihre Mutter stolz auf sie war. Es sei wichtig, stets die Contenance zu wahren, hatte Roswitha Collin ihre Tochter bereits als kleines Mädchen gelehrt, kaum dass sie laufen und sprechen konnte. Und sie blieb Jacqueline auch heute darin ein leuchtendes Vorbild.

»René war mir eine große Unterstützung. Er hat einige Male früher Feierabend gemacht, um sich um Lukas zu kümmern.«

»Ich weiß nicht, ob ich es schon einmal erwähnt habe …«

Jacqueline war bereits klar, wie der Satz enden würde.

»Aber ich bin sehr beeindruckt, wie du dein Leben meisterst, Liebes. Karriere, Familie, Haushalt – es gelingt nur wenigen Frauen, all das unter einen Hut zu bringen.«

»Danke, Mutter, aber du hattest deinen nicht unbescheidenen Anteil daran«, lautete Jacquelines Standardantwort, denn sie wusste, dass ihre Mutter genau das hören wollte.

Von klein auf war sie von ihrer Mutter und ihrem inzwischen verstorbenen Vater auf Karriere gedrillt worden. Sie sollte es einmal besser haben als ihre Eltern. Nach Jacquelines Geburt hatte Roswitha keine weiteren Kinder mehr bekommen können, und so war der einzigen Tochter die ganze elterliche Liebe uneingeschränkt zuteilgeworden – und auch die elterliche Erwartungshaltung. Freunde, Freizeit und Hobbys hatten in ihrer Jugend sehr darunter gelitten. Es gab eben nichts umsonst im Leben. Jacqueline hatte in den letzten Jahren keine Sekunde daran gezweifelt, dass das Ergebnis den Preis wert gewesen war. Das ›Le Mirage‹, das im Moment ihre Gedanken beherrschte, bestätigte ihr dies erneut.

»Ich bin sehr froh, dass du so denkst.« Roswitha zwinkerte ihrer Tochter zu. »Da habt ihr ja Grund zu feiern heute Abend, du und dein René.«

»Hm, mal sehen, was ich mir so einfallen lasse ...«

Sie traten durch die gläsernen Eingangstüren des Lafayette.

»Falls ich Lukas zu mir nehmen soll, gib mir Bescheid. Ich habe abends nichts vor. Du weißt, dass ich gerne auf ihn aufpasse.«

»Nein, nicht nötig. Ich glaube, ich möchte ihn gerne dabeihaben, wenn ich es René erzähle.«

»Ich verstehe.«

Roswitha steuerte auf die Parfümerie-Abteilung zu.

»Du musst mir aber versprechen, auch mit mir noch mit einem Gläschen Sherry darauf anzustoßen, ja?«

»Selbstverständlich, Mutter. Das lasse ich mir nicht nehmen.«

Eine schlanke, blonde Frau sprach die beiden an: »Guten Tag, meine Damen, kennen Sie schon das neue *Serious Alternate Afternoon* von Elizabeth Arden?«

»Oh, ich habe davon gelesen«, wandte sich Roswitha zuerst an Jacqueline, dann an die Verkäuferin. »Sie haben es in der neuen *Madame* empfohlen.«

»Es hält, was es verspricht«, sagte die junge Frau, sprühte eine kleine Probe auf einen Teststreifen und bot ihn Roswitha an. Einen weiteren gab sie Jacqueline.

Die beiden schnupperten vorsichtig an der Duftnote.

Im Gesicht der Mutter spiegelte sich sofort Zufriedenheit wider, Jacqueline schien der Geruch zu süßlich – für ihren Geschmack auch mit einer Prise zu viel Lavendel.

»Ich schenke dir das Parfüm, Mutter.«

»Aber, das ist …«

»Keine Widerrede.«

Jacqueline fragte sich, ob sie ihre Mutter jemals zuvor unterbrochen hatte.

»Ich bestehe darauf, Mutter, zur Feier des Tages.«

»Also gut, Liebes.«

»Wir nehmen es«, bestätigte Jacqueline nun auch der Verkäuferin.

Sie zog ihre goldene AmEx aus dem Portmonee und gab sie der jungen Frau. Elegant schritt die Verkäuferin zur Kasse. Die beiden folgten ihr und Jacqueline erledigte die Formalitäten. Den Karton mit dem Parfümflakon steckte die junge Frau in eine kleine Tragetasche und überreichte sie Roswitha.

Danach schlenderten Mutter und Tochter hinüber zu den Handtaschen.

Bereits nach wenigen Minuten kamen sie überein, dass sie nichts von der angebotenen Ware überzeugen konnte.

»Da soll eine neue Boutique eröffnet haben«, sagte Roswitha schließlich. »In der Jägerstraße. Anneliese hat mir davon erzählt.«

»Tante Anneliese? Na, wenn die sie empfohlen hat, dann sollten wir hin.«

Jacqueline kannte Anneliese von der Marwitz – eine Schulfreundin ihrer Mutter – bereits seit ihren Kindertagen. Sie hatte sich zu einer sehr wählerischen alten Dame entwickelt.

»Danach muss ich aber schnell zurück ins Büro«, sagte Jacqueline nach einem Blick auf ihre Armbanduhr.

Schon?, las sie in den Augen ihrer Mutter, doch stattdessen hörte sie: »Deine Arbeit geht natürlich vor. Du hast sicher viel zu tun im Moment, wegen des ›Le Mirage‹. Ich kann ja alleine noch etwas umherstöbern und wir treffen uns, wenn du wieder etwas mehr Luft hast.«

»Das machen wir ganz bestimmt.«

Als sie das Lafayette verließen, zuckte Jacqueline zusammen.

Da stand sie wieder. Auf der gegenüberliegenden Straßenseite. Diese rothaarige Frau von vorhin. Und wieder sah sie ihr genau in die Augen.

»Das ist sie, Mutter! Die Frau, die an der Treppe zum U-Bahnhof herumgelungert ist.«

Ihre Mutter reagierte nicht.

Jacqueline wandte sich zu ihr um, doch da war niemand.

»Mutter?«, fragte sie irritiert und drehte sich einmal um sich selbst.

Roswitha Collin blieb verschwunden.

Ein Mann in einem eierschalenfarbenen Anzug blickte Jacqueline stirnrunzelnd an. Dann schüttelte er den Kopf und ging weiter.

Eben war ihre Mutter noch da gewesen; ihre Stimme hallte noch in Jacqueline nach: »Wir treffen uns, wenn du wieder etwas mehr Luft hast.«

Keine zehn Sekunden waren seitdem vergangen. So

schnell konnte sich kein Mensch außer Sichtweite bringen, schon gar nicht eine ältere Dame.

Ich müsste sie eigentlich entdecken können, dachte Jacqueline, trotz der vielen Menschen an der Straßenkreuzung vor mir.

Da Jacqueline sie nicht vor dem Lafayette ausfindig machen konnte, musste sie noch drinnen sein. Erneut schritt sie durch die gläsernen Eingangstüren und sah umher. Auch hier: keine Spur von ihrer Mutter.

Das Handy fiel ihr ein. Sie zog es aus der Tasche und tippte die Nummer ihrer Mutter.

»Die gewählte Rufnummer ist nicht vergeben«, ertönte es. »The number you have dialed is not assigned.«

Jacqueline wunderte sich.

Hatte sie sich vertippt?

Vielleicht wegen der Aufregung …

Sie wählte erneut.

Das gleiche Ergebnis.

Ob sie die Zahlen verwechselt hatte?

Das Dilemma mit dem Aufzug kam ihr wieder in den Sinn.

Und dann erinnerte sie sich an ihre Handy-Datenbank.

Um ihr Erinnerungsvermögen zu trainieren, war sie irgendwann dazu übergegangen, häufig benutzte Telefonnummern aus dem Gedächtnis zu wählen.

Sicherheitshalber hatte sie sie aber dennoch abgespeichert.

Sie blätterte das Telefonbuch durch, bis sie ihre Mutter in der Liste erreichte. Sie aktivierte den Eintrag.

»Die gewählte Rufnummer ist nicht vergeben. The number you have dialed is not assigned.«

Hatte ihre Mutter eine neue Nummer und vergessen, es ihr mitzuteilen?

Sie überlegte, wann sie sie das letzte Mal angerufen hatte. Es wollte ihr nicht einfallen. Während sie nachdachte, ging ihr Blick durch die Glastüren nach draußen.

Diese Frau stand immer noch da!

Jacqueline beschloss, sie zur Rede zu stellen, eilte hinaus und geradewegs auf sie zu.

Die Fremde fühlte sich ertappt und rauschte davon. In strammem Schritt lief sie in Richtung Gendarmenmarkt.

Jacqueline beschleunigte; die rothaarige Frau rannte; Jacqueline jetzt ebenfalls.

Zum Gendarmenmarkt hin wurde die Straße noch belebter. Die Unbekannte zwängte sich durch mehrere Touristengruppen hindurch, Jacqueline blieb ihr dicht auf den Fersen. Sie schnappte Sprachfetzen auf: Japanisch, Spanisch, Schwäbisch.

Beinahe hätte sie eine Reiseleiterin umgerannt, die einen geschlossenen Schirm nach oben streckte, als wolle sie den Gott des Regens anrufen. Die Reiseleiterin schimpfte mit tiefer Stimme in einer Jacqueline unbekannten Sprache.

In einer besonders dichten Traube wohlbeleibter amerikanischer Reisender verlor sie die Fremde aus den Augen.

Sie beugte sich nach vorn, stützte sich mit den Händen auf ihre Knie und atmete schwer.

Verwirrt registrierte sie, dass einer der Amerikaner sie fotografierte.

»If It's Tuesday, This Must Be Belgium«, stand auf seinem XXXL-T-Shirt; zu dem Spruch gesellten sich Flecken seines Mittagessens.

Sie funkelte den Dicken böse an und blickte sich ein letztes Mal suchend um.

Sie entdeckte weder die Fremde noch ihre Mutter.

Zeit, aufzugeben. Sicher klärt sich alles auf, dachte sie und nahm sich vor, ihre Mutter nach Feierabend übers Festnetz anzurufen.

Dann kehrte sie in ihr Büro zurück.

*

Renés silberner Mercedes stand bereits im Carport vor dem Haus, als Jacqueline ihren eigenen roten daneben einparkte.

Zwar waren ihre Gedanken im Laufe des Nachmittags immer wieder zu ihrer Mutter und der Unbekannten zurückgekehrt, doch die Euphorie über den Großauftrag und die daraus resultierende Arbeit hatten für ausreichend Ablenkung gesorgt.

Es war Dienstag; der Tag, an dem Ayse abends immer für die Adams kochte.

Von Ayses Wagen aber war weit und breit nichts zu sehen. Sie schien die Wohnsiedlung bereits verlassen zu haben.

Als Jacqueline die Haustür öffnete, strömte ihr schon der Essensgeruch entgegen. Sie glaubte, Kümmel und auch einen leichten Hauch von Knoblauch wahrzunehmen.

Aus dem ersten Stock hörte sie trippelnde Schritte. Jetzt stieg die Person, die sie verursachte, hastig die Treppe hinunter. Lukas kam auf sie zugerannt.

Jacqueline bückte sich und umarmte den Jungen. Er drückte ihr einen Kuss auf die Wange.

Im Türrahmen zur Wohnküche tauchte René auf. Den Anzug hatte er bereits abgelegt und trug jetzt eine dunkelgraue Jeans und ein mintfarbenes Poloshirt, darüber eine Kochschürze mit der Aufschrift ›Kiss the Cook‹.

Nachdem Lukas seine Mutter wieder losgelassen hatte, wandte sich Jacqueline ihrem Mann zu.

Er küsste sie auf die andere Wange.

»Das Essen ist gleich fertig. Ich habe es eben noch mal auf den Herd gestellt.«

»Es riecht jedenfalls sehr lecker.«

René schnupperte an Jacqueline.

»Du aber auch. Ähm, ist das Sekt?«

Jacqueline strahlte ihn an: »Champagner!«

»Was hattet ihr denn zu feiern?«

»Rate mal«, wiederholte sie die Worte, die sie auch zu ihrer Mutter gesagt hatte.

Auch René fiel es nicht schwer, die Lösung zu finden.

»Das ›Le Mirage‹!«

Jacqueline nickte.

Renés breites Lächeln, das sie liebte, seit sie ihrem Mann das erste Mal begegnet war, belohnte sie.

»Ich freue mich so sehr für dich, Jacqueline!«

Er vergaß, dass er eine Schürze trug, und drückte Jacqueline an sich.

»Ist das das große Haus am Flughafen, von dem du mir erzählt hast?«, mischte sich Lukas ein.

»Ja«, sagte Jacqueline und tätschelte ihm über sein blondes Haar.

»Zeigst du mir die Flugzeuge?«

»Ja klar zeige ich dir die Flugzeuge. Aber nächstes Wochenende – wenn die Mama nicht zu Hause ist – gehst du erst mal mit dem Papa auf den Rummel. Das hatten wir dir doch versprochen.«

»Au ja«, strahlte Lukas, »auf den Rummel.«

Wieder spürte Jacqueline dieses Glücksgefühl, dieses tiefe, seligmachende Glücksgefühl.

Sie genoss, wie es ihren ganzen Körper durchspülte, für zwei, drei Sekunden.

»Aber jetzt muss ich erst mal Mutter anrufen. Ich habe sie heute Mittag aus den Augen verloren.«

Mit der Farbe im Gesicht ihres Mannes verschwand auch ihr Glücksgefühl.

»Wen willst du bitte anrufen?!«

René sah sie völlig entgeistert an.

»Mutter! Wir waren in meiner Mittagspause im Lafayette. Plötzlich war sie verschwunden.«

»Was macht sie denn in Berlin? Sie hat mir gar nicht Bescheid gegeben, dass sie in der Stadt ist.«

»Nicht deine Mutter. Meine Mutter!«

»Wie, deine Mutter?«

»Was ist denn daran so schwer zu verstehen? Ich war mittags mit meiner Mutter zum Shoppen verabredet. Ist doch nicht das erste Mal.«

René wandte sich an seinen Sohn.

»Gehst du bitte noch mal kurz auf dein Zimmer?«

»Aber ich dachte, wir wollten jetzt essen, Papa.«

»Das ist noch nicht ganz heiß. Geh doch bitte hoch und such das Bilderbuch von der Bärenfamilie, die auf den Rummel geht. Dann können wir es nach dem Essen zusammen anschauen.«

»Also gut«, sagte Lukas und lief zur Treppe.

Als er außer Hörweite war, stellte René seine Frage ein weiteres Mal.

»Wen willst du bitte anrufen?«

Er versuchte, mit der Handfläche die Stirn seiner Frau zu berühren. Sie wehrte ab.

»Was soll das? Ich habe doch kein Fieber. Was ist so Besonderes daran, dass ich meine Mutter anrufen will?«

René nahm seine Frau bei der Hand und führte sie an den Esstisch.

Sie setzte sich.

Jacquelines Hand in der seinen haltend, nahm René neben ihr Platz.

»Jacqueline, ich habe keine Ahnung, ob es der Champagner ist. Oder die Überarbeitung. Oder die Euphorie wegen des Hotels.«

»Ich weiß nicht, wovon du redest.«

»Jacqueline, deine Mutter ist bereits vor zwei Jahren gestorben.«

2. KAPITEL

Sechs Tage vor der Katharsis

Die Frau sog intensiv an ihrer Zigarette.

Der inhalierte Rauch verscheuchte für einen Augenblick die Kälte, die sie trotz der Hitze des Sommertages verspürte.

Unbarmherzig kehrte die Kälte bereits beim Ausatmen wieder zurück.

Die Frau starrte auf den knapp einen Meter hohen Jägerzaun, der – nur wenige Schritte entfernt von ihr – einen unbefestigten Pfad vom Garten eines Einfamilienhauses trennte.

Die gleichmäßige Anordnung und die immer identische Größe der Rauten wirkten beruhigend auf sie. Sie erkannte, dass das geometrische Muster Ordnung schuf, eine Ordnung, die ihre Gedanken dringend benötigten.

Doch dann verschwamm der Zaun vor ihren Augen und gleichzeitig erhielt das Chaos in ihrem Kopf wieder Oberhand. Sie wischte sich die Tränen weg und ging beherzt auf die Gartentür zu.

Ganz selbstverständlich, als wäre sie hier zu Hause, drückte sie die Klinke hinunter.

Verschlossen.

Die Frau blickte zu beiden Seiten den Pfad entlang, danach in die Gärten der Nachbarhäuser.

Abgesehen von einer graugetigerten Katze, die sehnsüchtig an einer Birke hinaufmiaute, konnte sie niemanden entdecken.

Also kletterte sie über den Zaun. Eine der Holzspitzen riss ihr dabei den Saum ihrer Jeans auf. Die Frau sah sich das Malheur kurz an, es kümmerte sie aber nicht weiter.

Der Gartenweg aus Sandsteinplatten, an dessen Ende die Frau nun stand, führte zu der doppelflügeligen Glastür eines Wintergartens. Auf dem Rasen stand eine Kinderschaukel. Über den danebenliegenden Sandkasten war eine schwarze Abdeckplane gespannt. Als zöge die Schaukel sie magisch an, schritt die Frau hinüber. Mit den Fingern strich sie über die Ketten und dann über die Kunststoffsitzfläche.

An den Rasen schlossen sich Blumenbeete an. Deren bunte Blüten verströmten sich überlagernde Düfte; Bienen und andere Insekten flogen emsig dazwischen umher.

Die Frau eiste sich von der Schaukel los und marschierte zielstrebig weiter zur Glastür.

Durch die Scheibe sah sie ins Innere: Große und kleine Blätter in verschiedenen Grüntönen und Blüten in allen Farben des Spektrums ließen den Raum wie einen Dschungel erscheinen. Durchs Glasdach fielen Sonnenstrahlen auf einen Bambusschaukelstuhl; ein romantisches Arrangement, das unter anderen Umständen zum Verweilen eingeladen hätte.

In einer Ecke standen ein kleiner Esstisch und drei Klappstühle. Bestens dafür geeignet, um sie an einem warmen Sonntagmorgen in Windeseile ins Freie zu tragen und auf der Terrasse zu frühstücken.

Ohne die Schönheit des Ortes zu genießen, fasste die Frau nach dem Griff an der Glastür.

Sie rüttelte sachte daran. Sie zog und drückte.

Ohne Erfolg.

Ihre Zigarette war inzwischen zu Ende geraucht. Achtlos schnippte sie den Stummel in eines der Blumenbeete.

Die einzige Möglichkeit, ins Haus zu gelangen, war, die Scheibe einzuschlagen; das wurde ihr nun klar. Doch dies hätte viel zu viel Lärm verursacht.

Sie ging um den Wintergarten herum und prüfte, ob eines der Parterrefenster offen stand oder zumindest angekippt war. Als sie das Haus umrundete, glaubte sie, bei jedem Fenster zu wissen, welcher Raum sich dahinter befand. Sie versuchte, von keinem der Bewohner gesehen zu werden, denn sie vermutete, dass jemand zu Hause war. Zwar hatte sie den zum Haus gehörenden Carport verwaist vorgefunden, als sie vor wenigen Minuten hier eingetroffen war, doch am Straßenrand hatte ein dunkelgrüner Fiat Punto geparkt. Sie hatte einen Verdacht, wem er gehören konnte.

Straße und Carport lagen an der Vorderseite des Hauses. Dort stand die Frau nun. Ohne sich einen neuen Plan zurechtgelegt zu haben, klingelte sie einfach an der Tür.

Sie lauschte: Zwei Personen bewegten sich auf sie zu. Die eine kam aus einem der Räume des Erdgeschosses, die andere rannte eine Treppe hinunter.

Ayse und Lukas.

Die Türkin öffnete die Tür. Links trug sie einen gelben Gummihandschuh, den anderen hielt sie in derselben Hand; ihre Rechte stützte sich auf die Türklinke.

Hinter ihr drängelte sich der Junge an Ayses Hüfte vorbei, um einen Blick auf die Besucherin zu erhaschen.

Die beiden standen in einem kurzen Flur. Die Tür rechts führte, wie die Frau wusste, zur Gästetoilette.

Es roch nach Fliesenreiniger.

Ayse sah die Frau zunächst abschätzig an, dann erkannte sie sie wieder.

»Ja, bitte?«, fragte sie freundlich.

»Hallo, ich möchte Lukas abholen.«

»Wie? Ich verstehe nicht.«

»Lukas. Ich sollte ihn abholen.«

»Davon weiß ich nichts.«

»Hat Ihnen Herr Adam etwa nichts davon gesagt?«

Aus Ayses Gesicht verschwand das Lächeln und machte Skepsis Platz. »Nein, das hat er nicht.«

»Ach, dann hat er es sicher vergessen«, entgegnete die Frau und versuchte, sich in den Flur zu drängen.

Ayse stellte sich ihr in den Weg.

»Das ist bestimmt nur ein Missverständnis. Herr Adam wollte, dass ich mit Lukas zu ihm komme.«

»Das hat er mit mir nicht abgesprochen.«

»Hören Sie, Herr Adam wartet bereits auf mich und

den Jungen. Er wird nicht darüber erfreut sein, wenn ich ihm das hier erzähle.«

Ayse versuchte, die Tür zu schließen, aber die Frau stellte ihren Fuß in den Türrahmen. Lukas beobachtete das Geschehen aufmerksam aus sicherem Abstand.

»Ich möchte, dass Sie das Haus und das Grundstück verlassen!«, sagte Ayse resolut.

»Wie bitte?«

»Sie haben richtig verstanden!«

»Nichts werde ich. Was kann ich denn dafür, wenn Sie nicht richtig informiert sind.«

Die Frau erkannte, dass sie so nicht weiterkam, und wandte sich an den Jungen: »Du wolltest doch mit deinem Papa auf den Rummel, ja?«

Eben noch ängstlich, lächelte Lukas nun.

»Jaaa«, rief er. »Ich habe dir doch vorhin davon erzählt, dass Papa mich auf den Rummel mitnimmt, Ayse.«

»Gehst du bitte kurz mal auf dein Zimmer, Lukas?«, sagte Ayse freundlich, aber bestimmt.

»Aber warum denn?«

»Bitte tu mir den Gefallen.«

»Aber die Tante will mich zu Papa und zum Rummel bringen«, sagte Lukas, und seine Lippen formten einen Schmollmund.

Ohne die Frau aus den Augen zu lassen, beugte sich Ayse zu ihm hinab und sprach sanftmütig auf ihn ein.

»Erinnerst du dich an das Bilderbuch von der Bärenfamilie, die auf den Rummel geht? Wir haben es gestern gemeinsam angesehen.«

»Ja, klar«, antwortete Lukas aufgeregt. »Paulchen, der kleine Bärenjunge, ist Kettenkarussell gefahren.«

»Genau! Geh doch mal nach oben und hol es aus deinem Bücherregal, dann kannst du später vergleichen, ob alles so ist wie dort abgebildet.«

»Bin gleich wieder da«, rief Lukas der Frau zu, dann flitzte er davon.

Ayses Gesicht wurde wieder ernst.

»Noch einmal: Ich möchte, dass Sie das Haus und das Grundstück verlassen!«

»Geben Sie mir den Jungen.«

Die Frau sah, wie Ayses Augen zu einer Kommode wanderten; neben einer Blumenvase mit Chrysanthemen lagen dort ein Schlüsselbund und ein Handy.

»Wenn Sie nicht unverzüglich Ihren Fuß aus der Tür nehmen, rufe ich die Polizei.«

Die Frau erkannte, dass sie nur noch eine einzige Chance hatte: rohe Gewalt.

Mit einer hastigen Bewegung rammte sie Ayse ihre Schulter gegen die Brust. Die Türkin torkelte einen Schritt zurück.

Rücksichtslos drängte die Frau sie weiter nach hinten.

Aus den Augenwinkeln blickte Ayse erneut zum Handy – und zur Vase.

Sie versuchte, danach zu greifen. Doch die Frau erkannte die Gefahr. Sie war schneller, packte die Vase und schlug sie der Türkin auf den Kopf. Sofort ging diese in die Knie. Blut quoll aus einer Platzwunde und vermischte sich mit dem trüben Blumenwasser, das an ihrem Körper hinunterrann.

Eine Sekunde lang schaute Ayse die Frau ungläubig und vorwurfsvoll an, dann kippte sie ohnmächtig zur Seite, um sie herum gelbe, grüne und weiße Chrysanthemen sowie die Scherben der Vase.

Aus dem ersten Stock hörte die Frau die Schritte des Jungen.

Sie sah hektisch umher, schließlich fiel ihr Blick auf die Tür zur Gästetoilette.

Hastig griff sie an Ayses Knöchel, merkte aber schnell, dass sie nicht genügend Zeit hatte, sie bis in die Toilette zu schleifen.

Außerdem wären immer noch die Spuren des kurzen Kampfes geblieben und hätten den Jungen misstrauisch gemacht.

Sie entschied sich für die Flucht nach vorn und ging Lukas entgegen. Rasch schloss sie hinter sich die Tür zwischen dem Flur und dem Treppenhaus und verhinderte damit die Sicht auf die ohnmächtige Ayse.

Frau und Kind erreichten gleichzeitig das Fußende der Treppe.

»Ah, du hast es ja gefunden«, sagte die Frau, als sie das Bilderbuch in der Hand des Jungen entdeckte.

»Ja, klar«, antwortete Lukas und sah sich um. »Wo ist Ayse?«

»Keine Sorge. Die ist nach Hause gefahren.«

»Warum denn?«

»Sie hat deinen Papa angerufen und gefragt, ob es stimmt, dass ich dich abholen soll.«

»Und?«

»Er hat ihr gesagt, dass er nur vergessen hatte, es ihr zu erzählen. Und dass sie sich den Nachmittag freinehmen kann.«

»Und sie ist schon weg? Sie hat mich gar nicht zum Abschied gedrückt.«

»Ist doch nicht schlimm. Sie hat sich so gefreut, dass sie heute frei hat. So wie du dich auf den Rummel freust. Das tust du doch, oder?«

Die Vorfreude fegte Lukas' Zweifel hinweg.

»Jaaaa«, rief er und streckte dabei seine Hand mit dem Bilderbuch in die Luft.

Die Frau griff nach seiner anderen.

»Na, dann wollen wir mal gleich los. Dein Papa wartet schon.«

Lukas erwiderte den Druck ihrer Hand und die Frau lächelte zufrieden.

»Wieso gehen wir denn durch den Wintergarten?«, fragte der Junge, als sie ihn durchquerten.

»Weißt du, wir fahren mit dem Bus, und so ist es näher zur Bushaltestelle. Bist du schon mal mit dem Bus gefahren?«

»Ja, ein Mal. Aber meistens fahre ich mit dem Auto, am liebsten in dem roten von Mama. Rot ist nämlich meine Lieblingsfarbe.«

Die Frau öffnete die Tür des Wintergartens und trat gemeinsam mit dem Jungen hinaus auf die Terrasse.

»Na, so ein Zufall. Rot ist auch meine Lieblingsfarbe. Ich glaube, wir werden uns gut verstehen. Bist du eigentlich schon groß genug, um über einen Gartenzaun zu klettern? Sieh her, ich mach es dir vor. Das wird ein Abenteuer!«

3. KAPITEL

Jacquelines Berichterstattung

Zielstrebig wie ein Tausendfüßler, der einen Ast entlangklettert, kroch dieses unheimliche Gefühl an Jacquelines Wirbelsäule hoch.

Seinen Ursprung hatte es in ihrem Steißbein; plötzlich war es dagewesen, als hätte der Küchenstuhl unter Strom gestanden und ihr Körper wäre der elektrische Leiter.

Der Tausendfüßler raste nun nach oben, als ginge es um sein Leben.

Jacqueline sprang auf, Renés Hand glitt aus der ihren.

Doch es war bereits zu spät: Der Tausendfüßler wuselte stetig weiter.

Während der Impuls den Atlas erreichte, stand auch ihr Ehemann erschrocken auf und sah sie stirnrunzelnd an.

»Was ist?«

Seine Worte hörte sie nur undeutlich, denn der Tausendfüßler kam nun in ihrem Kopf an und biss herzhaft in die dortigen Nervenenden. Sie schloss die Augen.

Bruchstückhaft tauchte das Erlebnis von heute Morgen

aus ihrer Erinnerung auf: das Brotmesser, die Blutflecken auf ihrer weißen Bluse, der zerbrochene Teller.

Sie spürte, dass ihr Gleichgewichtssinn versagte, und taumelte.

Konzentrier dich, Jacqueline!

Um nichts in der Welt wollte sie sich die Blöße geben, zuckend vor ihrem Mann zusammenzubrechen.

Die Qualen in ihrem Kopf erreichten einen kaum noch auszuhaltenden Höhepunkt.

Doch es gelang ihr, aufrecht und gerade stehenzubleiben, den Rücken durchgestreckt.

Ihr imaginärer Peiniger drehte den Stromregler eine Nuance nach unten.

Sie spürte den stützenden Arm ihres Mannes an ihrer Hüfte, und als sie die Augen öffnete, sah sie seinen besorgten Blick.

Allmählich drangen auch seine Worte durch die Barriere, die die Kopfschmerzen um ihr Gehör errichtet hatten. Renés Stimme schwoll an, bis sie wieder die gewohnte Lautstärke besaß.

»Jacqueline? Alles klar? Jacqueline?«

»Mein Kopf …«

»Schon wieder? Jacqueline? Hörst du mich?«

»Ja.«

»Jacqueline, du machst mir Angst.«

»Ich möchte mich gerne hinlegen.«

»Soll ich dich ins Schlafzimmer bringen?«

Erneut knabberte der Tausendfüßler an ihren Nervenspitzen. Mit einer Kopfbewegung deutete sie in Richtung des Wintergartens, der sich an die Wohnküche anschloss.

»In deinen Schaukelstuhl?«

»Ja. Ist näher.«

René geleitete sie hinüber und setzte sie behutsam auf das Bambusflechtwerk des Schaukelstuhls.

Ihre geliebten Blumenrabatten draußen im Garten nahm sie nur am Rande wahr. Wieder schloss sie die Augen und spürte gleich darauf, wie ihr René ein schmales Kissen in den Nacken schob.

Sie war der Meinung, sie hätte ein »Danke!« geflüstert, aber sie konnte keines hören.

»Der Schmerz scheint mir von Mal zu Mal intensiver zu werden.«

Jacqueline antwortete nicht. Aus weiter Ferne hörte sie, dass Lukas kam. Ihre Augenlider versagten den Dienst; sie verweigerten den Befehl, sich zu öffnen. Noch nicht einmal ihren Kopf vermochte sie zur Seite zu drehen. René verließ den Wintergarten, seine Schritte wurden leiser. Dann vernahm sie das Flüstern zweier Stimmen. Abgesehen von einzelnen Wortfetzen drang nichts zu ihr durch.

Mama ... krank ... Bilderbuch ... Bärenfamilie ... Abendessen.

Die beiden Personen entfernten sich wieder voneinander. Jacqueline hörte, dass sich die schwereren Schritte näherten.

»Jacqueline? Bist du wach?«, flüsterte René.

Sie versuchte zu nicken, wusste aber nicht, ob es ihr gelang.

»Ich löse dir ein Aspirin auf«, sagte ihr Mann und verschwand in die Wohnküche.

Als hätte eine Fee ihre Lider an unsichtbaren Fäden nach oben gezogen, sah sie plötzlich durch das grüne Buschwerk und die Glasscheiben hinaus in den Garten.

Sie zuckte zusammen.

Lungerte dort jemand herum?

Sie kniff die Augen zusammen: Wer oder was verursachte dort an der Kinderschaukel schemenhafte Bewegungen?

Hatte die unbekannte Frau aus der Friedrichstraße sie bis hierher nach Hause verfolgt?

»Ist da was?«, wollte René wissen.

Plötzlich saß er neben dem Schaukelstuhl auf einem der Terrassenklappstühle.

Und nun konnte sie auch wieder ihren Hals bewegen.

René sah genau zu der Stelle, an der sie die Bewegung wahrgenommen hatte.

»Ich sehe nichts«, gab er sich selbst die Antwort.

Seine Hand umfasste ein Glas, das eine trübe Flüssigkeit enthielt.

Er reichte es ihr und vergewisserte sich, dass sie Kraft genug hatte, es allein festzuhalten.

»Wir müssen der Wahrheit ins Auge sehen, Jacqueline.«

»Was meinst du?«

War das ihre eigene Stimme gewesen?

So dünn? So zerbrechlich?

»Das sind nicht nur Kopfschmerzen.«

Sie sah ihn fragend an, während er nach weiteren Worten suchte.

»Sie kommen viel zu häufig. Und sie erscheinen aus dem Nichts.«

Jacqueline wollte nicht hören, was René ihr erzählte. Am liebsten hätte sie ihm den Mund zugehalten oder sich selbst die Finger in die Ohren gesteckt.

Doch dafür fehlte ihr die Kraft.

»Die Abstände dazwischen werden immer kürzer. Ich glaube nicht, dass Aspirin-Tabletten die Lösung bringen.«

Obwohl sie längst ahnte, was in seinem Kopf vorging, klebte sie an seinen Lippen und machte es ihm damit unendlich schwer.

»Vielleicht ist es nur die psychische Belastung.«

Sein Blick wurde flehentlich. Als wolle er sie bitten, die Dinge nicht selbst beim Namen nennen zu müssen. Jacqueline schwieg erbarmungslos weiter.

»Unser Hausbau. Lukas' Einschulung. Die Haushaltsführung, bevor wir Ayse hatten. Dein rascher Aufstieg im Architekturbüro. Dein Stress wegen des Abgabetermins für das ›Le Mirage‹.«

Die fremde Frau, die mich verfolgt, ergänzte Jacqueline in Gedanken.

»Wahrscheinlich gibt dir dein Körper einfach Signale, dass du etwas kürzertreten solltest.«

»Dein Satz hört sich nach einem ›oder …‹ an«, flüsterte Jacqueline.

Ebenso leise sprach René weiter.

»Es könnte auch ein Tumor sein.«

Jacqueline schüttelte den Kopf.

»Alles ist möglich, Jacqueline, wir müssen alle Eventualitäten in Betracht ziehen.«

»Es gibt sicher eine einfache Erklärung. Ich glaube, die Kopfschmerzen lassen bereits nach. Und ich habe noch nicht einmal am Glas genippt.«

»Du wirst einen Arzt aufsuchen, Jacqueline. Du hast mir vorhin erzählt, du wärst mit deiner toten Mutter beim Shoppen gewesen. Dafür gibt es keine ›einfache Erklärung‹.«

Ach ja, erinnerte sie sich, ihre Mutter.

Auf einmal hatte sie das Gefühl, durch ihren Mann hindurchzusehen. Stattdessen tauchte die Parfümerie-Abteilung des Lafayette wieder vor ihr auf: *Serious Alternate Afternoon.*

Sollte sie sich das eingebildet haben?

Eigentlich hatte sie für sich behalten wollen, dass ihr heute zudem entfallen war, in welchem Stockwerk sie arbeitete. Auch dass sie sich nicht mehr an die neue Frisur von Annekatrin hatte erinnern können und daran, dass sie diese bereits vor vierzehn Tagen gelobt hatte.

Sie entschied sich dafür, die Karten auf den Tisch zu legen, und berichtete ihrem Mann von den Vorfällen – und auch von der Kopfschmerzattacke vom Vormittag.

Entsetzen machte sich in Renés Zügen breit. Als sie seinen Blick nicht mehr aushielt, fixierte sie die neben ihm stehende Bananenstaude und beendete ihre Erzählung.

Nach längerem Schweigen zog er sein Resümee: »Es gibt noch eine andere Erklärung.«

Bereits am Tonfall merkte sie, dass ihr die folgende Eröffnung noch weniger gefallen würde als die vorangegangenen.

Es vergingen einige unangenehme Sekunden, ehe sich die Worte über seine Lippen quälten.

»Onkel Gustav. Er hat ähnliche Symptome gezeigt.«

Jacquelines Magen krampfte sich zusammen, als wäre ihr eben bewusst geworden, dass sie mittags Gammelfleisch gegessen hatte; denn sie begriff sehr schnell, worauf ihr Mann hinauswollte.

»Gustav hatte Alzheimer.«

Sie spürte, dass sie sich die Hand vor den Mund hielt.

René nickte.

»Er war über achtzig, ich bin Ende dreißig«, widersprach Jacqueline und versuchte, sich zu beruhigen.

»Die Wahrscheinlichkeit, an Alzheimer zu erkranken, ist in unserem Alter lediglich geringer.«

»Ich habe doch keine Demenz.«

»Jacqueline, das behaupte ich doch gar nicht. Wir dürfen nur nichts ausschließen.«

Jacquelines Unterlippe schmerzte. Sie hatte sich eben darauf gebissen.

»Nur zur Sicherheit«, fuhr René fort. »Ich werde dir einen Arzt heraussuchen.«

»Nein«, wehrte sie ab.

Sie sah René flehentlich an, es ging ihr alles viel zu schnell.

Ehe er zu einer Entgegnung ansetzen konnte, flüsterte sie: »Bitte gib mir ein wenig Zeit.«

Schließlich kapitulierte er: »In Ordnung. Wie du magst.«

Er nahm ihre Hand und tätschelte sie.

Gleichzeitig blickte er auf das Glas in ihrer anderen Hand.

»Und jetzt trink schön deine Medizin.«

»Sofort, René. Lässt du mich für einen Augenblick allein? Ich brauche etwas Ruhe.«

»Klar doch. Ich schaue in ein paar Minuten noch mal nach dir.«

»Nichts ausschließen«, wiederholte sie leise und kippte die trübe Flüssigkeit in einen wuchtigen Blumentopf, aus dem ein stattlicher Ficus Benjamini wuchs.

Dann konzentrierte sie sich wieder auf den Garten. Sie fixierte die leicht hin und her wackelnde Kinderschaukel, gerade so, als könne sie die fremde Frau wieder herbeizaubern, wenn sie nur lange genug dorthin starrte.

Doch der Garten und der dahinter entlanglaufende Trampelpfad blieben leer.

Als sie sich ein wenig besser fühlte, stand sie auf und ging hinauf zu Lukas.

Er spielte am Boden mit Baufahrzeugen aus Holz. Überrascht, seine Mutter zu sehen, lächelte er sie an. Er schien erleichtert.

Jacqueline kniete sich zu ihm nieder und drückte ihn.

»Erinnerst du dich an deine Oma?«, fragte sie ihn.

»Klar. Sie wohnt in der Stadt mit den vielen Schiffen.«

»Nein, die andere Oma.«

»Ach so. Die im Himmel lebt? Bei den Engeln?«

»Wer hat dir denn das erzählt?«

»Der Papa! Warum?«

»Bitte erzähl dem Papa nicht, dass ich nach der Oma gefragt habe, ja?«

»Guck mal. Ich habe einen neuen Bagger. Hat Papa mir heute mitgebracht.«

4. KAPITEL

Sechs Tage vor der Katharsis

Eine Gottesanbeterin häutet sich in ihrem Leben viele Male.

Während sie sich nach den Seiten abstützt, verwendet sie ihre ganze neu gewonnene Kraft, um aus ihrer alten Hülle zu schlüpfen.

Genauso fühlte sich Martin Manthey, als er sich aus dem Beifahrersitz des Kleinwagens stemmte.

»Tut mir leid, der Passat ist noch in der Werkstatt«, hörte Manthey die Stimme seines Kollegen.

Manthey erreichte ächzend festen Boden unter den Füßen.

»Ja, das sagten Sie bereits.«

Manthey schlug die Autotür zu und klopfte dann aufs Dach.

»Erinnert mich an früher.«

»Trabbi?«

»Wartburg.«

Mantheys Kollege nickte.

»Aber es gibt auch heute nur wenige Autos, in denen ich mich nicht wie eine Sardine in der Büchse fühle«, sagte Manthey.

Vor ihrem Dienstwagen stand ein Krankenwagen des Roten Kreuzes, davor parkte ein dunkelgrüner Fiat Punto am Straßenrand.

Der Straßenzug war, wie so viele andere, nach der Wende im sogenannten Speckgürtel der Hauptstadt entstanden. Achtundzwanzig Jahre innerdeutsche Grenzbefestigung hatten verhindert, dass Berlin – anders als beispielsweise München oder Frankfurt – über seine eigenen Ortsgrenzen hinauswachsen konnte.

In den neunziger Jahren war die Stadt nach ihrer jahrzehntelangen Stasis rapide über ihre Ränder gewuchert. Später – der prognostizierte Wirtschaftsboom war ausgeblieben – hatte sich die Ausbreitung ein wenig verlangsamt.

Kleinmachnow glich kaum noch dem Ort, den Manthey aus der Zeit vor 1989 gekannt hatte.

Er galt heute als ›verlängertes Zehlendorf‹. Und Zehlendorf stand für Villen und Reichtum.

Doch während man vom Berliner Bezirk Zehlendorf gemeinhin als einer Heimat von vielen wohlbetuchten Witwen sprach, zogen ins brandenburgische Kleinmachnow eher die Neureichen. Und die jungen Familien. Bei der Anfahrt waren sie an mehreren Kindergärten und Spielplätzen vorbeigekommen.

Auf einem Nachbargrundstück sah Manthey zwei Mädchen Federball spielen.

Das Einfamilienhaus, vor dem die drei Autos standen, schätzte Manthey auf maximal ein bis zwei Jahre.

Zudem konnte er sich gut daran erinnern, dass hier an dieser Stelle noch vor nicht allzu langer Zeit Mais geerntet wurde.

In dem Carport neben dem Haus, für zwei Autos ausgelegt, stand lediglich ein Wagen: ein silberfarbener Mercedes. Das Kennzeichen begann mit ›PM‹: Landkreis Potsdam-Mittelmark.

Die beiden Beamten schritten zur Haustür.

›Familie Adam‹ verkündete eine selbstgefertigte, handtellergroße Plakette aus Ton.

Anstatt zu klingeln, klopfte Manthey.

Bereits nach kurzer Zeit wurde ihm und seinem Kollegen geöffnet.

Ein Mann, Ende dreißig, stand im Türrahmen; Anzugträger, leichter Bauchansatz, dunkelbraunes, kurzgeschnittenes Haar, Geheimratsecken im Anfangsstadium. Der Mann wirkte nervös und besorgt. Trotz seiner ein Meter achtzig musste er zu dem Besucher aufsehen. Manthey bemerkte, dass sein Gegenüber seinen breiten Brustkorb musterte.

»Herr Adam?«, fragte er.

Der Mann im Türrahmen nickte.

Manthey streckte ihm seine Hand entgegen, die der andere reflexartig ergriff.

»Mein Name ist Manthey, ich bin Kriminalhauptkommissar des LKA Brandenburg.«

Dann deutete er auf seinen Begleiter.

»Und das ist Herr Schultheiss, mein Kollege.«

Nun schüttelte auch dieser dem Hausherrn die Hand.

»Achim Schultheiss«, stellte er sich vor, »wie das Bier.«

»René Adam.« Die Stimme zitterte. »Kommen Sie bitte herein.«

Bereits nach dem Schritt über die Türschwelle hielt Manthey inne.

Auf dem Boden eines kurzen Flurs lag ein knapp eineinhalb Meter langer Läufer in modernem Dekor; sanftgrüne Töne wechselten sich ab mit gelben.

An einer Ecke des Teppichs überlagerte Rot das Farbmuster. Eine Lache aus Blut und Wasser. Einen Teil davon hatte der Läufer aufgesogen. Einem Kranz gleich lagen Chrysanthemen und Scherben um die Pfütze herum.

»Hier ist es passiert.«

Manthey betrachtete die dem Eingang gegenüberliegende Tür ins Treppenhaus. Eine zur Rechten trug in silberfarbenen Buchstaben die Aufschrift ›Gästetoilette‹.

»Sie haben alles so gelassen, wie es war?«

»Ja.«

»Gut.«

»Natürlich abgesehen von Ayse, ich meine, Frau Ökmen. Sie liegt hinten auf dem Sofa.«

»Wie geht es ihr?«

»Gerade eben ist eine Ärztin eingetroffen. Sie versorgt die Wunde.«

Manthey wandte sich an Schultheiss: »Kollege Prengel von der Spurensicherung; ist er schon unterwegs?«

»Ich frag mal nach.«

»Er soll sich auf jeden Fall auch den Klingelknopf draußen vornehmen.«

Schultheiss befreite sein Handy aus dem Lederetui an seinem Gürtel und wählte.

Danach folgte er, das Telefon am Ohr, den beiden Männern.

Vom Treppenhaus führte ein offener Durchgang in eine Diele, der sich ein knapp vierzig Quadratmeter großes Zimmer anschloss.

Mit wenigen Blicken erfasste Manthey rechts einen Küchenarbeitsbereich mit Essecke, am anderen Ende den Übergang zum Wintergarten und links eine Sitzgruppe mitsamt großformatigem Flachbildfernseher und Designer-Stereoanlage. Im Raum dominierten die Farben Rot und Weiß. Alles wirkte sauber und aufgeräumt. Es erinnerte Manthey an ein Bild aus einem Möbelprospekt.

Auf einem Sofa lag eine türkisch aussehende Frau. An ihrer Seite stand eine grauhaarige Ärztin, die ihren Blutdruck maß. Ein Mann, vermutlich ein Krankenpfleger, kramte in einem Arztkoffer; der Rollstuhl neben ihm wirkte völlig deplatziert zwischen dem exklusiven Mobiliar.

Manthey schritt hinüber.

An der Schläfe der Türkin erkannte er eine Wunde. Sie war bereits gereinigt und es schien ihm keine schwerwiegende Verletzung zu sein.

Er wartete ab, bis die Ärztin die Frau vom Blutdruckmessgerät befreit hatte, dann sprach er die Liegende an.

»Frau Ökmen?«

Ayse nickte.

»Mein Name ist Manthey, ich bin Kriminalhauptkommissar des LKA Brandenburg.«

Er wandte sich an die Ärztin: »Ist es in Ordnung, wenn ich mit ihr rede?«

»Aus meiner Sicht spricht nichts dagegen«, erhielt er zur Antwort.

Der Krankenpfleger hatte inzwischen gefunden, wonach er gesucht hatte. Er riss eine Kunststoffverpackung auf und zog ein Wundpflaster daraus hervor.

Vorsichtig klebte er es auf Ayses Schläfe.

Ayse ließ es geschehen, ohne auch nur mit der Wimper zu zucken.

Danach reckte sie Manthey ihre Hand entgegen und stellte sich vor.

Schultheiss, der sein Telefonat inzwischen beendet hatte, schüttelte anschließend Ayses Hand und wiederholte seinen Text von gerade eben: »Achim Schultheiss, wie das Bier.«

Ehe Manthey seine erste Frage stellen konnte, meldete sich Ayse bereits zu Wort.

»Ich kann mich leider an nichts erinnern, Herr Kommissar.«

Wieder setzte Manthey zu sprechen an, doch diesmal war die Ärztin schneller: »Das ist nicht ungewöhnlich. Vermutlich eine Gehirnerschütterung. Geht manchmal zu Lasten des Kurzzeitgedächtnisses. Kongrade Amnesie. Mit etwas Glück taucht das Geschehene wieder aus dem Unterbewusstsein auf.«

»Was ist denn das Letzte, an das Sie sich erinnern?«

»Ich habe Lukas von der Schule nach Hause gebracht. Er ist zum Spielen in sein Zimmer gegangen. Und ich habe damit begonnen, das Bad zu putzen.«

Ayse überlegte.

»Ja?«, ermunterte Manthey sie zum Weiterreden.

Gleichzeitig hörte er, wie René Adam hinter seinem Rücken nervös auf und ab lief.

»Dann klingelte es an der Haustür.«

»Und weiter?«

»Weiter weiß ich nicht.«

»Konzentrieren Sie sich bitte, Frau Ökmen.«

Ayse schloss die Augen.

»Ich höre Lukas' tippelnde Schritte«, sagte sie leise.

»Er ist also mit Ihnen zur Haustür.«

»Vermutlich, ja.«

»Sie öffnen die Haustür, Frau Ökmen. Wen sehen Sie?«

»Es ist plötzlich alles sehr hell, als würde ich in grelles Licht sehen. Ich erkenne nichts.«

»Verdammt noch mal«, entfuhr es dem Hausherrn. »Mein Sohn ist weg. Sie müssen sich doch erinnern, Ayse!«

Bedrohlich machte er einen Schritt nach vorn.

Ayses Augen füllten sich mit Tränen.

»Es tut mir leid, Herr Adam. Ich weiß nicht, was mit Lukas passiert ist.«

Um René zu besänftigen, berührte der Krankenpfleger sachte dessen Oberarm.

René schüttelte ihn unwirsch ab.

»Möchten Sie eine Beruhigungsspritze, Herr Adam?«

»Ich glaube, das wird nicht nötig sein, nicht wahr?«, wandte sich nun Manthey an René.

René murmelte etwas Unverständliches, das Manthey als Zustimmung auslegte.

»Wenn wir weiter in sie dringen, wäre das kontraproduktiv«, mischte sich die Ärztin ein. »Mit etwas Abstand und in einer erholsamen Umgebung kommen Sie eher zum Ziel. Wir bringen Frau Ökmen erst mal ins Krankenhaus.«

Renés innerer Kampf spiegelte sich auf seinem Gesicht wider.

»Also gut«, gab er sich schließlich geschlagen.

»Vielleicht setzen wir uns hier an den Esstisch?«, fragte Manthey.

Ohne eine Antwort abzuwarten, schritt er hinüber und sah René auffordernd an.

Nach kurzem Zögern folgte dieser.

Manthey und Schultheiss nahmen Platz, René setzte sich gegenüber.

Manthey zog einen kleinen Block und einen Kugelschreiber aus seiner Jackentasche.

»Sie leben hier also mit Ihrer Frau und Ihrem Sohn.«

»Ja.«

»Ihr Sohn ist wie alt?«

»Sieben.«

»Wohnt sonst noch jemand hier?«

»Nein.«

»Frau Ökmen?«

»Sie besucht uns beinahe täglich. Sie hilft uns im Haushalt und kümmert sich auch darum, dass Lukas zur Schule und zurück kommt.«

»Was sind Sie von Beruf?«

»Ich bin Anwalt.«

»Ihre Frau?«

»Architektin.«

Manthey notierte und Schultheiss folgte dem Beispiel seines Kollegen.

»Erzählen Sie mir bitte, wie Sie Frau Ökmen vorgefunden haben.«

»Ich bin von der Arbeit gekommen. Ich war sehr darüber verwundert, dass die Haustür einen Spaltbreit offen stand. Ich drückte sie auf.«

René schluckte einen imaginären Kloß hinunter.

»Ich dachte schon, Ayse wäre tot. Alles voller Blut. Dann habe ich gesehen, dass sich ihr Brustkorb bewegte. Ich rief nach Lukas. Da vermutete ich noch, Ayse wäre gestürzt. Man liest ja so viel von Unfällen, die in den eigenen vier Wänden passieren. Ich wählte die 112 und meldete die Verletzung. Lukas war immer noch nicht aufgetaucht. Deswegen habe ich noch einmal seinen Namen gerufen. Aber er kam nicht.«

René stand die Verzweiflung ins Gesicht geschrieben.

»Ayses Atem ging regelmäßig. Ich ließ sie liegen und bin ins Haus. Hinauf ins Kinderzimmer, ins Bad, auf die Toilette, in unser Schlafzimmer. Dann wieder hinunter, in den Wintergarten, in den Garten, nichts. Keine Spur von Lukas.«

»Ist Ihnen dabei etwas Ungewöhnliches aufgefallen?«

»Nein.«

René überlegte.

Währenddessen hievten die Ärztin und der Krankenpfleger Ayse in den mitgebrachten Rollstuhl.

»Die Terrassentür. Sie stand offen«, fiel ihm ein.

»Vielleicht hat Frau Ökmen sie aufgemacht.«

»Nicht, wenn sie in einem anderen Zimmer arbeitete. Hier in der Siedlung gab es einige Einbrüche in den letzten Wochen.«

»Ja, ich weiß.«

»Was haben Sie danach gemacht?«

»Meine Frau angerufen. Aber ihr Handy war ausgeschaltet.«

»Haben Sie sie inzwischen erreicht?«

»Nein.«

»Sie weiß also noch nichts?«

»Ich möchte gar nicht daran denken, wie sie es aufnehmen wird.«

»Herr Schultheiss«, sagte Manthey. »Könnten Sie Herrn Adam ein Glas Wasser besorgen?«

Schultheiss nickte, stand auf und ging hinüber zur Küchenzeile.

»Dann habe ich erneut die 112 angerufen und erzählt, dass ich meinen Sohn vermisse.«

»Also, ich versuche zusammenzufassen: Der Entführer klingelt an der Wohnungstür. Frau Ökmen öffnet und wird von ihm überwältigt. Danach holt er sich den Jungen und verschwindet mit ihm durch den Garten.«

Manthey sah sich um: »Keine Kampfspuren.«

»Was meinen Sie?«, fragte René.

»Ein Siebenjähriger hat kaum eine Chance gegen einen Erwachsenen. Doch wenn er sich wehrt, so könnte das Auswirkungen haben. Ein umgefallener Stuhl beispielsweise, an den er sich festgeklammert hat. Oder etwas, das ihm oder dem Entführer während des Handgemenges aus der Tasche gerutscht ist, oder ein Dekorationsgegenstand, der zu Boden fiel.«

»Der Junge könnte betäubt worden sein«, rief Schultheiss, während er ein Trinkglas unter den Wasserhahn hielt.

»Oder er kannte den Entführer«, schloss Manthey.

»Entführerin«, war Ayses Stimme zu vernehmen.

Manthey drehte ihr überrascht den Kopf zu.

Der Krankenpfleger legte gerade die Sicherungsgurte um Ayses Körper.

»Was meinen Sie?«, fragte Manthey.

»Ich glaube, es war eine Frau. Ja, ich bin mir jetzt ziemlich sicher, dass es eine Frau war.«

»Eine Frau?«, wiederholte René ungläubig.

Manthey wandte sich ihm wieder zu: »Haben Sie einen Verdacht, um wen es sich dabei handeln könnte, Herr Adam?«

René überlegte angestrengt, schüttelte dann aber den Kopf.

»Keine Ahnung.«

»Gab es irgendeine Person in Ihrem Umfeld, die sich in den letzten Tagen auffällig verhalten hat?«

»Nein.«

Schultheiss kehrte zurück und reichte René das Glas Wasser.

René nickte dankbar und nahm einen Schluck.

»Haben Sie kürzlich neue Bekanntschaften geschlossen?«

»Mein Beruf bringt es mit sich, dass ich ständig neue Leute kennenlerne.«

»Kann es sein, dass Sie sich in einem Fall eine Feindin geschaffen haben?«

René überlegte.

»Nicht auszuschließen, aber ich wüsste nicht, wen.«

Der Krankenpfleger schob den Rollstuhl mit Ayse am Esstisch vorbei, als Ayse plötzlich aufschrie.

»Halt! Warten Sie!«

Der Krankenpfleger bremste ab.

»Ist Ihnen noch etwas eingefallen, Frau Ökmen?«

Manthey sah neugierig zu ihr hinüber, doch Ayse blickte zu René.

»Diese Frau, die Sie gestern mit nach Hause gebracht haben«, meinte Ayse.

»Wer war das?«, fragte Manthey.

René erwiderte: »Ach, eine alte Schulfreundin. Wir hatten uns mehr als zwanzig Jahre nicht gesehen. Ich habe sie zufällig auf der Straße getroffen.«

Ayses Stirn kräuselte sich.

»Sie war's.«

»Nein«, widersprach René. »Das glaube ich nicht.«

»Doch, ich bin mir nun sicher. Sie war es, die vor der Tür gestanden hat.«

Während René immer noch den Kopf schüttelte, setzte Manthey wieder seinen Kugelschreiber auf den Schreibblock: »Wie ist der Name der Frau?«

5. KAPITEL

Drei Tage vor der Katharsis

Sie ist tot.«

Die Frau starrte die Neonröhre über ihr an, als fürchte sie, sie könne geradewegs auf sie herabfallen.

Einem Mantra gleich wiederholte die Frau diese Worte.

»Sie ist tot. Sie ist tot.«

Die Frau lag in einem Bett. Die Neonröhre war ausgeschaltet, denn durchs Fenster strahlte die Nachmittagssonne ins Krankenzimmer.

Dann drehte die Frau den Kopf. Der behandelnde Arzt saß genau in Richtung der Sonne. Sie umstrahlte seinen Kopf wie ein Heiligenschein.

Die Frau blinzelte.

Die Buchstaben auf dem Namensschild am Revers des Arztes verschwammen vor ihren Augen. Doch sie wusste bereits, was dort zu lesen stand: Dr. Rakowski.

»Ja, sie ist tot«, bestätigte er.

Allmählich gewöhnte sich die Frau an das gleißende Licht.

Rakowskis Gesichtszüge schälten sich aus der alles überlagernden Helligkeit: Er lächelte die Frau freundlich an.

Auch sein schulterlanges, gelocktes, blondes Haar erinnerte die Frau mehr an einen Engel als an einen Arzt. Sein glattrasiertes, sanftmütiges Gesicht trug ebenfalls dazu bei. Sie schätzte Rakowski auf ein klein wenig jünger als sich selbst, auf Anfang oder Mitte dreißig.

»Erinnern Sie sich an unsere gestrige Sitzung?«, fragte Rakowski.

»Ja, ich glaube schon.«

»Wir haben bereits gestern von Ihrer Mutter gesprochen.«

»Ja?«

»Versuchen Sie, sich das Gespräch ins Gedächtnis zurückzurufen.«

»Ich habe Ihnen erzählt, dass ich mit meiner Mutter im Lafayette beim Shoppen war.«

»Genau.«

»Aber meine Mutter ist tot.«

»Gestern haben Sie das Gegenteil behauptet.«

Die Frau dachte angestrengt nach; sie versuchte, die Puzzlestücke in ihrem Kopf an die richtige Stelle zu rücken.

»Ich war mir so sicher, dass ich mit ihr beim Shoppen war. Ich habe immer noch den Duft des Parfüms in der Nase.«

»Sie waren allein im Lafayette. Sie haben sich das Parfüm dort selbst anbieten lassen und es dann gekauft.«

»Meine Mutter ist tot. Seit zwei Jahren. Das passt alles nicht zusammen.«

»Nein.«

»Kann man sich einbilden, einen Menschen zu sehen, der gar nicht da ist?«

Rakowski nickte.

»Ich habe mich sogar mit ihr unterhalten.«

»Auch das ist möglich.«

Für einen Moment herrschte Stille. Rakowski ließ der Frau Zeit, das Erlebte zu reflektieren.

Dann fuhr er fort: »Aber Sie waren bei ihrer Beerdigung!«

»Ja«, sprach die Frau zögerlich.

»Wie war das Wetter? Versuchen Sie, sich an den Tag zurückzuversetzen.«

Die Frau überlegte lange, ehe sie antwortete.

»Stark bewölkt. Ich hatte einen Schirm dabei. Die anderen auch.«

»Hat es angefangen zu regnen?«

Und wieder benötigte sie eine kurze Denkpause.

»Nein. Es blieb trocken. Erst als das Begräbnis vorbei war, begann es. Dann goss es wie aus Kübeln.«

»Wo liegt der Friedhof?«

»In Kreuzberg, glaube ich.«

»In Kreuzberg. Wo genau? Fahren Sie in Gedanken noch einmal den Weg, den Sie damals gefahren sind«, forderte er sie auf.

Die Frau überlegte, rief sich die Bilder des Trauertages zurück ins Gedächtnis.

»Am Halleschen Tor. Wir sind den Mehringdamm entlanggefahren.«

»Wissen Sie noch, woran Ihre Mutter gestorben ist?«

»Lungenkrebs.«

»Glauben Sie immer noch, dass Sie mit Ihrer Mutter im Lafayette beim Shoppen waren?«

Die Frau fühlte sich, als habe der Arzt ihr die Bettdecke weggezogen und sie läge nackt und bloß vor ihm.

Sie antwortete leise: »Nein.«

»Gut.«

Nun begann sie, von sich aus zu berichten, zunächst stockend: »Mir kamen erste Zweifel, als …«

»Ja?«

»… als mein Mann abends so geschockt reagierte.«

»Wie bitte?«, Rakowski sah die Frau irritiert an. Jetzt erinnerte er die Frau nicht mehr an einen Engel, doch das interessierte sie nicht; sie verlor sich in ihrer Erzählung.

»Mein Mann. Er sah mich so merkwürdig an.«

»Ihr Mann sah sie merkwürdig an?«

»Sag ich doch! Und er sagte mir, dass meine Mutter bereits vor zwei Jahren gestorben sei.«

Rakowski beugte sich nach vorn: »Wissen Sie noch, wie Sie mir die Situation vorhin geschildert haben?«

»Ich habe Ihnen exakt dasselbe erzählt.«

Rakowski atmete tief durch, lehnte sich dann wieder zurück.

»Interessant«, kommentierte er.

6. KAPITEL

Fünf Tage vor der Katharsis

»Machen Sie auf! Hier ist die Polizei!«

Die einzige Auswirkung Mantheys lauter, sonorer Stimme war, dass die wummernden Hip-Hop-Rhythmen aus einer der Nachbarwohnungen schlagartig verstummten.

Mit einem Mal schien es totenstill im Haus zu sein.

Manthey hatte geklingelt und gerufen, nun hämmerte er mit der geballten Rechten gegen die Tür.

Die Faustschläge hallten wie Donner durch den verschmutzten Flur.

»Machen Sie auf! Polizei!«, wiederholte er.

Er lauschte: nichts.

Neben ihm standen Schultheiss, Volker Prengel von der Spurensicherung, sowie eine Polizistin und ein Polizist in Uniform.

Zwei weitere Beamte hatte Manthey unten an der Haustür platziert.

Könnte ja sein, dass die Gesuchte vom Fenster aus gesehen hat, wie zwei Wagen vor dem Wohnblock halten und

Polizisten aussteigen, hatte Manthey sich gedacht. Die Frau hätte sich sonst irgendwo im Haus befinden und seelenruhig versuchen können, es zu verlassen, während die Polizei in der Wohnung im achten Stock nach ihr suchte.

Solch ein Fehler war ihm nur ein einziges Mal unterlaufen. Damals, in Teltow, als er einen seiner ersten Einsätze geleitet hatte.

Manthey ging einen Schritt zurück.

Er nickte den beiden Uniformierten zu.

Die Polizistin zog ihre Waffe und entsicherte sie. Währenddessen stellte sich der Polizist vor die Tür, holte einmal tief Luft und trat dann gezielt mit seinem schweren Uniformstiefel gegen das Türschloss.

Bereits beim ersten Versuch knirschte das Billigfabrikat so laut und erbärmlich, als winsle es um Gnade. Aus dem Augenwinkel sah Manthey, wie Schultheiss zusammenzuckte.

Die Polizistin zielte, mit beiden Händen die Waffe umfassend, auf die Tür, als ihr Kollege zum zweiten Tritt ausholte.

Der Stiefelabsatz erwies sich als hartnäckiger als die Wohnungstür. Das Holz ums Schloss herum zersplitterte.

Die Tür schwang nach innen auf, an der Stelle des Schutzbeschlags gähnte ein Loch. Gespannt starrten die Polizisten in die Wohnung.

Der Schutzbeschlag baumelte mitsamt Türklinke und Schließvorrichtung im Türrahmen zwei Mal hin und her, bevor er klappernd zu Boden fiel.

Dann ein kollektives Aufatmen: Hinter der Wohnungstür stand niemand!

Die Polizistin machte mit der Pistole im Anschlag einen Schritt auf den Eingang zu, ihr Kollege zog nun seinerseits seine Waffe und sicherte die Polizistin ab.

Die Tür zur Linken – nur angelehnt – stieß die Uniformierte mit einem Ruck auf, um sich gleich darauf beherzt in den Rahmen zu stellen.

Sie zielte geradewegs auf eine Duschkabine. Durch die trüben Kunststoffscheiben war deutlich zu erkennen, dass sich dort niemand versteckte. Auch im restlichen Badezimmer hielt sich keine Menschenseele auf.

Nächster Raum, gleiche Verfahrensweise, danach zwei weitere.

Die beiden Polizisten entdeckten erst das Kinderzimmer, dann das elterliche Schlafzimmer; beide verwaist. Ebenso das Wohnzimmer.

Nur noch eine Tür blieb übrig, sie stand offen.

Die Polizistin sprang in den Rahmen, sah umher. Schließlich senkte sie ihren Blick und schrie auf.

Zuerst dachte Manthey, sie wäre in Gefahr, doch sie blieb mit aufrechtem Rücken stehen, die Augen auf etwas vor ihr am Boden gerichtet. Ihre Hände sanken langsam nach unten.

Schließlich sicherte sie ihre Waffe, steckte sie ins Holster und machte ihren Kollegen Platz.

Manthey folgte ihr ins Zimmer, und noch während er den länglichen Gegenstand am Boden als zusammengerollten Teppich identifizierte, klickte bereits Prengels Fotoapparat. Gleichzeitig tauchte Blitzlicht den Raum in unnatürliche Helligkeit.

Der Küchentisch stand schräg an der Wand, als hätte man ihn zur Seite getragen, um den Teppich freizulegen. Auf dem Fenstersims standen vier leere Bierflaschen. Vermutlich rasch vom Tisch genommen, damit sie nicht umfielen, sobald man ihn anhob.

Die auf dem Tisch liegenden Schnapsfläschchen passten für Manthey nicht zu dem geöffneten Tetrapak Milch, der danebenstand.

Auf dem Boden entdeckte er blauweiße Scherben.

Hastig verlassen, dachte der Kommissar, während Prengel bereits weitere Bilder schoss.

»Sollen wir ihn ausrollen?«, fragte der Uniformierte und streckte sein Kinn in Richtung des beigefarbenen Teppichs. Genau wie seine Kollegin, hatte er sich bereits Plastikhandschuhe übergestreift.

Manthey sah fragend zu Prengel. Prengel nickte dem Polizisten zu und richtete sein Objektiv auf die beiden Uniformierten.

Für einen Erwachsenen war die Ausbuchtung viel zu klein; Manthey hatte eine Befürchtung, was die Beamten finden würden.

Vorsichtig zogen diese am losen Ende des Teppichs. Ganz langsam entrollten sie ihn. Nach etwa einem Meter verfärbte die Unterseite des Teppichs ein Fleck, der seinen Ursprung auf der Oberseite haben musste.

Prengel fotografierte den Fleck, anschließend setzten die beiden Polizisten ihre Arbeit fort.

Bereits nach kurzer Zeit war der Arm eines Kindes zu erkennen. Prengels Klickgeräusche erklangen in immer kürzeren Abständen. Das Blitzlichtgewitter erinnerte Manthey an die Effekte eines Stroboskops: Es tauchte die Situation in eine unwirklich anmutende Atmosphäre.

Schließlich befreiten die Beamten die Leiche eines Jungen aus ihrer Umwicklung.

Manthey schätzte ihn auf etwa sieben Jahre.

Die Augen des Kindes starrten geradewegs zur Zimmerdecke. Breitbeinig stellte sich Prengel über den Körper des Jungen und blitzte ihm geradewegs ins Gesicht. Teilnahmslos, ohne mit der Wimper zu zucken, gerade so, als fotografiere er während eines Wanderausflugs einen Schmetterling.

Ganz anders Schultheiss. Manthey hörte, wie sein Assistent schluckte. Als er ihn ansah, wirkte Schultheiss beinahe so bleich wie die Leiche.

»Der Hals«, kommentierte Prengel.

Manthey trat neben ihn und erkannte sofort, was sein Kollege von der Spurensicherung damit sagen wollte.

Eine Schnittverletzung verlief über mehrere Zentimeter den Hals entlang. Das Blut ringsherum war längst trocken und dunkel geworden.

Prengels Objektiv glitt nach unten.

»Da«, meinte Prengel, und Manthey folgte der Aufnahmerichtung der Kamera.

Die Tatwaffe.

Sie war gemeinsam mit dem Opfer in den Teppich eingerollt worden und lag nun direkt neben dem rechten Unterarm des Jungen.

Ein Brotmesser. Unschwer zu erkennen.

»Herr Manthey. Sehen Sie!«, rief eine weibliche Stimme.

Manthey sah zu der Polizistin und sein Blick folgte dann ihrem ausgestreckten Zeigefinger.

Sie deutete auf die Arbeitsfläche neben der Spüle.

Ein dünnes, großformatiges Buch lag dort.

Manthey war zu weit entfernt, um den Titel zu lesen.

Zielstrebig ging er hinüber.

Es handelte sich um ein Kinderbuch.

Manthey las den Titel.

»Familie Bär geht auf den Rummel.«

7. KAPITEL

Jacquelines Berichterstattung

Die schwarzen Großbuchstaben waren in eine silberfarbene, metallene Grundfläche eingraviert: ›COLLIN‹.

Das Klingelschild gesellte sich zu den zwei Dutzend anderen im Hauseingang des Altbaus. Die eine Hälfte davon trug die Namen der Mieter des Vorderhauses, die andere gehörte zu den Bewohnern des Seitenflügels.

Jacqueline kannte das Namensschild seit ihren Kindertagen. Als kleines Mädchen hatte sie sich auf ihre Zehenspitzen stellen müssen, um den dazugehörigen Klingelknopf zu erreichen.

Für eine erwachsene Frau war es viel leichter: Sie presste einfach ihren Daumen darauf.

Dann drehte sie sich kurz um und streifte mit ihren Blicken den auf der anderen Straßenseite liegenden Viktoriapark. Ihre ganzen Kinderjahre hindurch hatte sie diesen Blick gehabt, wenn sie aus ihrem Zimmer hinausgesehen hatte, aus ihrem Zimmer im zweiten Stock des Vorderhauses.

Der ihr bekannte Summton ertönte, und sie drückte die Tür auf.

Eigentlich war sie auf dem Weg zu ihrem Büro gewesen, doch einer inneren Stimme folgend, war sie abgebogen und in Richtung der elterlichen Wohnung gefahren.

›Frisch gebohnert‹ las sie auf der Plakette, die an der zweituntersten Stufe der Treppe festgeschraubt war. Sie konnte sich noch gut daran erinnern, wie sie sich damals als Erstklässlerin gefreut hatte, diese Schriftzeichen nun endlich selbständig entziffern zu können. Allerdings hatte sie nicht verstanden, wie die Treppe permanent frisch gebohnert sein konnte. Jetzt hörte sie wieder die Stimme ihres Vaters, der ihr erklärte, dass dies versicherungstechnische Gründe hätte. Und sie war zufrieden mit der Antwort gewesen, obwohl sie es seinerzeit immer noch nicht begriffen hatte.

Sie lächelte, als sie daran zurückdachte.

Die Stufen der alten Treppe knarzten wie früher. Jacqueline schätzte das Haus auf inzwischen mehr als hundert Jahre. In den Jahren um 1900 war die Bevölkerungszahl Berlins so rasant gewachsen, dass dies einen Bauboom ausgelöst hatte.

Jacqueline fühlte sich wieder wie das kleine Mädchen von vor dreißig Jahren, das nach der Schule oder nach dem Spielen nach Hause zurückkehrte.

Allerdings war sie früher jugendlich-dynamisch hochgerannt.

Nur noch um eine Kurve, dann würde sie eine halbe Treppe unterhalb der Wohnung sein.

Sie sehnte sich danach, ihre Mutter wiederzusehen.

Und da stand sie. Sie trug das gleiche Kleid, das sie auch zum Einkaufsbummel im Lafayette angezogen hatte.

»Ich wusste, dass du hier bist«, rief Jacqueline ihr entgegen und nahm jeweils zwei Stufen auf einmal.

Ihre Mutter sagte keinen Ton und strahlte sie nur an.

Jacqueline glaubte, das neue Parfum zu riechen: *Serious Alternate Afternoon*. Es passte hervorragend zu ihrer Mutter.

Etwas lag in ihren Armen. Ein Kleiderbündel? Hatte sie gerade Wäsche waschen wollen?

Jacqueline erreichte den oberen Treppenabsatz. Überglücklich versuchte sie, ihre Mutter zu umarmen.

Aber diese wich zurück.

»Was ist los?«, fragte Jacqueline.

Ihr Blick fiel auf das vermeintliche Kleiderbündel. Es entpuppte sich als ein Tuch, das schützend um einen etwa fünfzig Zentimeter langen Gegenstand gewickelt war.

Jacqueline wollte einen Blick darauf erhaschen, wollte wissen, was ihre Mutter Geheimnisvolles in ihren Armen hielt.

Ihre Mutter versuchte es vor ihr zu verbergen, doch es schälte sich bereits ein Gesicht aus dem Tuch, das Gesicht eines Babys.

Zum *Serious Alternate Afternoon* gesellte sich ein eher unangenehmer Duft.

Jacqueline verstand nicht.

»Was ist das für ein Kind? Wem gehört es?«

»Ist mein Kind. Wer sind Sie?«

Das war nicht die Stimme ihrer Mutter. Jacqueline hatte sogar Mühe, die Sätze überhaupt zu verstehen, so stark war der Akzent.

Jacqueline wandte den Blick vom Baby ab und sah ihre Mutter an.

Vor ihren Augen verwandelten sich die Gesichtszüge. Die Lippen wurden dünner, die Augen schmaler, das Haar dunkler und glatter. Sogar die Körpergröße veränderte sich. Plötzlich musste Jacqueline zu der Frau hinabsehen, die eben noch ihre Mutter gewesen war.

Die Frau war eindeutig asiatischer Abstammung.

»Was machen Sie hier?«, wollte Jacqueline wissen.

»Was meinen?«, fragte die Asiatin verwirrt.

»Was Sie hier machen, in der Wohnung meiner Eltern?«

»Wohnung? Eltern? Nicht verstehen.«

Das Baby begann zu weinen.

»Sind Sie bei meiner Mutter zu Gast?«, fragte Jacqueline.

Da die Asiatin Jacqueline nur hilflos ansah, drängte sich Jacqueline einfach an ihr vorbei.

Bereits der Wohnungsflur erwies sich nicht als der, den sie kannte. Jacqueline riss sämtliche Türen auf, klapperte alle Zimmer ab. Keines glich den Räumen in ihrer Erinnerung. Sämtliche Möbel waren ausgetauscht, noch nicht einmal die Tapeten hatten überlebt. Ihr früheres Jugendzimmer erstrahlte in einem zarten Rosa. Durch das Fenster erhaschte sie den wohlvertrauten Blick auf den Viktoriapark, als die Stimme der Asiatin sie aus ihrer Suche riss.

»Ich Polizei rufen!«

Als ob jemand an der Kurbel einer alten Sirene gedreht hätte, wurde das Heulen des Babys immer lauter.

»Ja, ist ja gut, ich gehe ja schon.« Jacqueline resignierte. Sie fragte sich, ob sie sich erneut in der Etage geirrt hatte.

Ohne die Frau oder das Baby noch eines weiteren Blickes zu würdigen, verließ sie die Wohnung. Die Tür fiel hinter ihr ins Schloss und Jacqueline hörte, wie hastig der Sperrriegel vorgeschoben wurde.

Jacqueline sah auf das Namensschild.

Vor ihren Augen verwandelte sich das Wort ›COLLIN‹ in ›NGUYEN‹.

Sie geriet in Panik.

Raus!

Sie wollte nur noch raus.

Sie hastete die Treppen hinab und passierte die Haustür.

Erneut betrachtete sie die zwei Dutzend Klingelschilder. Auf dem mit dem Namen der Mieter im zweiten Stock Vorderhaus stand nun ebenfalls klar und deutlich ›NGUYEN‹.

Jacquelines Kopf schmerzte.

Sie schloss die Augen und massierte sich die Schläfen.

Eine Stimme erklang in ihr, eine männliche Stimme, selbstbewusst und fordernd.

»Wo liegt der Friedhof?«, wollte sie wissen.

»In Kreuzberg, glaube ich«, antwortete Jacqueline in Gedanken.

»In Kreuzberg«, bestätigte die Stimme und schob gleich eine weitere Frage hinterher: »Wo genau?«

Jacqueline öffnete wieder die Augen und hielt Ausschau nach ihrem Wagen.

Wenige Minuten später bog sie bereits auf den Mehringdamm ab. An dessen nördlichem Ende erreichte sie den Friedhof. Genau vor dem schmiedeeisernen Eingangstor wartete ein freier Parkplatz darauf, dass sie ihren Mercedes abstellte.

Obwohl die Temperaturen sommerlich heiß waren, griff sie nach der Jacke auf dem Rücksitz. Sie schlüpfte hinein, nachdem sie das Auto abgeschlossen und ihr auberginefarbenes Kostüm glattgestrichen hatte.

Ihr Weg führte sie direkt zur Kirchhofkapelle, deren Tore geschlossen waren. Sie lauschte. Orgelklänge schwollen langsam an und Jacqueline hörte Bewegung im Inneren. Sie trat einen Schritt zur Seite.

Ein Mann in einem schwarzen Anzug trat heraus und schob die Tore auf. Dann arretierte er sie, damit sie geöffnet blieben.

Gleich darauf schritt würdevoll ein Pfarrer ins Freie, in vollem Ornat.

Mit beiden Händen hielt er eine Bibel an seine Brust gepresst.

Jacqueline stand in hellem Sonnenschein, und doch fröstelte sie.

Hinter dem Geistlichen folgte ein schmuckloser Eichensarg. Jeweils zwei Männer an beiden Seiten trugen ihn ins Freie.

Danach zwei Trauergäste: ein Mann und eine gesichtslose Frau.

Den Mann erkannte Jacqueline sofort. Es war Patrick, ihr Bruder.

Gleichzeitig glaubte Jacqueline, nasses Laub zu riechen; ihr wurde zunehmend kälter.

Patrick war bereits vor Jahren nach Düsseldorf gezogen. Sie traf ihn nur zu ganz speziellen Anlässen; er war ihr zu einem Fremden geworden.

Hinter Patrick und der Gesichtslosen marschierte die Trauergemeinde: Onkel, Tanten, Cousins, Cousinen, Freunde, Nachbarn.

Auf einmal verharrten alle mitten in ihrer Bewegung, als hätte jemand auf ›Pause‹ gedrückt. Der Trauerzug schien auf etwas zu warten. Jacqueline wusste, worauf. Zielstrebig ging sie nach vorne, zu ihrem Bruder. Sie trat in die gesichtslose Frau hinein und füllte ihre Umrisse exakt aus.

Die Trauernden setzten ihren Marsch fort, Jacqueline war nun ein Teil von ihnen.

Der Asphalt unter ihren Schuhen glänzte vor Feuchtigkeit. Doch trotz bedrohlich dunkler Wolken am Himmel fiel im Augenblick kein einziger Tropfen. Jacqueline bemerkte, dass sie einen geschlossenen Regenschirm in ihrer Hand trug.

Die Orgelmusik wurde leiser, bis sie schließlich vollends verklang.

Kurze Zeit später erreichte der Sarg seinen Bestimmungsort.

Leichter Wind wehte goldbraune Blätter an Jacqueline vorbei, während der Pfarrer würdevoll von Staub und

Asche predigte. Danach bespritzte er den Sarg mit Weihwasser, und die Sargträger sorgten dafür, dass er in die Grube glitt.

Der Aushub füllte sich wie von selbst mit Erde, während die Menschen um Jacqueline herum verschwanden. Sie kehrten dorthin zurück, woher sie gekommen waren: in die Vergangenheit.

Von einem Augenblick zum anderen stand Jacqueline allein an der Grabstätte, auf der nun Stiefmütterchen wuchsen; Efeu rankte sich entlang der Grabränder.

Der Wind hatte sich gelegt, die herbstlichen Blätter hatten sich in nichts aufgelöst.

Die Sonne brannte Jacqueline ins Gesicht und ließ sie blinzeln.

Auf dem Grabstein, auf dem eben noch lediglich ein Name gestanden hatte, waren nun zwei eingraviert.

Alfred Collins Sterbedatum lag fünf Jahre zurück, das seiner Frau Roswitha zwei.

Jacqueline holte tief Luft, dann drehte sie sich um und kehrte verwirrt zu ihrem Wagen zurück, zuerst gemächlich, dann mit immer schnelleren Schritten.

Sie stolperte über einen am Boden liegenden Ast, rappelte sich aber gleich wieder auf.

Das Geräusch zerreißenden Stoffs noch in den Ohren, suchte und fand sie die Ursache dafür: Den Saum des Kostüms verunstaltete ein fingerlanger Riss.

Das Pochen hinter ihren Schläfen intensivierte sich, im Magen spürte sie ein unangenehmes Gefühl. Sie sah sich nicht in der Lage, jetzt noch ins Büro zu fahren und ihrer

Arbeit nachzugehen, also lenkte sie das Fahrzeug in Richtung Kleinmachnow.

Ayse hatte heute frei, sie würde das Haus für sich haben.

Einsamkeit und Ruhe waren genau das, was sie nun benötigte. Und heißer Tee.

In Kleinmachnow angekommen, bereitete sie sich als Erstes einen Rooibos-Tee zu.

Dann stellte sie einen der Klappstühle neben den Schaukelstuhl und darauf das Tablett mit Kanne, Tasse und Milchkännchen.

Während der Tee zog und sich sein Duft im Wintergarten verbreitete, nahm sie Platz. Sie wollte sich ihrer Schuhe entledigen und ihre Füße massieren. Als sie sich vorbeugte, fiel ihr Blick durch die Terrassentür.

Dort draußen stand die Fremde!

Dreist und unheimlich glotzte sie herein.

Sie beobachtete Jacqueline.

Ihr Haar wehte im Wind und wirkte auf Jacqueline wie ein rotes Tuch, von einem Torero geschwenkt.

Jacqueline sprang auf – und stieß gegen das Tablett.

Geistesgegenwärtig packte sie zu und verhinderte gerade noch, dass es mitsamt dem Geschirr zu Boden fiel.

Als sie wieder nach draußen sah, erkannte Jacqueline, dass die Unbekannte bereits den Gartenzaun erreicht hatte.

Sie eilte zur Tür, riss sie auf und rannte ins Freie.

Die Fremde kletterte über den Zaun und sprang auf den dahinter verlaufenden Trampelpfad. Jacqueline folgte ihr.

Auf der anderen Seite des Weges, der an den Rückfronten der Häuserzeile entlangführte, schloss sich ein Waldgrundstück an.

Die Unbekannte verschwand zwischen den Bäumen, Jacqueline hinterher.

Immer wieder erspähte Jacqueline zwischen Stämmen und Ästen das wehende rote Haar der Frau. Sie blieb ihr auf den Fersen.

Ihre teuren, feinen Schuhe erwiesen sich als völlig ungeeignet für eine Verfolgungsjagd durch den Wald. Das Unterholz zerkratzte sie. Zudem geriet Jacqueline mehrfach ins Stolpern, einmal fiel sie der Länge nach hin und schürfte sich den linken Arm auf. Sie stemmte sich wieder hoch und rannte weiter.

Immer dem roten Haar hinterher.

Der Mischwald nahm kein Ende. Jacqueline dachte, dass sie schon längst aus den Bäumen hätten herauskommen müssen, auf den Acker, der jenseits des Wäldchens bewirtschaftet wurde.

Kiefern und Birken, immer wieder Kiefern und Birken.

Viel mehr Bäume, als sie erwartet hatte.

Sie schnappte nach Luft. Ein Sprint war nicht der Zweck, für den sie sich das Businesskostüm und das edle Schuhwerk gekauft hatte. Sie konnte nicht mehr. Mit einer Hand stützte sie sich schließlich an einem Baumstamm ab und rang nach Atem.

Mit der anderen wischte sie sich Schweißtropfen von der Stirn.

Die Fremde schien mehr Kondition zu haben. Jacqueline blickte in die Richtung, in der sie sie zuletzt gesehen hatte: nichts, kein Lebenszeichen mehr von der Unbekannten.

In normalem Gehtempo schritt Jacqueline weiter. Sie erkannte schnell, dass es aussichtslos war, aufs Geratewohl weiterzusuchen. Die Frau konnte inzwischen überall sein.

Enttäuscht kontrollierte sie den Zustand ihrer Schuhe: reif für den Altkleidercontainer.

Doch neben ihrem rechten Fuß entdeckte sie etwas im Unterholz.

Weiß und rund.

Was war das?

Jacqueline griff danach. Es entpuppte sich als ein Papierknäuel. Sie faltete es auseinander und mit einem Schlag bekam sie heftige Kopfschmerzen.

Das Papier in der Größe DIN-A5 war offenbar aus einem Schulheft gerissen worden. Die Linien solche, wie sie Schreibanfänger verwendeten, um die richtigen Proportionen der Buchstaben zu lernen.

Es hatte auch tatsächlich jemand damit geübt. Die Schriftführung war alles andere als sicher und gerade. Ganz im Gegenteil. Zweifellos stammten die Buchstaben von jemandem, der sie noch nicht lange beherrschte.

Zwei Worte.

Nur zwei krakelige Worte.

Sie reichten aus, um Jacqueline erneut schaudern zu lassen.

Sie formte sie mit den Lippen, doch sie sprach die beiden Namen nicht aus, die nun vor ihren Augen verschwammen:

LUKAS

PAULA

Was hatte die Frau mit ihrem Jungen zu schaffen?

Wer war Paula?

Die Unbekannte selbst?

Ein weiteres Kind, dem die Frau nachstellte?

Erschöpft und ratlos drehte sie sich um und marschierte zum Haus zurück.

Ihr rechter Knöchel schmerzte, sie humpelte.

Am einen Arm hatte sie Schürfwunden, und an der Hüfte hatte ihr Kostüm einen zweiten Riss erlitten.

Zurück im Haus, schloss sie sorgfältig die Terrassentür hinter sich; die Heftseite legte sie neben die Teekanne aufs Tablett. Sie duschte und zog sich frische Kleider an.

Erneut versuchte sie, es sich in ihrem Schaukelstuhl bequem zu machen, doch ihre Kopfschmerzen und ihre innere Unruhe verhinderten diesen Plan.

Immer wieder kehrten ihre Gedanken zu den Erlebnissen der letzten Stunden zurück.

Die Asiatin in der elterlichen Wohnung.

Die Beerdigung. Der Grabstein.

Das glotzende Gesicht an der Terrassentür.

Lukas.

Paula.

Nachdem sie zwei Schlucke kalten Tee getrunken hatte, fiel sie in einen traumlosen Schlaf, den Zettel mit den beiden Namen in der geballten Hand.

Als sie wieder erwachte, waren ihre Beine in eine Wolldecke gehüllt.

Neben ihr saß René, seine Augen betrachteten sie liebevoll-besorgt.

»Alles klar?«, fragte er leise.

Sie nickte.

»Wie geht es dir?«

Als sie die Antwort schuldig blieb, fragte er: »Wieder Kopfschmerzen?«

»Auch«, antwortete Jacqueline.

René reichte ihr eine Tasse, aus der es dampfte und nach Rooibos roch. Die zusammengeknüllte Heftseite immer noch in der Hand haltend, nahm Jacqueline den Tee dankbar an und nippte vorsichtig daran.

»Ich habe dein kaputtes Kostüm im Bad liegen sehen. Was ist denn passiert?«

Jacqueline schluckte.

»Ich bin gestolpert«, antwortete sie.

»Und deine Schuhe. Als hättest du Fußball gespielt.«

Er respektierte ihr Schweigen.

Sich die Tasse unter die Nase haltend, atmete Jacqueline die Rooibos-Dämpfe ein. Der Duft beruhigte sie und tat ihr gut.

»Was hältst du da eigentlich in der Hand?«

»Ach, nichts«, erwiderte Jacqueline und suchte fieberhaft nach einer Notlüge.

»Einen Einkaufszettel«, sagte sie schließlich. »Ich habe vorhin notiert, welche Lebensmittel uns ausgegangen sind.«

»Darum brauchst du dich doch nicht zu kümmern. Das kann ich erledigen. Oder Ayse. Du warst auch nicht im Büro, oder? Ich habe nachmittags dort angerufen.«

Nachmittags? Jacqueline erschrak.

Sie sah auf ihre Armbanduhr: kurz vor sechs.

Hatte sie so lange vor sich hin gedöst?

»Wo ist Lukas?«

»Ich habe ihn nach oben geschickt.«

»Und Ayse?«

»Sie hat doch heute frei.«

»Ach ja. Ich muss mich ums Abendessen kümmern.«

Jacqueline stellte die Tasse ab und versuchte aufzustehen, doch René drückte sie sanft in den Schaukelstuhl zurück. Der Stuhl wippte sachte.

»Du wirst hier liegen bleiben und dich weiter ausruhen«, bestimmte René. »Ich bringe dir etwas zu essen. Mach dir um Lukas und mich keine Sorgen.«

Erneut spürte sie das Papier in ihrer Faust.

»Wir müssen miteinander reden, René.«

René nahm ihre andere Hand zwischen die seinen.

»Ja, das müssen wir. Nach dem Essen.«

Plötzlich schmeckte Jacqueline etwas Bitteres.

Ein Nachgeschmack?

Vom Rooibos-Tee?

Ihr Blick fiel auf den Ficus Benjamini, in dessen Erde sie gestern das Wasser mit der aufgelösten Aspirin-Tablette gekippt hatte.

»Ich habe keinen Hunger«, sagte sie schnell und sah zu dem dampfenden Tee.

»Ist was damit?«, fragte René.

»Nein, alles in Ordnung«, wiegelte Jacqueline ab.

Die Schulheftseite. Die krakeligen Buchstaben. Lukas. Paula.

Jacqueline wollte ihrem Mann davon erzählen, ihm

Fragen stellen. Inzwischen hatte sie einen Verdacht, doch ehe sie das Thema anschneiden konnte, begann René zu sprechen.

»Wegen gestern …«

Jacqueline gelang es nicht, ihrem Mann in die Augen zu sehen. Sie senkte den Blick.

»Ich war im Unrecht, René. Ich war heute auf dem Friedhof, bei meiner Mutter.«

»Es geht nicht um Recht oder Unrecht, Jacqueline.«

»Ich weiß nicht, was mit mir los ist. Ich habe mir nur eingebildet, mit meiner Mutter im Lafayette gewesen zu sein.«

René streichelte ihre Hand, enthielt sich aber eines Kommentars.

»Sie stand vor mir. Ich habe mit ihr geredet.«

Sie dachte an die Parfümverkäuferin und daran, wie stolz sie ihrer Mutter vom ›Le Mirage‹ erzählt hatte.

Ohne dass sie es verhindern konnte, kehrte auch die Unbekannte in ihre Gedanken zurück: Sie verschwand im U-Bahnhof Stadtmitte, in der Menschenmenge am Gendarmenmarkt, zwischen den Bäumen hinter dem Haus.

»Bitte entschuldige, wie ich mich gestern aufgeführt habe.«

Jacqueline sah nach draußen zur Kinderschaukel.

»Ist da jemand?«, fragte René.

Jacqueline schüttelte vehement den Kopf.

Paula, dachte sie, ist das der Name der Fremden?

»Wir müssen dem nachgehen.«

Sie hörte die Stimme ihres Mannes, doch ihre Gedanken durchliefen gerade den Schleudergang.

»Irgendetwas stimmt mit dir nicht, Jacqueline.«

Die krakeligen Großbuchstaben entstammten zweifellos den ungeübten Fingern ihres Sohns.

»Jacqueline? Hörst du mich?«

Lukas hatte seinen Namen aufgeschrieben – und er kannte Paula.

»Bitte, Jacqueline, so antworte mir doch.«

Aber wenn Lukas Paula kannte …

»Ich werde einen Arzt rufen.«

Der Satz katapultierte Jacqueline in die Realität zurück.

»Nein!«, rief sie aus. Gleichzeitig drückte sie mit der immer noch in der Hand ihres Mannes liegenden Rechten kräftig zu. Der Stuhl kippte zwei Fingerbreit nach hinten, dann verlagerte Jacqueline ihr Gewicht und stoppte damit die Bewegung.

Renés Gesicht verzog sich vor Schmerz.

»Nein, heute nicht mehr«, sagte Jacqueline.

»Ich kenne einen …«, er machte eine kurze Pause, als suche er nach einer milden Formulierung, »… Nervenarzt. Ich habe ihn vor zwei Monaten vertreten und er ist mir noch einen Gefallen schuldig. Ich werde ihn anrufen und dafür sorgen, dass du sofort morgen früh einen Termin dort erhältst.«

»Nein«, Jacqueline presste erneut seine Hand.

»Ich möchte mir selbst einen Arzt suchen.«

René überlegte kurz.

»Also gut. Bist ja ein großes Mädchen.«

Er lächelte sie liebevoll an und führte seine Hand an ihre Wange.

Jacqueline entzog sich der Berührung.

»René?«

»Ja?«

»Kennst du eine Frau namens Paula?«

Den kurzen Moment der Erschrockenheit konnte René nicht verbergen.

Jacqueline las in seiner Mimik wie in einem Buch und wusste sofort, dass gleich eine Lüge über seine Lippen kommen würde.

»Nein«, sagte er.

8. KAPITEL

Zwei Tage vor der Katharsis

»Wie, sagten Sie, sind Sie auf mich aufmerksam geworden?«

Rakowski beugte sich nach vorn und lächelte sie freundlich an.

Die Frau erlebte selten einen anderen Gesichtsausdruck an ihm. Bis auf wenige Ausnahmen erschien er ihr gut gelaunt und vertrauenerweckend.

Sie glaubte nicht, dass er ihr Böses wollte.

Deswegen gab sie ihm bereitwillig Auskunft.

»Eine Bekannte. Eine Bekannte hat Ihren Namen erwähnt. Sie war bei Ihnen in Behandlung.«

»Wie heißt die Bekannte?«

Die Frau lehnte sich zurück in ihrem Bett, das so eingestellt war, dass sie aufrecht darin sitzen konnte. Sie überlegte kurz.

»Susanne Cantor. Sie hat mir Ihren Namen genannt und ich habe die Telefonnummer Ihrer Praxis übers Internet herausgefunden.«

»Bei mir war nie eine Frau Cantor in Behandlung.«

»Ach nein?«

Erneut versuchte die Frau, ihr Gedächtnis zu sortieren, während Rakowski etwas notierte.

Dann blickte er wieder auf und sagte noch einmal: »Bei mir war nie eine Frau Cantor in Behandlung.«

Die Frau sah, dass er eine Erwiderung erwartete. Doch musterte sie lieber sein schulterlanges Haar. Die Sonne schimmerte durch die blonden Locken. Wie gestern.

Oder war es vorgestern gewesen?

Oder vor einer Stunde?

Die Frau hatte ihr Zeitgefühl verloren.

Wann sie ihre Medikamente einzunehmen hatte, das wurde ihr gesagt.

Entweder von Dr. Rakowski oder von einer der Krankenschwestern, die sich rund um die Uhr so rührend um sie kümmerten.

Die Frau fühlte sich gut aufgehoben.

Wenn nur die regelmäßig wiederkehrenden Kopfschmerzen nicht wären, und die bohrenden Fragen von Rakowski.

Jetzt bewegten sich erneut seine Lippen, doch sie hörte nichts.

Sie wollte auch nichts hören. Denn in diesem Falle mutierte der Mann, der ihr im strahlenden Licht der Sonne wie ein Engel erschien, wieder zu jemandem, der sie quälte.

Sie vermutete eine Art Prüfung und lächelte ihn einfach an.

»Interessant«, sagte Rakowski nun und nickte dabei.

»Erzählen Sie mir noch einmal, wie Sie zu dem Ergebnis gekommen sind, dass Ihre Mutter wirklich tot ist«, fuhr er fort.

»Nun, ich bin zu ihrem Grab gefahren.«

Die Augen des Engels weiteten sich: »Sie sind was?«

»Ich bin zu ihrem Grab gefahren.«

Die Frau sah, dass Rakowski, einem ersten Impuls folgend, ihr widersprechen wollte, doch er schwieg.

Währenddessen wiederholte die Frau den Satz ein weiteres Mal, als wolle sie sich den Friedhofsbesuch selbst bestätigen: »Ja, ich bin zu ihrem Grab gefahren.«

»Wie konnten Sie von dem Grab wissen, wenn Sie der Meinung waren, dass Ihre Mutter noch am Leben ist?«

Da waren sie wieder, ihre Kopfschmerzen.

Warum nur peinigte sie der Engel so?

»Ich weiß es nicht mehr. Eine innere Eingebung?«

»Mittlerweile habe ich hier eine ganze Menge innerer Eingebungen notiert«, ließ sich Rakowski hinreißen. »Aber kommen wir noch einmal zu der Geschichte mit dem Aufzug.«

»Ach ja. Der Aufzug.«

»Sie sind nur bis in den siebten Stock gefahren.«

Die Frau nickte.

»Warum?«

»Kann ich bitte noch eine von den Schmerztabletten bekommen?«

»Nein.«

Rakowski reagierte dieses Mal anders als erwartet.

»Bitte. Nur noch eine.«

»Beantworten Sie mir bitte meine Frage. Weshalb sind Sie lediglich bis in den siebten Stock gefahren?«

Warum nur war Rakowski auf einmal so penetrant?

Sie empfand ihn nun gar nicht mehr engelhaft.

»Ich weiß es nicht.«

»Ist irgendetwas in der achten Etage, vor dem Sie Angst haben?«

Die Frau wollte ihrem Peiniger nicht mehr in die Augen sehen, sie blickte an ihm vorbei, zum Fenster hinaus.

»Ich habe einfach die ›7‹ gedrückt. Ich habe nicht darüber nachgedacht.«

»Schließen Sie die Augen. Begeben Sie sich in Gedanken noch einmal in den Aufzug, fahren Sie in die achte Etage.«

Sie ließ die Augen offen, stierte weiter nach draußen in die Helligkeit.

Ihr Herz fühlte sich an, als stäche jemand mit dünnen Nadeln hinein.

Ihre Nase füllte sich, sie musste sich schneuzen.

»Sie haben Angst!«, schloss Rakowski.

Ja, bestätigte jemand in ihr.

Doch sie sprach die Antwort nicht aus.

Sie wollte, dass Rakowski endlich aufhörte.

Sie wollte, dass dies alles endlich aufhörte, dieser elende Alptraum.

Doch der Engel blieb ohne Gnade, er bohrte weiter.

Am liebsten hätte sie sich auf ihn gestürzt und ihm den Mund zugehalten, doch die vielen Medikamente hatten sie müde und träge werden lassen.

»Es ist nur zu Ihrem Besten«, sagte Rakowski. Die Frau hasste ihn für diese Worte.

»Sie müssen sich der Situation stellen!«

Nein, schrie es in ihr, nein, aufhören, Ende, Exit.

»Stellen Sie sich. Erzählen Sie mir von Paula. Und von Ihrem Sohn.«

Der Engel stürzte sie hinab von seiner Wolke, genau in die dunkelrote Glut tief unter ihr.

9. KAPITEL

Jacquelines Berichterstattung

Als Jacqueline die Hotellobby betrat, herrschte bereits eine rege Betriebsamkeit. Der Eingangsbereich war jedoch groß und hoch genug, um keine hektische Atmosphäre entstehen zu lassen. Auch die zahlreichen Pflanzen sorgten dafür, dass sich die vielen Menschen im Raum verloren und ihre Geräusche gedämpft wurden.

Es war Jacquelines erster Besuch im ›Grand Hotel Großer Wannsee‹.

Sie sah sich kurz um und versuchte, sich zu orientieren.

War das dort hinten in dem lachsfarbenen Ledersessel nicht Beat Lindinger?

Der erfolgreiche Architekt aus Basel?

Jacqueline hatte sich ausführlich mit seinen Entwürfen für die Allianz-Arena in München beschäftigt.

Mit ihm würde sie sehr gerne diskutieren. Sie hoffte sehr, dass sich im Laufe des Wochenendes eine Möglichkeit dafür ergab.

In einem Grüppchen zu ihrer Linken, leicht verdeckt

durch drei mannsgroße Yucca-Palmen, glaubte sie, Carla Martinez zu erkennen. Sie war der spanischstämmigen Kollegin einmal während des Studiums begegnet. Im Moment kursierte das Gerücht, Carla Martinez hätte beim Hamburger Senat einen beeindruckenden Entwurf für eine neue Brücke über die Süderelbe abgeliefert. Jacqueline brannte darauf, aus erster Hand Näheres über das Projekt zu erfahren.

Zwei Bedienstete standen auf der anderen Seite des Empfangs.

Eine Frau in dunkelblauer Hoteluniform kümmerte sich gerade um einen älteren Herrn, während ihr männlicher Kollege Jacqueline bereits entdeckt hatte und ihr freundlich entgegensah.

Jacqueline schritt auf ihn zu.

Der Portier hieß sie herzlich willkommen und Jacqueline dankte ihm.

Sie nannte ihren Namen.

Der Portier tippte die Buchstaben in die Tastatur seines Apple-Computers.

Danach bemühte er seine Maus und füllte erneut Felder aus, die Jacqueline nicht einsehen konnte.

Ein fragender Ausdruck erschien auf seinem Gesicht, dann wiederholte er Jacquelines Namen.

»Ja.« Jacqueline nickte.

Der Portier erfasste den Namen erneut und drückte die Eingabe-Taste.

»Tut mir leid«, sagte er. »Ich finde keinen Eintrag unter Ihrem Namen.«

Jacqueline spürte, wie sich auf ihren Armen eine leichte Gänsehaut bildete. Sie glaubte, ein Déjà-vu zu erleben: die Zahnarztpraxis. In der Friedrichstraße. Unterhalb des Architekturbüros.

Regungslos stand sie da, gab dem Portier keine Antwort.

»Vielleicht haben Sie sich im Datum geirrt? Sie wissen, dass dieses Wochenende das alljährliche Stadtentwicklungs-Symposium stattfindet?«

»Genau dahin möchte ich.«

»Ich finde Sie nicht in der Reservierungsliste.«

»Das kann nicht sein. Sehen Sie noch einmal nach.«

Das Gesicht ihres Gegenübers wurde ausdruckslos.

»Ich habe es bereits drei Mal überprüft. Für Sie ist hier kein Zimmer gebucht worden.«

Jacqueline empfand den Portier zunehmend als abweisend und überheblich.

»Dann wurde eben in Ihrem Hause ein Fehler gemacht.« Ihre Stimme hörte sich viel schriller an, als sie es gewohnt war. »Ich verlange, dass Sie dem nachgehen.«

»Bitte beruhigen Sie sich.«

Er sah sich besorgt um, ob bereits andere Gäste auf den Disput aufmerksam geworden waren.

»Haben Sie denn eine Anmeldebestätigung?«, fragte er dann.

Jacqueline atmete auf. Das war die Lösung.

»Selbstverständlich«, sagte sie triumphierend.

Sie stellte ihre Handtasche auf den Empfangstresen, öffnete sie und kramte darin herum.

Ein Bild ihres Sohnes, ein Feuerzeug, eine Packung Marlboro Light, ein Lippenstift, diverse andere Schminkutensilien; da, ein zusammengefalteter Brief.

Sie griff nach dem Papier und reichte es siegesgewiss dem Portier, der es auseinanderfaltete und darin las.

Seine Augenbrauen wanderten nach oben. Dann hielt er ihr den Brief herablassend vor die Nase.

»Jetzt weiß ich, dass Sie der GEZ noch für drei Monate die Gebühren schulden. Und nun?«

Erschrocken erkannte Jacqueline, dass sie dem Hotelangestellten ein Mahnschreiben der Rundfunkanstalten in die Hand gedrückt hatte.

Sie fühlte, wie ihr das Blut in die Wangen schoss. Sie schämte sich, ihrem Gegenüber weiter in die Augen zu sehen und wühlte nervös in ihrer Handtasche.

»Soll ich meinen Vorgesetzten holen?«, bot der Portier an.

Schwang da eine Drohung mit?

Kein weiterer Brief zu finden. Ob sie ihn im Koffer deponiert hatte? Oder hatte sie ihn im Auto vergessen? Oder gar zu Hause?

»Das wird nicht nötig sein«, sprach jemand die erlösenden Worte.

Jacqueline drehte sich ruckartig um und hätte dabei beinahe die Handtasche zu Boden gestoßen.

Simon stand neben ihr, Simon Hall, einer ihrer beiden Chefs.

Er nickte ihr freundlich zu. Am liebsten wäre sie ihm um den Hals gefallen.

Doch was hatte ihre Mutter sie immer gelehrt?

›Contenance! Immer die Contenance wahren!‹

Sie hatte sich wieder im Griff, seelenruhig schloss sie die Handtasche.

»Vogt«, sprach Simon nun zu dem Portier. »Friedrich Vogt. Auf diesen Namen wurde das Zimmer gebucht.«

Ach ja, jetzt fiel es Jacqueline wieder ein.

Warum hatte sie daran nur nicht gedacht?

Das Zimmer und die Symposiumsteilnahme waren ja ursprünglich für ihren Seniorchef gebucht worden. Herr Vogt hatte erst kurzfristig entschieden, ihr seinen Platz zu überlassen. Über kurz oder lang wollte er sich sowieso aus dem Geschäft zurückziehen. Außerdem hatte er Jacqueline eine Freude machen wollen.

»Zimmer 724«, bestätigte der Portier. Er hatte zu seiner geschäftsmäßigen Freundlichkeit zurückgefunden. »Ein wunderschönes Zimmer. Mit Balkon – und einem fantastischen Blick auf die Insel Lindwerder.«

Lächelnd überreichte er Jacqueline eine Chipkarte.

Ein Hotelpage trug ihren Koffer nach oben. Das Zimmer beeindruckte sie sehr. Der Ausblick war tatsächlich großartig, und abgesehen vom obligatorischen Fernsehgerät und der Minibar verfügte es auch über einen Internetzugang und eine Klimaanlage. Sie testete das Bett: breit und sehr bequem.

Das Bad war sowohl mit Wanne als auch mit Duschkabine ausgestattet. Jacqueline kontrollierte ihre Frisur und ihr Make-up. Die Lippen konnten eine Auffrischung vertragen. Sie fuhr mit dem Lippenstift darüber und presste sie massierend aufeinander, um die dunkelrote Farbe gleichmäßig zu verteilen.

Um 10 Uhr sollte die Eröffnungsveranstaltung stattfinden. Fünf Minuten vorher erreichte sie den Konferenzsaal und hielt Ausschau nach Simon. Sie konnte ihn nicht entdecken und suchte sich einen freien Stuhl.

Der Präsident der Architektenkammer Berlin begrüßte in einer kurzen Ansprache die angereisten Gäste. Unmittelbar darauf folgte bereits der erste Vortrag.

Jacqueline mochte den sächsischen Dialekt nicht und es fiel ihr daher schwer, sich auf den Inhalt von ›Städtischer Raum: Wohnen und Arbeiten – Synergien und Reibungspunkte‹ der Kollegin aus Leipzig zu konzentrieren.

Nach einem üppigen Mittagsbüffet, bei dem sie zum Glück Simon wiedergetroffen hatte, sollte mit ›Vision versus Budget‹ der Programmpunkt stattfinden, auf den sie sich besonders freute.

Der Vortrag begann mit den bereits heute legendären Palm Islands, den riesigen künstlichen Inseln vor der Küste Dubais, und leitete anschließend über zu vergangenen und künftigen Großprojekten in Deutschland. Auch der Flughafenneubau in Schönefeld wurde am Rande erwähnt und Jacqueline war stolz, daran beteiligt zu sein.

Bis zur Pause am späten Nachmittag entwickelte sich das Symposium sehr zu Jacquelines Zufriedenheit. Es gelang ihr, die Irritationen und Anspannungen der letzten Tage zu verdrängen, da sie sich wohl fühlte unter der Crème de la Crème der Architekten.

Jacqueline verließ den Saal, um wie die meisten anderen

Teilnehmer eine Tasse Kaffee zu trinken. Eine emsige, weiß gekleidete Hotelangestellte füllte gerade die Schale mit den englischen Keksen wieder auf. Als sie zur Seite trat, fiel Jacquelines Blick genau auf eine Frau, der sie lieber nicht begegnet wäre; zu viele unschöne Erinnerungen waren mit ihr verknüpft.

Jacqueline wollte zur Seite sehen, doch es war bereits zu spät.

Die Frau hatte sie entdeckt; in ihren Augen blitzte sofort ein Wiedererkennen auf und ihr Lächeln wurde breit und fröhlich.

Sie stellte die Kaffeetasse ab, aus der sie gerade einen Schluck genommen hatte, und eilte zielstrebig auf Jacqueline zu.

»Jacqueline, wie schön, dich zu sehen!« Ehe sie sich's versah, wurde sie bereits herzlich von der Frau an sich gedrückt.

Jacqueline ließ es stocksteif über sich ergehen.

»Susanne«, sagte sie kühl.

»Ich bin so froh, dich wiederzusehen«, fuhr Susanne beherzt fort. Jacqueline antwortete nicht.

»Weißt du, wie oft ich den Telefonhörer in der Hand hielt, um dich anzurufen?«, fragte Susanne.

Dann erst bemerkte sie Jacquelines Distanziertheit.

»Ich kann ja verstehen, dass du etwas, hm, reserviert bist. Das ist der Grund, warum ich dich längst anrufen wollte. Es ist alles in Ordnung mit mir.«

Susanne sah sich um.

»Und wie du siehst, habe ich sogar noch mein Architekturstudium zu Ende gebracht.«

Anscheinend mit großem Erfolg, dachte Jacqueline, wenn du hierher eingeladen wurdest.

»Trotz meiner, hm, damaligen Stimmungsschwankungen.«

Immer wieder suchte Susanne nach Körperkontakt, fasste Jacqueline am Oberarm an, versuchte, ihre Hand zu halten. Jacqueline war die Situation unangenehm. Da sich hinter ihr eine Wand befand, konnte sie keinen Zentimeter weiter zurückweichen.

»Stimmungsschwankungen«, wiederholte Jacqueline.

Susanne senkte kurz den Blick.

»Tut mir heute noch leid wegen deiner Diplomarbeit.«

»Ich musste sie fast komplett neu schreiben.«

»Ja, ich weiß. Aber nachdem ich durch den ganzen Flur im Studentenwohnheim getobt war und fünf Zimmereinrichtungen und die gemeinsame Küche zu Klump geschlagen hatte, bin ich ja auch in Behandlung gegangen.«

Jacqueline erinnerte sich an die vier muskulösen Männer, die damals notwendig gewesen waren, um Susanne in eine Zwangsjacke zu stecken.

›In Behandlung gegangen‹ nannte Susanne das also heute.

»Zwei Jahre hatte ich gebraucht, um wieder ein normales Leben führen zu können. ›Frau Cantor‹, hat Dr. Rakowski immer gesagt, ›glauben Sie mir, Sie werden eines Tages sogar Ihr Architekturstudium zu Ende bringen können.‹ Und: Er hat recht behalten. Falls du jemals einen Psychologen benötigst …«

Sie konnte den Satz nicht vollenden, ihre Aufmerksamkeit wurde zu Jacquelines Glück von etwas anderem abgelenkt.

»Oh, da drüben kommt Louis, mein Kollege. Ich muss euch unbedingt miteinander bekannt machen.«

Sie ließ ihr Opfer los und entfernte sich, um ihren Kollegen heranzuholen. Jacqueline nutzte die Gelegenheit und verschwand rasch wieder im Konferenzsaal.

Nach dieser Begegnung fiel es Jacqueline äußerst schwer, sich auf die zweite Hälfte von ›Vision versus Budget‹ zu konzentrieren. Obwohl es ihr gelungen war, Susanne zu entwischen, kehrten ihre Gedanken zu ihr zurück.

Ihr Verhalten damals war sehr ungewöhnlich gewesen. Sie hatte ständig fremde Menschen um sich herum gesehen, die sie entführen wollten. Jacqueline und ihre Kommilitonen hatten es zunächst für einen Spleen gehalten, für eine exzentrische Verhaltensweise, um Aufmerksamkeit auf sich zu ziehen. Erst an besagtem Tag, als Susanne die komplette Etage des Studentenwohnheims verwüstet hatte, weil sie gegen ihre imaginären Entführer gekämpft hatte, war allen die Größenordnung des Problems bewusst geworden. Doch da war es bereits zu spät gewesen.

Vorne am Mikrofon erzählte der Vortragende etwas von Startbahnen. Der Sinn der Rede erschloss sich Jacqueline schon lange nicht mehr.

Rakowski.

Warum dachte sie an diesen Namen, während sie auf den Hinterkopf der Frau starrte, die vor ihr saß?

Sie erschrak.

Die Frau vor ihr trug exakt die gleiche Kleidung wie die Frau, die im U-Bahnhof Stadtmitte verschwunden war. Haarfarbe und Frisur stimmten ebenfalls überein.

Wieso war ihr das nicht schon früher aufgefallen?

Hastig sprang sie auf, die Stuhlbeine kratzten dissonant über den Boden.

Simon zu ihrer Linken sah erschrocken zu ihr auf. Der Vortragende unterbrach seine Rede, und die Blicke aller Anwesenden richteten sich plötzlich auf sie.

Jetzt drehte sich auch die Unbekannte vor ihr um.

Tatsächlich.

Es war die Fremde, der sie am Gendarmenmarkt und durch den Wald gefolgt war.

Jacquelines Stirn fühlte sich an, als hämmerten die Typenhebel einer alten Schreibmaschine darauf: PAULA. Mit der Erinnerung an die Buchstaben auf dem Zettel kehrten auch ihre Kopfschmerzen zurück.

Simon zupfte an ihrem Ärmel.

Doch als sie sich ihm zuwandte, saß Paula neben ihr.

Wie war das möglich?

Eben noch hatte sich Paula in der Reihe vor ihr befunden.

Jacqueline blickte wieder nach vorn: auch Paula!

Panisch drehte sie sich um die eigene Achse. Alle Teilnehmer des Vortrags streckten ihr Paulas Gesicht entgegen.

Jacqueline sah zum Rednerpult. Dort stand ebenfalls Paula. Die Lippen der vortragenden Paula öffneten und schlossen sich. Obwohl diese Paula direkt ins Mikrofon sprach, konnte Jacqueline keinen Ton hören.

Erneut spürte sie, dass jemand an ihrem Ärmel zog.

Die andere Paula; die, die bis eben noch Simon gewesen war.

Einem Tsunami gleich durchflutete eine riesige Angst-Attacke Jacquelines Körper.

Sie zitterte.

Beherzt riss sie sich los von der Paula neben sich, die inzwischen ihren Oberarm festhielt.

Sie rannte hinaus, entlang der konsterniert dreinblickenden Paulas in den Stuhlreihen.

Sie erreichte die Ausgangstür des Saals, öffnete sie, rannte hindurch und schlug sie hinter sich zu.

Ohne Atempause hastete sie weiter, durch die Hotelflure ins Foyer, quetschte sich an anderen Gästen und verwirrten Angestellten vorbei ins Freie; sie alle trugen Paulas Konterfei.

Erst auf dem Parkplatz hielt sie an.

Ihr Mercedes!

Sie blickte suchend umher.

Dort. Einsteigen. Zündschlüssel herumdrehen. Los.

Ehe ihr jemand folgen konnte.

Kavaliersstart.

Die Flucht glückte.

Im Rückspiegel entdeckte sie keine auffällige Bewegung.

An ihrem Kaffee in der Pause hatte sie nur genippt, und doch kam es ihr vor, als habe sie zwei Liter davon getrunken.

Sie fühlte sich aufgeputscht – und panisch.

Die Wahnvorstellungen nahmen zu. Endlich war sie an dem Punkt angelangt, sich dies selbst einzugestehen.

Instinktgetrieben steuerte sie den Wagen durch den Grunewald in Richtung der Auffahrt zur AVUS, während sich ihre Gedanken im Kreis drehten. Zu viele Ungereimtheiten passierten in den letzten Tagen.

Sie floh – und wusste gleichzeitig, dass es Zeit wurde, sich den Tatsachen zu stellen.

Die häufigen Kopfschmerzen.

Die Konzentrationsprobleme.

Die Verwechslungen.

Glasklar erkannte sie, dass sie sich die vielen gleichen Gesichter im Grand Hotel nur eingebildet hatte. Ihr Verstand arbeitete wie immer. So glaubte sie.

Aber wieso hatten sich alle Anwesenden in ihrer Wahrnehmung in die fremde Frau verwandelt?

Sie erreichte die Auffahrt und rauschte über die Stadtautobahn nach Süden.

Warum hatte Lukas den Namen der fremden Frau gekannt?

Erneut pochten ihre Schläfen: PAULA.

Wieder sah sie die krakeligen Buchstaben vor sich.

Der Tacho zeigte eine Geschwindigkeit von 140 km/h an.

Sie betätigte die Lichthupe, immer und immer wieder. Die Fahrzeuge vor ihr wichen zur Seite wie Antilopen, die vor einem Hubschrauber flüchten.

Die Fahrer schimpften, hupten und zeigten ihr den Vogel.

Sie ignorierte alles.

Es gab nur eine Erklärung für ihre Misere: René steckte mit der Fremden unter einer Decke!

Paula war seine Geliebte.

Paula wollte Jacquelines Platz einnehmen. Bei René – und auch bei Lukas.

René musste ihr Medikamente verabreicht haben.

Medikamente, die nach und nach ihre Psyche zerstört hatten.

Warum fuhr der Kerl mit dem BMW vor ihr nicht zur Seite?

Sie schlug mit dem Handballen auf die Hupe. Die Rücklichter näherten sich bedrohlich.

Im letzten Moment riss sie das Steuer herum und überholte ihn rechts.

Sie schlitterte auf den Standstreifen und konnte gerade noch verhindern, dass sie gegen die Leitplanke knallte.

Als sie den Wagen wieder im Griff hatte, trat sie erneut das Gas durch.

Wie konnte René ihr das nur antun?

Nach all der gemeinsamen Zeit.

Nachdem sie ihm einen solch wunderbaren Jungen geschenkt hatte.

Ihr schönes Haus in Kleinmachnow, für das sie so lange geracktert hatten.

Warum setzte er dies alles aufs Spiel?

Daran konnte nur dieses Miststück schuld sein!

Doch so einfach würden die beiden sie nicht loswerden.

Mit viel zu hoher Geschwindigkeit und quietschenden Reifen verließ sie die Autobahn.

Was, wenn sie im Moment bei ihm war?

Ein Zeichen!

Es war ein Zeichen gewesen, dass sie überall Paula gesehen hatte, im Konferenzsaal.

Ein Zeichen und eine Warnung.

Das Symposium sollte bis Sonntagabend dauern.

René rechnete nicht mit ihrer frühzeitigen Rückkehr. Jacqueline hatte sich so sehr auf die Tagung im Grand Hotel gefreut. Wie stolz war sie gewesen, dass ihr Seniorchef ihr seinen Platz überlassen hatte.

Zweifellos hatte er das Flittchen zu sich eingeladen. In ihr gemeinsames Haus. In ihr gemeinsames Schlafzimmer. In ihr gemeinsames Bett.

Jacqueline kochte vor Wut.

Dennoch kristallisierte sich in ihren wirren Gedanken ein Ziel heraus: Sie wollte die beiden in flagranti ertappen.

Sie parkte den Wagen in einer Seitenstraße. Statt zur Vorderseite des Hauses zu gehen, eilte sie strammen Schrittes zur Rückfront und anschließend den Trampelpfad hinter dem Haus entlang.

Sie öffnete die Gartentür.

Falls jemand im Wintergarten stand und zufällig hinaussah, würde sie entdeckt werden. Sie nahm das Risiko in Kauf.

Energisch marschierte sie zur Terrassentür und spähte hindurch.

Sie versuchte, jenseits der vielen Pflanzen etwas zu entdecken.

Da, der Esstisch, aus diesem Winkel war er einsehbar.

Sie entdeckte den Kerzenständer, ihren Kerzenständer, ihren siebenarmigen Kerzenständer, den sie von ihrer Schwiegermutter zum Geburtstag geschenkt bekommen hatte. Das Familienerbstück!

Eine Rotweinflasche stand daneben. Sie war bereits entkorkt, der Wein atmete.

Eine blütenweiße Tischdecke, das Festtagsservice, für zwei Personen gedeckt.

Dann glaubte Jacqueline, ihr Herz habe seine Arbeit eingestellt.

Sie sah die Frau. Paula.

Als wäre sie hier zu Hause, ging sie auf den gedeckten Tisch zu; lange, rote Kerzen in ihren Händen.

Eine nach der anderen steckte sie in den Kerzenständer.

Dann griff sie nach einer Schachtel Streichhölzer und zündete die erste an.

Ein romantisches Dinner bei Kerzenschein!

Das war zu viel für Jacqueline.

Die Frau musste raus, raus aus Jacquelines Leben; je eher, desto besser.

Sie würde sie an den Haaren packen und ins Freie ziehen.

Sie würde mit ihren Fäusten auf sie einschlagen und ihr mit ihren spitzen Schuhen in den Magen treten.

Sie würde sie eliminieren aus ihrem Leben.

Sie würde ihren Mann und ihren Sohn zurückerobern.

Dafür musste sie nur hinein. Sie rüttelte an der Tür. Verschlossen.

Paula sah sie herausfordernd an. Ihr Gesicht verwandelte sich in eine spöttisch grinsende Fratze.

Miststück! Ich werde dich kriegen!

Jacqueline nahm Anlauf, hielt sich den Ellbogen vors Gesicht und sprang geradewegs durch die Glastür.

10. KAPITEL

Zwei Tage vor der Katharsis

Martin Manthey stand an der Tür und klopfte. Ohne eine Antwort abzuwarten, trat er ein.

Das Büro hinter der Tür kannte er bereits. Genau wie bei seinem letztem Besuch, saß Dr. Gregor Rakowski hinter seinem Schreibtisch. Rakowski presste einen Telefonhörer an sein Ohr.

»... noch nie erlebt. Moment mal.«

Rakowski hob den Blick und sah Manthey entgeistert an. »Sie können doch nicht einfach so hier hereinplatzen.«

»Kann ich nicht?«

Manthey schob seine Hand in den Briefumschlag, den er bei sich trug, und holte einen Satz Fotografien daraus hervor.

Er knallte sie vor Rakowskis erschrockenem Gesicht auf dessen Schreibunterlage.

Zuoberst auf dem Bilderstapel lag eine Nahaufnahme eines aufgeschlitzten Halses. Rings um die Wunde war alles blutverschmiert.

Rakowski erinnerte sich, dass er noch einen Gesprächspartner in der Leitung hatte.

»Ich rufe zurück«, flüsterte er, dann legte er auf.

Wie hypnotisiert starrte er auf das Foto.

Da Rakowski nicht in der Lage zu sein schien, den Stapel durchzublättern, zog Manthey das Bild zur Seite. Auf dem Foto darunter konnte man deutlich erkennen, dass es sich bei dem Opfer um einen Jungen handelte. Die kalten Augen zeugten davon, dass jede Hilfe zu spät gekommen war.

Als baue er ein Memory-Spiel auf, ordnete Manthey nun sämtliche Bilder vor Rakowskis Augen gleichmäßig auf dem Schreibtisch an. Notizzettel, Kugelschreiber und einen Radiergummi schob er rigoros zur Seite.

Schließlich lagen die Fotos so vor Rakowski, dass er dem Anblick nicht entgehen konnte.

Ein zusammengerollter Teppich.

Die Tatwaffe, ein Brotmesser, voller Blut.

Das Brotmesser, gereinigt, in einer Kunststoffhülle, mit einer Nummer versehen.

Der tote Körper des Jungen in der Totalen, auf dem Teppich liegend.

Die Wunde in Nahaufnahme, gereinigt.

Porträtfotos des Jungen, aus verschiedenen Perspektiven.

Der Junge, nackt, auf einem blanken, grauen Untersuchungstisch aus Edelstahl.

Fragende, tote Augen, immer wieder fragende, tote Augen.

Manthey las das Entsetzen im Gesicht Rakowskis.

Obwohl er erreicht hatte, was er wollte, spürte er keine Befriedigung.

Er setzte sich auf Rakowskis Besucherstuhl.

Rakowski griff zu einem auf dem Schreibtisch stehenden Wasserglas und trank es leer.

»Sie, Herr *Dr.* Rakowski«, den Titel betonte Manthey, »sind dafür verantwortlich.«

Rakowski erschrak sichtlich.

»Was meinen Sie?«, fragte er.

»Es macht einen Unterschied, ob man hört oder liest, dass ein Kind gestorben ist, oder ob es leibhaftig vor einem liegt. Selbst ein Foto vermittelt den Schrecken nur ungenügend.«

»Ich verstehe immer noch nicht.«

Manthey beugte sich nach vorn.

Am liebsten hätte er den Psychologen an seinem weißen Kittelkragen gepackt. Er verkniff es sich.

»Sie hatten Zeit genug. Ich will Ergebnisse sehen. Wenn Sie keine bringen können, werde ich dafür sorgen, dass Ihnen der Fall entzogen wird.«

»Aber ...«

»Ein Kind ist bereits gestorben, Rakowski, und Sie machen hier Ihre Psycho-Spielchen!«

»Aber die Patientin hat auch Rechte«, verteidigte sich Rakowski.

»Die Patientin?«, Manthey erhob seine Stimme.

Gleichzeitig stützte er sich auf Rakowskis Schreibtisch und stemmte sich hoch.

Bereits vor vielen Jahren hatte er gelernt, seine zwei Meter Körpergröße einschüchternd einzusetzen. Selbst wenn Rakowski aufgestanden wäre, hätte er zu ihm aufsehen müssen. Sitzend musste er sich wie eine Maus fühlen, die einem Bussard ins Antlitz blickte, während dieser sie in seinen Krallen hielt.

»Sehen Sie sich den Jungen an, Rakowski.«

Der Bussard beugte sich nach unten, tippte mit einer seiner Krallen auf eines der entsetzlichen Fotos.

Wie unter Hypnose folgte Rakowskis Blick dem lockenden Pochen.

Der Junge mochte sieben Jahre alt sein, eventuell acht.

Durch einen brutalen Messerstich war er in solch jungen Jahren aus dem Leben gerissen worden.

»Muss ich Ihnen den Unterschied zwischen Opfer und Täter erklären?«

»Nein«, sagte Rakowski leise, ohne den Blick von dem anklagenden Blick des Kindes abzuwenden.

»In erster Linie tragen *Sie* hierfür die Verantwortung, nicht für Ihre *Patientin*.«

Rakowski schwieg.

»Machen Sie Ihren Job und finden Sie endlich heraus, was wir wissen müssen«, sagte Manthey. Dann verließ er das Büro.

Die Fotos auf Rakowskis Schreibtisch ließ er zurück.

11. KAPITEL

Ein Tag vor der Katharsis

Ich sehe überhaupt keine Verletzungen an Ihren Armen. Sind Sie sicher, dass Sie durch die Terrassentür gesprungen sind?«

Jacqueline hatte die Ärmel ihres Pyjamas nach oben gekrempelt. Sie musterte ihre Ober- und Unterarme.

»Ich wollte durch die Tür springen.«

»Ah, Sie *wollten* durch die Tür springen. Vorhin erzählten Sie mir, Sie hätten sich den Ellbogen vors Gesicht gehalten und *wären* hindurchgesprungen.«

Dies war wieder einer der Momente, in denen Jacqueline lieber schwieg.

»Interessant«, sagte Rakowski.

Ständig notierte er etwas.

Jacqueline hätte zu gerne Einsicht genommen in seine Unterlagen.

Dann lächelte er sie wieder an, gütig und friedfertig, wie ein Engel.

Er verlor sein Strahlen auch nicht, als er seine Hand in

die Seitentasche seines Arztkittels steckte und eine Broschüre daraus hervorholte.

»Und wie erklären Sie sich das?«, fragte er, während er ihr das abgegriffene Heftchen entgegenstreckte.

Jacqueline griff danach und klappte es auseinander.

»Lesen Sie es mir vor«, bat Rakowski.

»›Die Architektenkammer Berlin lädt ein: XII. Symposium Stadtentwicklung. Grand Hotel Großer Wannsee‹«, zitierte Jacqueline. »Das ist die Veranstaltung, von der ich Ihnen erzählt habe.«

»Wissen Sie, welches Datum wir heute haben?«

Jacqueline überlegte.

»In einem Krankenhaus ist ein Tag wie der andere.«

»Sehen Sie nach, für welches Wochenende das Symposium geplant ist.«

Auch dies las Jacqueline laut vor.

»Sie können also gar nicht teilgenommen haben!«

Jacqueline verstand nicht, was er meinte.

»Die Veranstaltung findet erst übernächstes Wochenende statt«, behauptete Rakowski.

Einfach nicht antworten, wandte Jacqueline wieder ihre bewährte Strategie an.

»Wie erklären Sie sich das?«

Schweigen.

»Hallo? Ich rede mit Ihnen.«

Jacqueline empfand Rakowski von Sitzung zu Sitzung penetranter. Seit einiger Zeit wirkte er so, als stände er selbst unter Druck. Seine freundliche Ausstrahlung verwandelte sich immer mehr zu einer Karikatur ihrer selbst.

Jetzt fasste er sie sogar an!

Er zupfte sanft am Ärmel ihres Pyjamas und wiederholte seine Frage.

»Wie erklären Sie sich das?«

Jacqueline erschrak über den Körperkontakt und zuckte zusammen.

»Keine Ahnung«, antwortete sie rasch. »Möglicherweise verwechsle ich da etwas.«

Sie griff nach dem Oberbett und zog es bis zum Hals nach oben. Am liebsten hätte sie auch ihr Gesicht darunter versteckt.

»Wahrscheinlich verwechsle ich die Veranstaltung mit einer anderen, die ich kürzlich besucht habe.«

»Jacqueline, öffnen Sie bitte die Broschüre.«

Langsam holte sie ihre Hände wieder unter der Bettdecke hervor. Sie klappte das Infoheft, das sie immer noch in ihren Fingern hielt, auseinander.

»Sehen Sie sich die Programmpunkte an.«

»Vormittags: ›Städtischer Raum: Wohnen und Arbeiten – Synergien und Reibungspunkte‹. Nachmittags: ›Vision versus Budget‹.«

»Sie haben mir exakt von diesem Symposium berichtet. Einem Symposium, das noch gar nicht stattgefunden hat.«

»Aber ich war dort.«

»Nein.«

Rakowskis Tonfall klang scharf wie ein Skalpell. Es schnitt direkt in Jacquelines Nervenzentrum: Die Kopfschmerzen meldeten sich zurück. Sie massierte sich die Schläfen.

»Sie haben schon mehr Medikamente erhalten, als ich eigentlich gutheißen kann.«

Er schien bereits geahnt zu haben, dass sie ihn um eine weitere Tablette bitten wollte.

»Ich habe an diesen Vorträgen teilgenommen«, sagte sie nun trotzig und unter hämmernden Kopfschmerzen.

»Auch wenn Sie mir nun die siebte Version der Geschichte erzählt haben, sie wird dadurch nicht wahrer.«

»Die siebte Version?«

»Mindestens. Wir sind in den vergangenen Tagen alles mehrfach durchgegangen. Erinnern Sie sich?«

»Wie lange bin ich schon hier?«

»Lenken Sie nicht ab!«

Was war nur aus dem hübschen, braven Engel geworden?

Vielleicht, wenn sie ihn einfach anlächelte, ja, vielleicht würde er dann wieder fröhlicher und freundlicher werden …

Doch dieses Mal funktionierte die Taktik nicht.

Rakowski redete hartnäckig weiter.

»Und die Story wird von Version zu Version umfangreicher und detaillierter. Jetzt haben Sie auch noch diese Susanne Cantor darin eingebaut. Die Frau, die Ihnen angeblich meinen Namen genannt hat. Aber Sie sind nicht bei mir in Behandlung, weil Sie meine Telefonnummer im Internet recherchiert haben.«

»Aber Susanne Cantor …«

»Es gibt keine Susanne Cantor«, unterbrach Rakowski barsch. »Es gibt keinen Beat Lindinger. Und es gibt keine

Carla Martinez. Ich habe keine Ahnung, ob Sie die Namen erfunden oder irgendwo aufgeschnappt haben. Möglicherweise haben Sie tatsächlich irgendwann von ihnen gelesen, genauso wie vom Bau der Allianz-Arena oder der Brücke über die Süderelbe.«

Jacqueline wollte einfach nur, dass er aufhörte zu sprechen. Doch den Gefallen tat er ihr nicht.

»In der allerersten Version Ihrer Geschichte ist keiner der drei Namen gefallen. Je länger Sie hier sind, desto mehr schmücken Sie Ihre vermeintliche Erinnerung aus.«

Nein, sie hatte den Besuch des Symposiums von Anfang an identisch geschildert.

Sie verstand nicht, warum Rakowski das Gegenteil behauptete, und beschloss, dass es sinnvoller war, weiter zu schweigen, um ihn nicht noch mehr zu reizen.

Wenn nur diese elenden Kopfschmerzen vorbeigehen würden. War sie nicht auch deswegen hier in Behandlung, damit sich Rakowski darum kümmerte?

»Dann tauchen wieder Fragmente auf, die der Wahrheit entsprechen. Als Sie aufgegriffen wurden, befand sich tatsächlich ein Mahnschreiben der GEZ in Ihrer Handtasche. Oder die Wunde an Ihrer Hüfte. Sie ist ja auch schwer zu übersehen.«

Jacqueline griff erneut unter das Oberbett. Mit den Fingern tastete sie nach der langsam verheilenden Schnittverletzung.

»Was Sie über die Ursache erzählen, stimmt nicht. Es kann nicht stimmen.«

»Ich hatte für meinen Sohn Brot aufgeschnitten«, flüsterte Jacqueline. »Danach ist mir dieses Missgeschick passiert.«

Rakowski atmete tief durch. Er schien sich zu sammeln, um wieder zu seiner alten Gelassenheit zurückzufinden.

»Ihr Sohn«, konstatierte er ruhig.

Jacqueline war dankbar, dass er nicht wieder über die Wunde reden wollte.

»Nennen Sie mir den Namen Ihres Sohnes«, bat er.

»Lukas«, für die Antwort benötigte sie keine Sekunde.

Den darauffolgenden Gesichtsausdruck Rakowskis konnte Jacqueline nicht deuten: Mitleid kämpfte mit Hilflosigkeit und Verzweiflung.

»Wo ist Lukas?«

»Zu Hause.«

»Wo ist ›zu Hause‹?«

»In Kleinmachnow.«

Jacqueline nannte ihm Straße und Hausnummer.

»Kennen Sie einen Jungen namens Robin?«

»Nein«, antwortete sie schnell und schüttelte den Kopf.

»Wie heißt Ihr Ehemann?«

»René.«

»René, und wie weiter?«

»René Adam.«

»Sagt Ihnen der Name Thorsten Hinz etwas?«

»Ich habe ihn noch nie gehört.«

Jacqueline schenkte ihrem Gegenüber ein Lächeln und war enttäuscht, dass sich Rakowski nicht davon anstecken ließ.

Wann wollte er endlich ihre Kopfschmerzen behandeln?

Deswegen hatte sie sich doch ins Krankenhaus einliefern lassen. Ihre Freundin Susanne war doch auch von solch elenden Schmerzen gequält worden. Und Susanne hatte ihr deswegen doch Rakowski empfohlen.

Jacqueline versuchte, sich an einen seiner freundlicheren Gesichtsausdrücke zu erinnern. Es gelang ihr: Das Engelsgesicht überlagerte schließlich die penetrant-fordernde Mimik.

Rakowskis Worte hörte sie nicht mehr.

12. KAPITEL

Ein Tag vor der Katharsis

Manthey hätte Rakowski auch einfach anrufen können. Doch er wusste, dass er mehr Druck verursachte, wenn er persönlich vor ihm stand. Das schien ihm den weiten Weg zur Klinik wert.

Rakowskis Büro war leer. Manthey marschierte weiter zum Krankenzimmer.

Im Stationszimmer wertete eine stämmige Krankenschwester an einem Computer Daten aus, während ein Pfleger Hängeordner durchblätterte. Als Manthey an den gläsernen Wänden des Stationszimmers vorbeirauschte, nahm er wahr, wie die beiden aufschreckten und ihre Köpfe hoben. Solch hastige Bewegungen waren sie auf ihrer Etage wohl nicht gewohnt.

Gegenüber der Tür des Krankenzimmers saß ein uniformierter Beamter. Auf seinem Ärmel prangte der Berliner Bär, das Wappen der Berliner Landespolizei. Obwohl ihm der Polizist nicht direkt unterstellt war, sprang er dienstbeflissen auf und grüßte Manthey ehrfürchtig.

Manthey nickte ihm zu.

»Ist Rakowski bei ihr?«, wollte Manthey wissen.

»Ja, Herr Kommissar.«

Manthey griff nach der Türklinke und haderte mit sich.

Sollte er tatsächlich hineinplatzen?

Welche Auswirkungen konnte das auf ihre Psyche haben?

Wurde sie möglicherweise noch verschlossener?

Andererseits trug er die Verantwortung für den Fall.

Die Krankenschwester nahm ihm die Entscheidung ab.

»Sie können da nicht rein«, sagte sie, während sie vom Stationszimmer zu ihm eilte.

Resolut legte sie Manthey ihre Hand auf den Unterarm und funkelte zuerst ihn, dann den Polizisten böse an.

»Sie dürfen niemanden zu der Patientin lassen«, keifte sie.

»Das ist Herr Manthey, der ermittelnde Kommissar«, verteidigte sich der Uniformierte.

»Herr Dr. Rakowski hat ausdrücklich befohlen, dass – abgesehen vom medizinischen Personal – niemand zur Patientin darf.«

»Ich glaube nicht, dass dies auch für den Herrn Kommissar gilt.«

»Das gilt für jeden.«

Manthey nahm seine Hand von der Klinke.

Gelassen zückte er seine Dienstmarke und hielt sie der Krankenschwester vor das verkniffene Gesicht.

Die Schwester nutzte die Chance und schlüpfte zwischen Manthey und die Zimmertür.

Während sie die Dienstmarke musterte, verschränkte sie ihre Arme.

Jetzt kam auch ihr Kollege dazu und stellte sich daneben, sein Blick eher ratlos.

Die Krankenschwester stand nun breitbeinig vor Manthey. Ihre Statur vermittelte den Eindruck, als wäre sie fetten Torten nicht abgeneigt, und in ihrer weißen Tracht erinnerte sie Manthey an einen Sumoringer.

Die Schwester fixierte ihn: »Selbst wenn Sie der Polizeipräsident persönlich wären!«

Der Kommissar erkannte, dass die Frau vor ihm nicht nachgeben würde.

Obwohl es in seiner Laufbahn schon häufig Situationen gegeben hatte, in denen er sich mit roher Gewalt durchgesetzt hatte, wusste er, dass er sich das in diesem Moment nicht erlauben konnte.

Deeskalieren dürfte effektiver sein, dachte er, und trat einen Schritt zurück.

Im selben Moment öffnete sich die Tür hinter der Sumoringerin. Ihre Körpermasse verdeckte die Person, die das Zimmer verlassen wollte.

Lediglich die Stimme war zu vernehmen: »Was ist denn hier los?«

Manthey erkannte Rakowski.

»Ich halte Leute davon ab, zu der Patientin vorzudringen.«

»Ähm, könnten Sie zumindest mich vorbeilassen?«

»Oh, Entschuldigung.«

Die Sumoringerin ließ den Arzt passieren und baute sich anschließend wieder vor der Tür auf.

Rakowski wirkte neben der Krankenschwester wie ein Kind. Manthey schätzte, dass er nicht einmal ein Drittel des Gewichts der Frau auf die Waage brachte.

Rakowski war derjenige, mit dem sich Manthey messen wollte, nicht seine Leibwächterin. Wenn du die Truppe demoralisieren willst, töte den General, dachte er und trat ganz nahe an Rakowski ran.

Der verharrte, seine Augen auf Brusthöhe von Mantheys schwarzem Wollpullover.

Dem Umstand, dass Rakowski um keinen Millimeter nach hinten wich, zollte Manthey Respekt.

Dennoch forderte er ihn weiter heraus. Er musste ihm den Ernst der Lage deutlich machen.

»Sie werden mich zu ihr lassen.«

»Nein.«

»Gehen Sie sofort zur Seite.«

»Die Patientin ist noch nicht so weit. Wir sind in einer kritischen Phase.«

Am liebsten hätte Manthey seine Brust nach vorne gestreckt, um den Kontrahenten vor sich herzuschubsen wie ein Gorillamännchen, das mit einem Nebenbuhler um das attraktivste Weibchen kämpft.

»Sie haben den toten Jungen gesehen und sprechen von einer kritischen Phase?«

»Es geht um den Schutz meiner Patientin.«

»Nein. Es geht darum, dass Sie die notwendigen Informationen aus ihr herausholen.«

»Wissen Sie was? Ich habe allmählich den Eindruck, Sie nehmen die Sache persönlich. Steckt da etwa mehr dahinter?«

Volltreffer. Verdammter Psychologe.

»Da habe ich wohl einen wunden Punkt getroffen?«

Nicht darauf einlassen. Gegenangriff starten.

»Sie hatten nun wirklich Zeit genug. Wie sehen Ihre Ergebnisse aus?«

Rakowski schien für einen Augenblick zu schwanken, ob er sich weiter dem Machtgerangel hingeben oder lieber auf die sachliche Schiene umschwenken sollte.

»Ich bin zuversichtlich, dass ich die Patientin in die Realität zurückholen kann«, antwortete er schließlich.

»Was heißt ›Sie sind zuversichtlich‹?«

»Es ist mir gelungen, erste Zweifel zu schüren.«

»Erste Zweifel?! Sie wissen, dass jede Minute zählt?«

»Sie haben es mir oft genug zu verstehen gegeben.«

»Fahren Sie immer noch Ihren Schmusekurs?«

»Was meinen Sie?«

»Ob Sie die Samthandschuhe inzwischen ausgezogen haben?«

»Ich hatte Ihnen gesagt, dass es angebracht ist, behutsam vorzugehen. Natürlich lasse ich die Dinge, die mir die Patientin erzählt, nicht unwidersprochen im Raum stehen.«

»Das hätten Sie von Anfang an tun sollen.«

»Ich musste mir erst einen Überblick über Art und Ausmaß ihrer Erkrankung verschaffen.«

»Sie müssen ihre Zweifel verstärken.«

»Genau das habe ich vor.«

»Sie muss Ihnen glauben, dass ihre Erinnerungen nicht der Realität entsprechen.«

»Erzählen Sie mir nicht, wie ich meinen Job zu erledigen habe!«

»Doch, das tue ich, solange Sie nicht vorwärtskommen und die Polizeiarbeit behindern. Im Gegensatz zu Ihnen war ich nach der Festnahme dafür, die Frau sofort nach nebenan ins Krankenhaus des Maßregelvollzugs einzuweisen.«

»Die Atmosphäre dort wäre kontraproduktiv gewesen. Der Zustand der Patientin ist äußerst labil. Unter der Polizeipräsenz hätte sie sich nur komplett verschlossen.«

»Ich gebe Ihnen noch vierundzwanzig Stunden. Dann werde ich sie abholen lassen und mich selbst ihrer annehmen.«

Manthey drehte sich um und ging.

13. KAPITEL

Ein Tag vor der Katharsis

Jacqueline schloss leise die Tür.

In vierundzwanzig Stunden wollte sie der Teufel holen.

Er hatte mit ihrem Engel gerungen, verbal, und beinahe wäre es zu Handgreiflichkeiten gekommen.

Der Teufel trug einen schwarzen Rollkragenpullover und eine anthrazitfarbene Cordhose. Sein dunkles Haar hatte sicher Tage erlebt, an denen es voller und ordentlicher gewesen war. Der Kopf des Teufels wirkte bullig, das Gesicht war vor Wut gerötet. Seine Stimme dröhnte tief und selbstbewusst.

Rakowskis helle Art zu sprechen bildete einen deutlichen Kontrast dazu.

Der Schwarzgekleidete hatte die Situation dominiert, Rakowski war zunehmend zum Statisten degradiert worden.

Jacqueline wusste nicht mehr, ob der Arzt ihr Freund oder ihr Feind war.

Einerseits quälte er sie mit seinen bohrenden Fragen,

andererseits war er gerade vor ihren Augen zum Schutzengel mutiert.

Doch war es gerecht, dass der Teufel ihren Engel um mehr als einen Kopf überragte?

Dass er ein doppelt so breites Kreuz sein Eigen nannte?

Konnte dieser kleine, schmächtige Engel auch weiterhin seine schützende Hand über sie halten?

Sie presste ihren Rücken gegen die Zimmertür.

Auf dem Flur sprach erneut jemand.

»Wie lange müssen Sie denn noch hierbleiben?«

»Leider die ganze Nacht über, mein Kollege ist krank geworden.«

»Ich habe jetzt zum Glück zwei Tage frei.«

»Sie Glückliche. Schönen Abend!«

»Danke, ebenfalls. Trotz der Nachtschicht.«

Die dicke Krankenschwester verließ also das Gebäude.

Obwohl Jacqueline jegliches Zeitgefühl verloren hatte, vermutete sie, bereits mehrere Nächte im Krankenhaus verbracht zu haben.

Hätten nicht eigentlich nur ihre Kopfschmerzen behandelt werden sollen?

Warum löste Rakowski ständig solche verstörenden Irritationen in ihr aus?

Und wieso hatte dieser schwarzgekleidete Teufel das Recht, über ihren Aufenthaltsort zu entscheiden?

Ob René das alles wusste? Warum besuchte er sie nicht? Hielten sie ihn von ihr fern?

Oder steckte er gar mit Rakowski unter einer Decke?

Vergnügte er sich just in diesem Augenblick mit seiner Geliebten?

Wollte man sie für verrückt erklären?

Jacquelines Gedanken drehten sich im Kreis.

Sie erkannte, dass sie aus dem Kreis nur ausbrechen konnte, wenn sie René zur Rede stellen würde.

Viel zu lange hatte sie sich passiv verhalten und die Fragen Rakowskis ertragen. Sie musste endlich wieder die Initiative ergreifen.

Sie konnte nicht zulassen, dass man ihr das Leben stahl – und ihren Sohn!

Zwischen ihr und der Freiheit standen ein Krankenpfleger und ein Polizist.

Sie benötigte einen Plan.

Ihr Blick schweifte umher: ein Krankenbett, ein rollbarer Nachttisch, ein in die Wand eingelassener Kleiderschrank, eine schmale Tür, ein Fenster.

Obwohl sie durchs Fenster auf eine bewaldete Parkanlage blicken konnte, stellte eine Flucht über diesen Weg keine realistische Option dar. Direkt unterhalb führte ein geteerter Fußweg entlang. Ein Sprung aus dem zweiten Stock? Keine gute Idee.

Unschlüssig trat sie durch die schmale Tür in die Nasszelle. Eine Duschkabine ohne Vorhang stand dort zur Nutzung bereit, des Weiteren eine Toilettenschüssel. Über den Duschkopf hatte sie sich bereits mehrfach geärgert. Er wackelte und seine Dichtung war porös geworden. Es war Jacqueline bislang nicht gelungen, den Wasserstrahl ihren Vorlieben entsprechend einzustellen. Einmal hatte sie so lange daran geschraubt, bis sie den Metallkörper in den Fingern gehalten hatte.

Sie erinnerte sich daran, wie schwer er in ihrer Hand gelegen hatte. Er schien ihr äußerst massiv zu sein.

Wenn man ihn geschickt und im richtigen Winkel …

Sie stellte sich in die Kabine und drehte den Duschkopf, bis er sich aus seiner Halterung löste.

Stolz wog sie ihn in ihrer Handfläche.

Jetzt musste sie nur noch den Krankenpfleger anlocken.

Sie dachte nach.

Sie konnte einen Notfall simulieren.

Ein Notrufknopf zierte die Wand neben dem Bett; einen weiteren, hier in der Nasszelle, konnte man vom Sitzen aus erreichen, sollte die eigene Kraft nicht ausreichen, sich von der Toilettenschüssel hochzustemmen.

Sie drückte ihn.

Rasch ließ sie sich zu Boden sinken und rollte sich zusammen wie ein Fötus im Mutterleib. Den Duschkopf verbarg sie in ihrer Körpermitte.

Nach endlos langen Sekunden öffnete sich die Zimmertür. Die Schritte verharrten – vermutlich sah sich der Krankenpfleger um –, dann näherten sie sich der Nasszelle.

Jacqueline öffnete ihr linkes Auge einen schmalen Spalt.

Der Krankenpfleger beugte sich zu ihr hinab.

Er sagte etwas, sanft und fürsorglich, doch ehe er den Satz zu Ende sprechen konnte, knallte ihm Jacqueline ihre geballte Faust gegen den Unterkiefer. Ein knirschendes Geräusch ertönte und der Krankenpfleger verstummte.

Mit der anderen Hand holte Jacqueline aus und schlug dem überraschten Pfleger den Duschkopf an die Schläfe.

Ungläubig riss er die Augen auf und starrte sie an, dann sackte er in die Knie.

Drei weitere Male hieb Jacqueline in kurzer Folge auf seinen Schädel ein. Sie hoffte, dass der Polizist draußen die dumpfen Treffer nicht hören konnte.

Als der Pfleger endlich bewusstlos wurde und zur Seite wegkippte, stützte Jacqueline seinen Körper, damit der Aufprall auf den gefliesten Boden keinen Laut verursachte.

Dann lag er vor ihr. Seitlich der Stirn bildete sich ein Rinnsal. Blut tropfte auf die weißen Fliesen, langsam und gleichmäßig.

Jacqueline lauschte, ob jemand auf die Geräusche reagierte. Immerhin stand die Krankenzimmertür nur angelehnt, wie sie erkannte.

Sie wartete.

In der Stille hörte sie lediglich das leise Surren von Neonröhren. Niemand kam.

Der erste Gegner lag besiegt zu ihren Füßen.

Doch ein Polizist würde sicher schwieriger zu übertölpeln sein. Sie musste ihn zu einer Handlung zwingen, seine Instinkte aktivieren. Er durfte keine Zeit bekommen, um zu überlegen, geschweige denn, um Kollegen zu informieren.

Das Überraschungsmoment musste auf ihrer Seite bleiben.

Sie zog den Körper des Krankenpflegers gänzlich in die Nasszelle, damit sie die Badtür schließen konnte. Dann stellte sie sich hinter die Tür zum Flur.

Wenn sie Pech hatte, ging gerade eine andere Krankenschwester den Gang entlang, oder jemand aus der Ärzteschaft.

Doch sie wagte nicht, einen Blick durch den Spalt zu werfen. Der Polizist hätte sie entdecken können.

Durchs gegenüberliegende Fenster blickte sie in die verlockende Freiheit. Sie musste es riskieren.

»Was machen Sie da?«, sagte sie in Zimmerlautstärke. »Das dürfen Sie nicht!«

Erfolgte draußen bereits eine Reaktion? Sie hörte nichts.

»Das werde ich Dr. Rakowski melden.«

Kratzten die Stuhlbeine über den Boden des Flurs?

»Nehmen Sie sofort die Hand von meinem Slip!«

Dann schrie sie laut um Hilfe, nur ganz kurz, presste sich sogleich die eigene Hand auf den Mund, um sich zum Verstummen zu bringen.

Sie hoffte, dass es sich authentisch anhörte.

Gleichzeitig durfte sie nicht zu viel Aufmerksamkeit erregen, um keine weiteren Feinde aufzuschrecken.

Sie vollführte einen Ausfallschritt und trat energisch mit dem Fuß gegen den Rolltisch, es schepperte.

Fast wäre sie zu Boden gefallen, als die Tür aufgestoßen wurde und gegen ihren Körper prallte. Doch sie behielt die Kontrolle und sprang sofort auf den Polizisten, der beim Betreten des Raums suchend umherblickte.

Mit ihren Beinen umschlang sie seine Hüfte, mit ihrem linken Arm seinen Kopf.

Ehe er sich's versah, torkelte er umher und kämpfte mit seinem Gleichgewicht.

Jacqueline strampelte und trat, so gut sie es in ihrer Situation konnte. Gleichzeitig trommelte sie mit dem Duschkopf auf den Kopf des Beamten.

Jetzt hob er die Hände, packte Jacqueline an den Hüften und versuchte, sie von sich wegzustemmen.

Jacqueline fühlte den kräftigen Druck. Ein Bulle, der versuchte, die Rodeoreiterin loszuwerden. Es machte sie nur wütender.

Der Bulle durfte nicht gewinnen. Er durfte einfach nicht gewinnen.

Inzwischen war es dem Polizisten geglückt, Jacquelines Hüfte eine halbe Armlänge von sich zu pressen.

Doch ihre Beine waren immer noch hinter seinem Leib verschränkt, ihr linker Arm drückte seinen Hals zu.

Immer schneller schlug der Duschkopf in ihrer Rechten auf das dichte, lockige Haar des Beamten. Blut spritzte Jacqueline entgegen.

Endlich erschlafften seine Arme. Er fiel nach vorne zu Boden und begrub Jacqueline unter sich.

Ihr Rücken krachte schmerzhaft aufs Linoleum. Sie schnappte nach Luft. Mühsam kroch sie unter dem Polizisten hervor, setzte sich in den Schneidersitz und verharrte in dieser Position, bis ihr Atem wieder ruhig und regelmäßig wurde.

Währenddessen betrachtete sie ihr Opfer.

Die Wunde am Kopf des Beamten wirkte deutlich größer als die des Krankenpflegers. Durch ihre Umklammerung und den Sturz des Polizisten war seine Dienstjacke nach oben gerutscht. Ein ledernes, zugeknöpftes Holster war dadurch zum Vorschein gekommen. Jacqueline öffnete den Druckknopf, der die Dienstwaffe sicherte, und nahm die Pistole an sich.

Sie stand auf und sah an sich hinab.

In dem weißen Krankenhauspyjama konnte sie das Gebäude keinesfalls verlassen.

Voller Hoffnung öffnete sie den Kleiderschrank: Doch hier lag lediglich ein zweiter Schlafanzug.

Die Polizeiuniform und die weiße Dienstkleidung des Pflegers schieden ebenfalls aus; viel zu auffällig.

Doch irgendwo musste sich der Krankenpfleger umgezogen haben.

Jacqueline spähte vorsichtig durch die Tür: Keine Menschenseele zu sehen.

Zur Rechten endete der Flur bereits nach wenigen Metern, zur Linken entdeckte sie eine Glaswand. Beim ersten Schritt nach draußen wurde ihr schlagartig bewusst, dass sie vermutlich seit Tagen ausschließlich in diesem Krankenzimmer gelebt hatte. Und sie konnte sich noch nicht einmal mehr an ihre Ankunft in der Klinik erinnern.

Die verglaste Wand identifizierte sie sehr schnell als zum Stationszimmer gehörend. Der Glaskasten stand am Knotenpunkt mehrerer Gänge. Nervös sah sie sich um.

Das Glück blieb ihr hold: Die abzweigenden Flure schienen genauso verwaist wie das Stationszimmer.

Jacqueline lief schnell hin, betrat es und drehte sich um die eigene Achse.

Hier bestand kein Sichtschutz für das Klinikpersonal. Wo zogen sich die Leute um?

»Nur für Angehörige der KBON«, stand in schwarzen, leicht verblassten Lettern auf einer der Türen in ihrer Umgebung.

Sie drückte die Klinke.

An jeder Seite des schmalen Raums befanden sich fünf graue Spinde. Neun Stück mit Vorhängeschlössern gesichert, an einem baumelte ein aufgeklapptes Schloss. Jacqueline zog den Bügel aus der Öse und öffnete die Spindtür.

Auf dem Boden standen ein Paar dunkelblaue Puma-Turnschuhe, in einem Fach lag ein weinrotes T-Shirt. Über einem Kleiderbügel hing eine Jeans.

Der Körperbau des Krankenpflegers glich dem ihren. Falls das T-Shirt ein wenig weiter geschnitten war, konnte es funktionieren.

Sie schlüpfte aus ihrem Pyjama und streifte sich die Jeans über. Sie passte, als ob es ihre eigene wäre. Danach nahm sie das T-Shirt und betrachtete es: ein Urlaubsmitbringsel, vorne als Aufdruck das Wort ›Budapest‹. Sie zog es an. Im Brustbereich spannte es unangenehm.

Am meisten Sorge bereiteten ihr die Schuhe. Für ihre zierlichen Füße viel zu groß. Alle Zehen hatten Spiel. Aber schließlich wollte sie ja nicht zum Berlin-Marathon damit.

Die Pistole steckte sie sich hinten in den Hosenbund.

Sie hielt vergeblich Ausschau nach einem Spiegel, in dem sie ihr Aussehen kontrollieren konnte. Zurück ins Krankenzimmer wollte sie nicht.

Neben dem Stationszimmer führte eine Tür ins Treppenhaus. Jacqueline lauschte. Die Luft schien rein, und sie schlich nach unten.

Grüne Exit-Schilder wiesen ihr den Weg zum Ausgang.

Von einem Moment zum anderen stand sie in der prallen Sonne. Sie blinzelte und versuchte sich zu orientieren.

Ein doppelt mannshoher Zaun in ihrem Blickfeld; obenauf verhinderte ein Stacheldraht, dass ihn jemand überkletterte. Es erinnerte Jacqueline an die Einfassung einer Kaserne.

Sie erschrak.

Sollte die ganze Aktion umsonst gewesen sein?

War sie aus der Klinik ausgebrochen, nur um sich auf einem abgeriegelten Gelände wiederzufinden?

Die Aussicht vom Fenster des Krankenzimmers hatte sich lediglich über bewaldeten Park erstreckt, ohne jegliche Abgrenzung.

Sie blickte am Zaun entlang und entdeckte erleichtert, dass sie sich außerhalb des abgesicherten Bereichs aufhielt.

»... die Frau sofort nach nebenan ins Krankenhaus des Maßregelvollzugs einzuweisen ...«, hallte plötzlich die Stimme des schwarzen Teufels durch ihren Kopf.

Sie wollte losrennen, doch sie besann sich.

Sie durfte keine Aufmerksamkeit erregen. Überwachungstürme hatte sie zwar keine gesehen, aber sicher patrouillierte Wachpersonal auf dem Nachbargelände.

Als wäre sie eine Besucherin, schlenderte sie nun einfach den Weg entlang. Nach einem Knick führte er beinahe zweihundert Meter lang am Zaun des Gefängniskrankenhauses vorbei.

Dem herrschaftlich anmutenden Verwaltungsgebäude, einem mit Kletterpflanzen überwucherten Backsteinbau aus dem 19. Jahrhundert, schlossen sich wieder Laub- und Nadelbäume an. Sie erinnerten Jacqueline an den Ausblick von ihrem Fenster.

Sie passierte einen Parkplatz; die schmale Straße, die zu ihm führte, würde sie sicher zum Ausgang des Geländes bringen. Mittlerweile hörte Jacqueline Verkehrslärm.

Tatsächlich endete die Straße an einer Schranke, neben der ein Pförtnerhäuschen stand.

Jacqueline erkannte schnell, dass es leer war. Ein Zettel klebte an der Fensterscheibe: ›Pforte nicht besetzt‹.

Den Einsparungen im Gesundheitswesen sei Dank.

In der Ferne entdeckte sie bereits die vertrauten Farben und Formen eines U-Bahn-Zugangs.

Sie verließ das Klinikgelände und überquerte eine vierspurige Straße.

Während sie die Treppen zu den Gleisen hinunterschritt, spürte sie, wie die Anspannung ihren Körper verließ.

Vor ihr prangte in weißer Schrift auf blauem Grund der Name des U-Bahnhofs: Karl-Bonhoeffer-Nervenklinik.

14. KAPITEL

Ein Tag vor der Katharsis; abends

Manthey stellte die rote Plastik-Klappbox mit seinen Einkäufen auf die zweite Stufe der Treppe. Er kramte den Wohnungsschlüssel aus seiner Hose hervor und öffnete die Tür. Kraftvoll hob er die Box wieder an und trug sie hinein.

Dass er zu Hause sei, rief er, während er mit dem Fuß die Tür hinter sich zuschubste.

Keine Antwort abwartend, schleppte er die Box in die Küche. Auf dem Tisch lag eine Tafel Schokolade der Marke ›Schlager Süßtafel‹. Er stellte die Box daneben.

Ganz automatisch griff er nach der Schokolade, öffnete den Vorratsschrank und legte sie hinein, exakt auf einen Stapel von einem knappen Dutzend identischer Tafeln.

Er dachte daran, dass es mal wieder an der Zeit war, die Nachbarskinder zu versorgen.

Nachdem er sich im Flur die Schuhe ausgezogen hatte, ging er ins Wohnzimmer.

Seine Frau saß, eingewickelt in eine dünne Wolldecke,

auf dem Sofa. In ihren Armen hielt sie eine altmodische Puppe mit einem Porzellankopf, die sie fest an sich drückte.

Ihre Augen starrten zum Fernseher.

Er sei zu Hause, wiederholte er leise.

Für einen Moment wandte sie sich ihm zu und lächelte ihn an, dann widmete sie ihre Aufmerksamkeit wieder dem Geschehen auf dem Bildschirm.

Allein dieses kurze Lächeln Veras machte Martin Mantheys Leben lebenswert.

Um sie herum alles voller Puppen. Einer traurigen Königin gleich thronte sie dazwischen: kleine Puppen und große, alte Puppen und neue, Puppen aus Kunststoff, Puppen aus Porzellan.

In der Ecke des Fernsehbildschirms prangte das Logo des Kinderkanals.

Auf Manthey wirkte der gewollt kindlich agierende Moderator eher debil, doch Vera verfolgte seine Worte andächtig.

Manthey schritt zu ihr, beugte sich hinab und küsste sie auf die Stirn: Sie reagierte nicht. Er überließ sie wieder sich selbst.

Zurück in der Küche, räumte er die gekauften Lebensmittel in den Vorratsschrank. Wegen der Brisanz des aktuellen Falls hatte er das Büro später als üblich verlassen. Er beschloss daher, heute auf das Kochen zu verzichten. Er schnitt Brot auf, drapierte Wurst- und Käsescheiben auf Teller und stellte alles zusammen mit Gläsern und einer Karaffe Wasser auf ein Tablett.

Während er Besteck und Servietten dazulegte, erklang aus dem Wohnzimmer bereits die Erkennungsmelodie des Sandmännchens.

Das Tablett vor sich hertragend, erreichte er den Wohnzimmertisch. Er deckte ihn und versuchte, dabei seiner Frau nicht im Bild zu stehen.

Schließlich räumte er einen Sessel von Puppen frei und ließ sich hineinplumpsen.

Die Gutenachtgeschichte ging zu Ende, und der Sandmann erschien wieder auf dem Bildschirm.

»Kinder, liebe Kinder, es hat mir Spaß gemacht!
Nun schnell ins Bett und schlaft recht schön,
dann will auch ich zur Ruhe geh'n.
Ich wünsch euch gute Nacht.«

Mit den letzten Takten der Musik kam Bewegung in seine Frau. Sie bettete die Puppe, die sie eben noch zärtlich in Händen gehalten hatte, neben sich auf ein Sofakissen. Danach befreite sie sich von ihrer Wolldecke und legte sie behutsam über die Puppe. Nur der Porzellankopf guckte unter der Decke hervor, die beweglichen Augenlider hatten sich geschlossen.

Als sie sich dem Tisch zuwandte, lag dort bereits ein mit Käse belegtes Brot auf ihrem Teller.

Wieder lächelte sie ihren Mann kurz an und griff danach.

Manthey fühlte sich glücklich.

Er langte nach der Fernbedienung des Fernsehers und schaltete den Ton ab.

Schweigend aßen die beiden zu Abend.

Nachdem Manthey fünf Brote verdrückt hatte, kaute seine Frau immer noch an ihrem ersten.

Er lehnte sich zurück und betrachtete sie dabei.

Nach zwei Scheiben fühlte sie sich satt, wie immer.

An guten Tagen kümmerte sie sich um den Abwasch, meistens blieb die Arbeit an Manthey hängen.

Doch dafür war noch genügend Zeit.

Erst wollte er ihr von seinem Arbeitstag berichten.

Ihm war nicht klar, ob sie hörte, was er erzählte, geschweige denn, ob sie es begriff.

Dennoch war es ihm ein Bedürfnis. Sie sollte teilhaben an der Welt dort draußen.

Er erzählte ihr von den beiden Jungen, von dem toten und von dem entführten.

Auch die Verzweiflung der Mutter des Entführten verschwieg er nicht. Als er von den Auswirkungen auf die Mutter des toten Jungen berichtete, ging ein Zucken durch den Körper seiner Frau.

Da wurde ihm bewusst, dass sie sehr wohl verstand, was er zu ihr sagte.

Er schloss seine Erzählung mit dem Satz, den er in all den Jahren so oft schon zu ihr gesagt hatte.

»Die Lebenden sind wichtiger als die Toten.«

15. KAPITEL

Ein Tag vor der Katharsis; abends

Jacqueline erreichte das Einfamilienhaus in Kleinmachnow bei Anbruch der Dämmerung.

In der Ferne hörte sie Grillen zirpen und einen Specht, der an einen Baumstamm und an ihre Nervenenden pochte.

Jacqueline konnte sich nicht mehr erinnern, wie sie hierhergekommen war – weder an den Weg, den sie genommen, noch an die Verkehrsmittel, die sie benutzt hatte.

Ihre Fingerspitzen streichelten zärtlich über die tönerne Plakette an der Haustür. ›Familie Adam‹ konnte sie darauf lesen.

Suchend kramte sie in der rechten Tasche ihrer Jeans. Kein Schlüssel darin. Dass sie gar nicht in ihrer eigenen Hose steckte, war Jacqueline nicht bewusst.

Sie klingelte.

Während sie wartete, sah sie sich um. Im Carport parkte Renés Mercedes. Drei Häuser weiter, halb versteckt hinter einem Baum, entdeckte sie ein Fahrzeug, in dem ein Mann saß, der in ein Handy sprach. Sah er zu ihr herüber?

Als sie gedämpfte Schritte vernahm, wandte sie sich wieder der Tür zu.

René öffnete und erschrak, als er sie erkannte.

Er wirkte müde. Sein sonst ordentlich sitzendes Haar war zerzaust, sein Kinn zierte ein Drei-Tage-Bart. Zwar trug er eine Anzughose und ein weißes Hemd, doch keine Krawatte, und die obersten Hemdknöpfe standen offen.

Seine Blässe verwandelte sich in Zornesröte. Jacqueline glaubte, er mache sich zum Sprung bereit, wie ein hungriger Löwe, der endlich das belauerte Zebra reißen möchte.

Der Eindruck währte lediglich eine Schrecksekunde lang.

Dann beherrschte und entspannte er sich.

Seine Augen spiegelten Verwirrung wider.

Was willst du hier?, konnte Jacqueline darin lesen, doch René sagte nichts.

Sie schwankte zwischen der Möglichkeit, ihn mit Vorwürfen zu überschütten, oder ihn einfach in die Arme zu schließen.

»Ist sie hier?«, fragte sie.

Nach kurzem Zögern schüttelte er den Kopf.

»Darf ich hereinkommen?«

René trat einen winzigen Schritt zur Seite; seine zitternde Hand lag immer noch auf der Türklinke.

Sie interpretierte seine Reaktion als Bejahung und ging an ihm vorbei in den Flur.

Auf der Kommode keine Blumenvase; der Teppich ein anderer als der, an den sie sich erinnerte.

René schloss hinter ihr die Tür und sie drehte sich zu ihm um.

Ihre Gefühle überwältigten sie. Beherzt umarmte sie ihn und drückte ihn fest an sich.

»Ich vermisse dich«, flüsterte sie.

René ließ es über sich ergehen. Noch immer hatte er keine Silbe gesprochen.

Jacqueline löste sich von ihm. Zielstrebig passierte sie das Treppenhaus und betrat die Wohnküche. René folgte ihr.

Sie musterte den großen Raum. Endlich war sie wieder zu Hause. Zum ersten Mal seit Tagen fühlte sie sich gut. Und René war bei ihr.

Sie strahlte ihn an.

Seine Erwiderung, die Karikatur eines Lächelns, genügte ihr.

»Setz dich doch«, sagte er unsicher. »Möchtest du etwas trinken?«

Sie genoss die Situation. Majestätisch schritt sie hinüber zum Sofa und nahm genau in der Mitte Platz. Sie lehnte sich zurück und streckte die Beine aus. Die Pistole in ihrem Rücken drückte ein wenig, doch das störte sie nicht.

»Ist noch etwas von dem Champagner da?«, wollte sie wissen.

René zögerte kurz.

»Nicht von der gleichen Sorte. Aber ein anderer.«

Sie nickte.

»Er ist im Keller. Ich müsste ihn erst nach oben holen.«

»Nein«, entgegnete sie und erschrak selbst darüber, wie scharf und laut sie das Wort ausgesprochen hatte.

»Ich möchte nicht, dass du mich allein lässt«, fuhr sie mit gesenkter Stimme fort.

»In Ordnung. Einen Rotwein könnte ich dir anbieten. Den habe ich hier oben. Oder ich mache uns einen Tee.«

Jacqueline frohlockte: Nun war sie an der Reihe, mit René Rotwein zu trinken.

»Gerne Rotwein.«

Ihr Blick fiel auf den siebenarmigen Kerzenständer, der neben ihr auf einem Beistelltisch stand.

»Machst du uns etwas romantisches Licht dazu?«

In einer Schublade suchte René nach einer Schachtel Streichhölzer. Als er alle sieben Kerzen angezündet hatte, holte er eine Flasche Rotwein aus einem Schrank und entkorkte sie.

Ein Fiepen zerriss die Stille.

René griff nach dem Handy in seiner Hosentasche.

»Nicht rangehen«, befahl Jacqueline, noch ehe er eine Taste drücken konnte.

Das Fiepen wurde lauter und penetranter.

»Schalt es auf stumm!«

René gehorchte.

Obwohl die Fenster und Türen geschlossen waren, gelang es dem Specht, weiter in Jacquelines Kopf herumzuklopfen. Es schien ihr, als zöge der Rhythmus stetig an.

René holte ein Rotweinglas aus dem Schrank und stellte es vor Jacqueline auf den Wohnzimmertisch.

»Du willst mich doch nicht allein trinken lassen?«

Wortlos brachte René ein zweites Glas und goss beide halb voll.

Jacqueline rutschte ein Stück zur Seite.

»Setz dich neben mich.«

Jacqueline gelang es nicht, seinen Blick zu deuten, als er sich zu ihr setzte.

Elegant wollte sie wirken, während sie sich vorbeugte und nach dem Stiel ihres Weinglases griff.

René beobachtete sie aufmerksam und nahm ebenfalls sein Glas auf.

»Was für einen Wein hast du ausgewählt?«

»Les Hauts de Larrivet Haut-Brion.«

»Mmm, sag es noch mal für mich.«

Seine Stimme vibrierte leicht, als er die Worte wiederholte: »Les Hauts de Larrivet Haut-Brion. Wir trinken ihn oft.«

Er stockte, biss sich auf die Unterlippe. Doch der zweite Satz hatte sie nicht mehr erreicht.

»Ich liebe es, wenn du Französisch sprichst.«

»Ich weiß.«

Lächelnd prostete sie ihm zu.

Und ihr fiel auch das dazu gehörende Wort wieder ein: »Santé!«

Sein Weinglas am Stiel haltend, stieß er es sanft an das ihre. Ein heller, klarer Ton erklang, und er erwiderte den Trinkspruch.

Sie nahm einen winzigen Schluck und kostete. Zufrieden nahm sie einen größeren.

Das Glas in der Hand, lehnte sie sich zurück.

»Erinnerst du dich, als wir damals diesen Französisch-Kurs belegt hatten?«

»Ja, natürlich.«

»Wir sind grandios daran gescheitert.«

René antwortete nicht.

»Aber die Aussprache haben wir danach noch sehr oft geübt.«

Jacqueline versuchte, das längst Vergessene aus den Tiefen ihres Gedächtnisses wieder heraufzubeschwören.

Wenn nur dieser vermaledeite Specht nicht wäre …

Endlich fielen ihr die Worte wieder ein: »Jacqueline aime René. René aime Jacqueline.«

Jacqueline sah, dass Renés Oberschenkel leicht zitterte. Beruhigend legte sie ihre Hand darauf. Dass René deswegen noch unruhiger wurde, ignorierte sie.

»Die wichtigsten Vokabeln hatten wir gelernt«, fuhr sie fort. »Und dazu noch unsere französischen Vornamen. Es klang wie Musik: Je t'aime, je t'aime.«

Jacqueline genoss es, sein Bein zu berühren. Ein wohliges Gefühl durchfloss ihren Körper. So viel Glückseligkeit hatte sie lange nicht mehr verspürt.

Sie beugte sich zu ihm vor, sah ihn liebevoll an.

»Sprichst du die Worte noch einmal für mich? Für deine kleine Jackie?«

Die Abkürzung ihres Namens hatte sie damals auch so gern aus seinem Mund gehört.

René holte Luft, ihm schien etwas im Hals zu stecken.

Dann flüsterte er leise: »Je t'aime.«

Früher hatte es sich klarer und ehrlicher angehört, befand sie. Aber dennoch war sie zufrieden mit der Ausführung.

»Ich wusste es«, sagte sie und spürte die Pfeilspitze in ihrem Herzen.

Sie genoss den Augenblick.

»Es kann alles wieder gut werden«, fuhr sie fort.

Sie empfand René als nicht so locker, wie er ihrer Meinung nach hätte sein sollen. Ihre Hand rutschte an die Innenseite seines Oberschenkels, dann wanderte sie langsam nach oben. Jacqueline erzeugte allerdings nicht die Wirkung, die sie erhofft hatte: René wich zurück, so dicht an die Sofalehne, wie es ihm nur möglich war.

Vielleicht brauchte er noch ein wenig Zeit; sie hielt inne, ihre Finger kurz vor Renés Schritt.

»Alles wird wieder gut«, bekräftigte sie. »Das Wichtigste ist, dass wir uns lieben.«

Sie zog ihre Hand zurück, und René entspannte sich unmittelbar.

»Wir lieben uns doch noch, oder?«

René nickte schnell, sehr schnell. Dennoch spürte sie Erleichterung. Ein weiterer Schluck aus dem Weinglas dämpfte das Pochen des Spechts.

»Die Kopfschmerzen«, sagte sie nun.

Fragend sah René sie an.

»Wegen ihnen bin ich doch zu Dr. Rakowski in Behandlung gegangen. Erinnerst du dich nicht? Susanne Cantor hatte ihn mir empfohlen. Ich hatte sie auf dem Stadtentwicklungs-Symposium am Wannsee wiedergetroffen.«

»Du warst auf einem Stadtentwicklungs-Symposium am Wannsee?«, fragte er ungläubig.

»Aber ich hatte dir doch davon erzählt. Herr Vogt wollte eigentlich teilnehmen, doch er hat mir den Platz überlassen.«

»Herr Vogt hat was? Ich verstehe nicht.«

»Du musst mir zuhören, René, wenn ich dir etwas erzähle. Es sind viel zu viele Missverständnisse zwischen uns entstanden. Nur weil du nicht zuhörst.«

Dieses Mal unterbrach René sie nicht.

»Auf jeden Fall hatte Susanne auch solche Kopfschmerzen. Sie war meine Kommilitonin während des Architekturstudiums.«

Jacqueline erkannte, dass René am liebsten die nächste zweifelnde Frage gestellt hätte, doch er beherrschte sich.

»Sie hatte psychische Probleme, damals. Dann hat sie Dr. Rakowski aufgesucht.«

Im Moment wusste Jacqueline selbst nicht mehr, ob Susanne nun wegen der Kopfschmerzen oder der Psyche zum Arzt gegangen war. Egal.

»Du steckst mit ihm unter einer Decke, oder?«

»Was?«

»Mit Rakowski. Ihr habt euch gegen mich verschworen.«

Seinen fehlenden Widerspruch interpretierte sie als Zustimmung. Ihre Erregung wuchs an, ihre Stimme wurde sicherer und lauter. Das Weinglas stellte sie vor sich auf den Wohnzimmertisch.

»Ihr wollt mich glauben lassen, ich wäre verrückt. Durchgeknallt. Würde mir irgendwelche Sachen einbilden. Und Personen.«

René saß ihr einfach nur gegenüber, hörte zu und schwieg.

»Aber es gibt sie doch wirklich. Ich meine, diese Paula. Ich bilde sie mir doch nicht ein? Sie existiert.«

Langsam senkte sich Renés Kinn.

»Ich wusste es. Ich wusste es die ganze Zeit. Und sie versucht, dich mir wegzunehmen. So ist es doch, oder?«

Weil René nichts erwiderte, fasste sie ihn an den Schultern. Sie rüttelte ihn und er ließ es einfach mit sich geschehen. Sein Wein schwappte über, auf seiner Anzughose bildete sich ein roter Fleck.

»Antworte mir! Sie versucht, dich mir wegzunehmen. So ist es doch, oder?«

Sie sah, dass er mit sich haderte; schließlich nickte er.

Eine Woge des Triumphs flutete durch ihren Körper. Den Specht hörte sie nur noch aus weiter Ferne.

»Du hast mir seit Wochen Medikamente verabreicht, die meine Persönlichkeit verändert haben. Immer, wenn ich dich um ein Aspirin gebeten hatte.«

Sie wartete seine Zustimmung nicht ab, sie benötigte sie nicht mehr.

»Und Rakowski sollte zu Ende bringen, was du angefangen hast. Damit *sie* hier einziehen kann, hier in mein Haus. Damit *sie* in meinem Bett liegt, an deiner Seite.«

Endlich hatte sie René da, wo sie ihn haben wollte. Er knickte ein.

Sie wurde wieder leiser.

»›Je t'aime‹«, sagte sie. »Du hast es damals zu mir gesagt, und du hast es vorhin wiederholt.«

Sie beugte sich zu ihm, fixierte seine Augen. Seine Pupillen flackerten leicht, doch er hielt ihrem Blick stand.

»Du liebst mich doch immer noch?«

Hatte er genickt? Ganz bestimmt.

»Ich dich auch. Und ich werde nicht zulassen, dass sich diese Frau zwischen uns drängt und mir mein Leben wegnimmt. Mein Leben. Meinen Mann. Und meinen Sohn.«

Beim letzten Wort weiteten sich Renés Pupillen, sein Körper zuckte.

»Lukas«, flüsterte er.

Jacqueline dachte an den Jungen und lächelte.

»Ja. Du, ich und Lukas. Sie wird unsere Familie nicht zerstören.«

»Lukas«, wiederholte er. »Wo ist er?«

»Wir werden alle wieder zusammen sein?«

»Ja, Jackie. Bitte, sag mir, wo er ist. Geht es ihm gut?«

René hatte seinen Liebesschwur erneuert. Sie spürte, dass er es ehrlich mit ihr meinte. Nichts würde sie nun mehr trennen. Sie konnte ihm Lukas' Aufenthaltsort getrost verraten.

»Er ist …«

Sie unterbrach sich. Sie hatte ein Geräusch gehört.

Das Knacken eines Schlüssels, der eine Tür öffnete.

Paula.

Und mit der Rivalin kehrte auch der Specht zurück, seine Lautstärke quälend, seine Taktzahl in unerbittlicher Höhe.

16. KAPITEL

Sechs Tage vor der Katharsis; abends

Die Frau hielt den Jungen an der Hand und zog ihn hinter sich her. Als sie die gläserne Eingangstür des Mietblocks in Berlin-Neukölln aufschloss, wünschte sie sehr, unbemerkt eintreten zu können.

Ihre Hoffnung wurde nicht erfüllt.

Wie so oft öffnete sich die Wohnungstür im Hochparterre.

Die alte Frau Lutter starrte der Frau mit zusammengekniffenen Augen entgegen. Während sie zum Sprechen ansetzte, schob sie mit der Zunge ihr Gebiss an die korrekte Stelle.

»Ach, Sie sind es. Heute geht es hier wieder zu wie im Taubenschlag.«

Wenn dein Ohr nicht ständig an der Wohnungstür kleben würde, hättest du auch deine Ruhe, dachte die Frau.

»Guten Tag, Frau Lutter«, sagte sie und spielte der Alten Freundlichkeit vor.

Mit ihrer zittrigen Rechten strich sich Frau Lutter durch spärliches Haar und einen Rest Frisur.

»Diese Russenkinder sind wieder den ganzen Tag die Treppen rauf- und runtergerannt.«

Um zum Aufzug zu gelangen, musste die Frau leider direkt an der Tür der Alten vorbei. Die Frau war inzwischen davon überzeugt, dass Frau Lutter die Wohnung damals aus strategischen Gründen gewählt hatte. An keiner anderen Stelle im Haus hatte man einen besseren Überblick darüber, wer wann aus und ein ging.

Lange kann die Vettel hier nicht mehr den Pförtner spielen, dachte die Frau. Vielleicht sollte ich ihr schon mal ein paar Prospekte von Altersheimen in den Briefkasten werfen.

»Ja, wen haben wir denn da? Winnetous kleinen Bruder?«

Frau Lutter spielte auf den Plastik-Federschmuck an, der den Kopf des Jungen zierte. Sie beugte sich nach vorn und versuchte, den Jungen in die Wange zu kneifen. Der wich ängstlich zurück.

Die Frau fühlte sich an eine Szene aus ›Hänsel und Gretel‹ erinnert.

Fehlte nur noch die Katze auf dem Buckel.

»Kommt wohl zum Spielen zu Ihrem Sohn, der Kleine.«

»Was meinen Sie?«

»Na, ist doch sicher ein Spielkamerad von Ihrem Sohn. Er ist ja ganz blass. Ist er krank?«

»Ich weiß überhaupt nicht, was Sie von mir wollen: Das ist mein Sohn!«

Frau Lutter sah sie verwirrt an.

»Aber …«

Ehe die Alte ihren Satz vollenden konnte, hatte die Frau den Jungen schon von ihr fort und in den Aufzug geschoben. Sie drückte die Taste mit der Ziffer ›8‹.

Während sich die Fahrstuhltür schloss, rief ihr die Alte hinterher, was sie noch hatte sagen wollen.

»… ich kenne doch Ihren Sohn, Frau Hinz.«

17. KAPITEL

Ein Tag vor der Katharsis; abends

Das Flittchen hat ja bereits einen Schlüssel«, zischte Jacqueline.

Als hätte Paula sich mit dem Specht verschworen, hörte Jacqueline, wie sich die näherkommenden Schritte mit dem Hämmern zu einer Kakophonie vereinten.

Jacqueline sprang auf. Dabei stieß sie an den Wohnzimmertisch; ihr Rotweinglas wankte, blieb aber stehen.

Im Türrahmen erschien die Rivalin.

Über den Wohnzimmertisch hinweg starrten sich die beiden an wie zwei Kampfhunde, die auf den Befehl zum Angriff warteten.

Paulas Make-up konnte ihre Augenringe nicht verdecken. Das Rouge auf ihren Wangen wirkte künstlich und vermochte ihre Blässe nicht zu kaschieren. Sie presste ihre Lippen zu blutleeren Strichen zusammen.

Ihr rotes Haar wirkte wie ein Signal.

Ohne die Kontrahentin aus den Augen zu verlieren, trat Jacqueline hinter dem Wohnzimmertisch hervor.

»Du«, flüsterte sie bedrohlich.

Die Handtasche entglitt Paula und fiel zu Boden, ihre Hände ballten sich zu Fäusten. Ihr malvenfarbenes Businesskostüm wirkte an der kampfbereiten Frau mit einem Mal wie ein Fremdkörper.

»Verschwinde!«, geiferte Jacqueline, doch Paula bewegte sich keinen Zentimeter.

Langsam näherte sich Jacqueline ihr.

»Ich sagte, du sollst verschwinden.«

Warum konnte sie nicht einfach gehen? Das hätte so vieles einfacher gemacht.

Dann musste sie Paula eben hinauswerfen.

Aug in Aug standen sie sich gegenüber. Plötzlich schnellte Jacquelines Hand nach vorn und packte Paulas Haar. Ohne jegliches Mitleid riss sie daran und zog die Rivalin gleichzeitig nach unten.

Doch Paula reagierte.

Mit der einen Hand umschloss sie Jacquelines Unterarm, mit der anderen boxte sie sie in den Bauch.

Jacqueline schnappte nach Luft, aber sie ließ nicht los. Brutal zwang sie Paula hinunter auf die Knie.

Paula hämmerte unterdessen mit beiden Fäusten auf Jacqueline ein.

Als Paula endlich zu ihren Füßen kniete, stieß Jacqueline sie nach hinten.

Paula taumelte. Bevor sie ihr Gleichgewicht wiedererlangen konnte, warf Jacqueline sich auf sie. Paulas zur Verteidigung erhobenen Arme nutzten ihr nichts.

Am liebsten hätte Jacqueline ihr die Augen ausgekratzt.

Warum eigentlich nicht?

Als hätte sie die Krallen eines Raubvogels, trieb sie ihr die Fingernägel übers Gesicht. Die kurzgeschnittenen Nägel erzielten leider nicht die erhoffte Wirkung.

Paula presste ihre Hände gegen Jacquelines Hüfte und versuchte, die Kontrahentin von sich zu stemmen.

Erfolglos. Stattdessen kippten beide zur Seite. Jacqueline behielt die Situation im Griff, gelangte wieder in die dominierende Position.

Dann eben Paulas Hals. Mit beiden Händen umklammerte sie ihn und drückte zu. Paula zappelte hilflos.

Doch auf einmal packten zwei starke Hände Jacqueline an den Schultern.

Ihr Oberkörper wurde zurückgerissen, Paulas Hals musste sie loslassen. Sie versuchte, sich mit einem Ruck nach vorn aus dem Griff zu befreien. Es gelang ihr nicht. Renés Hände klammerten sich wie Schraubzwingen um ihre Schultern.

Ein Schatten näherte sich ihr und schon knallte Paulas Handfläche auf ihre Wange. Der Druck von Renés Fingern verschwand und er schob seine Hände nun zwischen die Streitenden, um sie auseinanderzutreiben.

Die beiden Frauen wollten sich aufeinander stürzen, versuchten mit rudernden Armen, die jeweils andere zu treffen. Die meisten Schläge musste René einstecken.

Mit aller Kraft presste er sie von sich.

»Aufhören, jetzt«, schrie er.

Jacqueline spürte einen stechenden Schmerz am Schienbein; Paula hatte mit der Schuhspitze nach ihr gekickt. Einen darauffolgenden Fausthieb Jacquelines fing René mit der Handfläche ab.

Er brüllte auf, doch er verlor nicht die Kontrolle.

Schützend stellte er sich vor Paula. Jacqueline sah keine Möglichkeit mehr, zu der Rivalin durchzudringen.

Sie beugte sich nach vorn, stützte sich auf ihren Knien auf und schnaufte laut.

Paula wollte die Gelegenheit nutzen und nach Jacquelines Haar greifen, doch René verhinderte auch das.

Der Kampf schien vorüber.

Zu ihrer Erleichterung spürte Jacqueline in ihrem Rücken das harte Metall der Waffe. Sie hatte sie während des Handgemenges also nicht verloren.

René drehte sich um und redete leise auf Paula ein. Jacqueline vernahm das beruhigende Flüstern, konnte den Inhalt aber nicht verstehen.

Eigentlich sollte er sich um sie kümmern und nicht um dieses elende Flittchen.

Am liebsten wäre sie erneut auf sie losgegangen. Jedes ihrer roten Haare wollte sie ihr einzeln ausreißen.

Doch solange René dabei war, würde sie keine weitere Angriffschance bekommen.

Schließlich führte René Paula zu einem Sessel und drückte sie sanft nach unten. Sie ließ es mit sich geschehen und setzte sich. Jacqueline hörte, wie Paulas Atem regelmäßiger wurde, ihr eigener ebenso.

»Lasst uns bitte in Ruhe darüber reden, ja?«, sagte René und sein Tonfall erinnerte Jacqueline an den eines Pastors.

Mit der Pistole, die sie hinten im Hosenbund fühlte, konnte sie sich erst mal getrost auf einen Waffenstillstand einlassen; sie nahm wieder auf dem Sofa Platz.

Es wäre ihr lieber gewesen, René säße neben ihr, doch er rückte sich einen weiteren Sessel zurecht und platzierte ihn so, dass sich alle drei im gleichen Abstand zueinander befanden.

Jacqueline fixierte Paula, Paula fixierte Jacqueline.

Aus dem Augenwinkel sah Jacqueline, dass Renés Blick ständig hin und her wechselte.

»Bitte«, begann er. »Wir sind doch erwachsene Menschen.«

Jacqueline triumphierte: Sie entdeckte Tränen in Paulas Augen; die Unterlippe zitterte.

Paula wirkte überhaupt nicht mehr bedrohlich auf sie, eher erbärmlich.

Jetzt schluchzte sie sogar. Jacqueline lächelte.

»Alles wird wieder gut«, René wiederholte sanft und fürsorglich ihre eigenen Worte von vorhin. »Nicht wahr, Jackie?«

Der Klang ihres Kosenamens gab ihr Zuversicht.

»Ja«, antwortete Jacqueline leise, ohne ihre Kontrahentin aus den Augen zu lassen.

»Das Wichtigste ist, dass wir uns lieben«, flüsterte sie kaum hörbar.

Paula ergriff das Wort, und Jacqueline hatte Mühe, sie zu verstehen: »Ich will doch nur Lukas zurück.«

Hatte Paula das wirklich gesagt?

»Lukas«, wiederholte Jacqueline.

»Bitte geben Sie ihn mir zurück. Geht es ihm gut?«

Jacqueline wusste nicht, was die Rothaarige von ihr wollte.

Versuchte Paula etwa, sie zu verwirren?

»Wieso sollte ich ihn zurückgeben?«

»Er ist doch mein Sohn. Gerade Sie sollten die Situation doch verstehen!«

»Oh, ja, ich verstehe die Situation.« Dieser verdammte Specht fing wieder zu hämmern an. »Im Gegensatz zu dir könnte ich René auch weitere Kinder schenken.«

Das hatte gesessen, Paula schrumpfte zu einem Häufchen Elend zusammen.

René wandte sich Paula zu und zerbrach damit die von ihm selbst geschaffene Symmetrie. Er legte ihr seine Hand aufs Knie.

Schlug er sich etwa auf Paulas Seite?

Die rothaarige Hexe hatte ihn also unter ihre Kontrolle gebracht?

Nein.

Das konnte sie nicht zulassen.

Sie durfte sich nicht die Initiative rauben lassen. Die Zeit spielte für Paula.

Jacqueline stand auf, griff nach hinten und zog die Pistole. Während sie in zwei vor Schreck geweitete Augenpaare sah, entsicherte sie die Waffe.

»Ich werde nicht zulassen, dass du dich zwischen René und mich drängst.«

Im Visier Paulas Stirn, Paulas Blick voller Angst und Entsetzen.

»Ich werde dich ein für alle Mal aus unserem Leben eliminieren.«

Plötzlich übertönte lautes Klirren das Hämmern des Spechtes.

Die Glasscheiben des Wintergartens zersplitterten.

18. KAPITEL

Ein Tag vor der Katharsis; abends

Ein schwarzer, runder Derwisch krachte durch die Scheiben.

Seinen Flug begleiteten unzählige Glasscherben. Dabei riss der Derwisch eine Pflanze und einen Beistelltisch mit sich.

Der Eindringling landete auf dem Boden, drehte sich um sich selbst und faltete sich in Sekundenbruchteilen auf. Sicher kam er zum Stillstand, ein Knie auf dem Boden aufliegend, das andere vor dem Körper angewinkelt.

Aus seiner Körpermitte hatte er bereits eine Waffe hervorgezaubert, die er – noch ehe Jacqueline verstand, was gerade geschah – auf sie richtete.

Mit dem Daumen löste er den Sicherungshebel. Das dazugehörige leise Klacken wiederholte sich in einem Echo, das vom Treppenhaus her ertönte.

Ohne Paula aus der Schussrichtung zu entlassen, drehte Jacqueline leicht den Kopf.

Im Türrahmen stand die Zwillingsschwester des Derwischs: Eine Polizistin zielte, die Arme durchgestreckt, mit ihrer Pistole genau auf Jacquelines Stirn.

»Waffe runter!«, bellte ihr Kollege.

Ruckartig sah Jacqueline hin und her.

Beim Sprung durch die Glasscheibe musste sich der Beamte verletzt haben. Auf seiner Wange rann Blut. Seinen Diensteifer schien dies nicht zu zügeln.

Seine Augen funkelten. Jacqueline erkannte sehr schnell, dass er bereit war, die klitzekleine Bewegung seines Zeigefingers auszuführen, falls es nötig wurde.

Auch die Polizistin wirkte mitleidlos, ihre Gesichtszüge streng, die Augen schmale Schlitze, das Haar nach hinten zu einem Pferdeschwanz gebunden.

Zwei Pistolen auf sich selbst gerichtet, eine auf die verhasste Rivalin.

Jacqueline wusste, dass sie Paula töten konnte. Es war ganz einfach. Sie musste nur den Abzug drücken. In einer Sekunde würde das rothaarige Flittchen tot sein.

Wenn sie René nicht haben konnte, dann sollte die andere ihn auch nicht kriegen.

Einfach nur den Abzug drücken.

Schweiß perlte ihr in die Augen. Sie blinzelte.

Konzentration, Jacqueline. Ignorier den Specht!

Einfach nur den Abzug drücken.

Gerade als sie den Entschluss fasste, es tatsächlich zu tun und gemeinsam mit der Rivalin aus ihrem elenden Leben zu scheiden, hörte sie ein Flüstern.

»Jackie«, erklang eine Stimme, leise und zärtlich.

Renés Stimme.

»Jackie«, wiederholte er.

Sie wagte nicht mehr, ihren Blick von Paulas Stirn zu lösen.

»Du brauchst nicht zu schießen.«

Nur noch ein letztes Mal Worte aus seinem Mund hören.

»Es ist völlig unnötig, Jackie.«

Wie er ihren Namen aussprach. Es klang wie Musik.

»Alles wird wieder gut.«

Besann er sich? Löste er sich endlich von dieser Frau? Hatte er begriffen, dass er auf Paula, nicht aber auf sie selbst verzichten konnte?

»René aime Jacqueline.«

Die Botschaft glich einem magischen Vers. Jacqueline fühlte, wie Hilflosigkeit in ihr aufstieg. Die Pistole schien plötzlich ein Vielfaches ihres tatsächlichen Gewichts zu wiegen.

All ihre Kraft musste sie mobilisieren, um sie weiter auf Paula zu richten.

»René aime Jacqueline.«

»Jacqueline aime René«, antwortete sie flüsternd.

Jetzt fühlte sie seine Berührung. Wie sehr hatte sie sich danach gesehnt. Seine Handfläche ruhte auf ihrer Waffenhand und übte sanften Druck aus.

Jacqueline ließ sich führen. Der Lauf der Pistole zielte auf Paulas Brust, auf ihren Bauch, auf ihre Beine. Dann zeigte er gerade nach unten.

Jacqueline benötigte die Waffe nicht mehr. Sie ließ es zu, dass René sie ihrem Griff entwand.

Sie hörte, wie René den Sicherungshebel betätigte, und unmittelbar darauf zwei weitere Male das gleiche Geräusch.

Erst jetzt merkte sie, dass sie immer noch auf Paulas Stirn starrte, genau auf die Stelle, an der die Kugel hätte eindringen sollen.

Paula sank im Sessel in sich zusammen, eine weiß gekleidete Person näherte sich ihr. Währenddessen fühlte sich Jacqueline an den Oberarmen gepackt. Die zwei Polizisten umringten sie, pressten ihr hart die Arme auf den Rücken. Jacqueline wehrte sich nicht, als hinter ihrem Rücken die Handschellen einrasteten.

Die Polizisten drehten sie von Paula weg und sie konnte nicht anders, als auf die Person zu starren, die jetzt in der Tür zum Treppenhaus stand.

Der Mann im Rollkragenpullover. Der schwarze Teufel.

Er hatte sie also besiegt, war ihrer habhaft geworden.

Damit die Polizisten sie nach draußen bringen konnten, trat der Mann einen Schritt zur Seite.

René!

Sie wand sich. Einen letzten Blick wollte sie erhaschen. Sie konnte eben noch erkennen, wie ihr geliebter René Paula in seine Arme schloss, da befand sie sich auch schon im Treppenhaus und hatte den Sichtkontakt verloren.

Der Specht hatte aufgehört zu hämmern.

Dafür hörte sie nun die Stimme des schwarzen Teufels.

»Bringen Sie Frau Hinz auf die Polizeiwache Potsdam-Mitte.«

19. KAPITEL

Sieben Tage vor der Katharsis; nachmittags

Im Allgemeinen stellt eine Wohnung oder ein Eigenheim einen sicheren Hafen dar, ein Refugium.

Kommt man aus der nassen, klammen Kälte des Winters zurück zu seiner Haustür, atmet man erleichtert auf. Bereits das Klacken des Türschlüssels verspricht, dass das ersehnte, wohlig warme Ziel erreicht ist. Nur noch wenige Momente trennen einen von Zentralheizung, Wolldecke und heißem Tee.

Oder des Nachts. Wenn die Lampen im Treppenhaus flackern, die eine oder andere ihren Geist bereits völlig aufgegeben hat. Wenn die Sinne schärfer werden und jedes Klacken und Klopfen Angstimpulse und Gänsehaut auslöst.

Wie froh fühlt man sich, hat man das heimatliche Refugium endlich erreicht.

Im Allgemeinen.

Im besonderen Fall von Jacqueline Hinz kam ein zweiter, wesentlicher Faktor hinzu.

Den Hafen empfand sie nur dann als sicher, wenn *er* nicht zu Hause weilte. *Er,* ihr Ehemann.

Im Augenblick fühlte sie sich wohl. Sie war mit ihrem Sohn allein in der Wohnung.

Während sie am Waschbecken das gespülte Geschirr vom Mittagessen abtrocknete, saß er hinter ihr am Küchentisch. Sie drehte sich um und betrachtete, wie er konzentriert mit einem seiner Buntstifte hantierte.

Sie hatte sich damals kein Kind von Thorsten gewünscht. Es war einfach passiert. Sie konnte sich nicht mehr entsinnen, ob sie einmal die Pille vergessen hatte, oder ob es trotz Verhütung passiert war.

In den ersten Wochen der Schwangerschaft war sie sich sicher gewesen, das Baby abtreiben zu wollen. Sie hatte die Beratungsgespräche besucht und alle notwendigen Papiere besorgt. Thorsten schien es egal zu sein, ob das Kind lebte oder nicht.

Doch je mehr das Baby in ihrem Bauch anwuchs, desto inniger wurde ihr Verhältnis zu dem ungewollten Fremdkörper.

Irgendwann glaubte sie zu spüren, dass sie einen Sohn in sich trug. Ab diesem Zeitpunkt ging die Phantasie mit ihr durch. Sie stellte sich das Gesicht des Jungen vor, wenn er seine Mutter anlächelte. Wenn sie zum Fenster hinausblickte, sah sie den Kleinen auf der Wippe im Innenhof der Wohnblöcke. In Gedanken stand sie daneben und schubste die Wippe sanft an. Ihr ungeborener Sohn jauchzte vor Vergnügen.

Fortan gab es für sie keinen Zweifel mehr: Sie wollte ihn austragen.

Sie erzählte Thorsten von ihrer Entscheidung, und der nahm sie ungerührt zur Kenntnis.

Er verabschiedete sich von ihr, um mit seinen Kumpels darauf anzustoßen. Als er zurückkehrte, natürlich betrunken, meinte er, dass sie dann auch heiraten sollten. Seine Freunde seien auch alle verheiratet und er sei nun der Letzte in der Reihe.

Jacqueline stimmte ihm zu. Er war eben kein Romantiker, ihr Thorsten. Und seit sie schwanger war, hatte er sie kein einziges Mal mehr geschlagen. Arbeit hatte er auch. Vielleicht würde ihr Leben doch noch gut werden.

Zur Hochzeit trug sie das weiße Kleid, das sie sich schon immer gewünscht hatte. Bereits als kleines Mädchen hatte sie davon geträumt. Ihren Bauch durften die Hochzeitsgäste ruhig sehen. Es wusste sowieso jeder.

Und Thorsten wirkte stattlich und äußerst attraktiv in seinem anthrazitfarbenen Anzug.

Ein herrlicher Tag.

Genauso wunderschön, aber auch verbunden mit unsäglicher körperlicher Qual, entwickelte sich der Tag der Geburt. Ihr Gefühl hatte sie nicht getrogen: Ein Junge! Jacqueline einigte sich mit Thorsten auf den Namen Robin.

Zu Jacquelines Glück entwickelte sich Thorsten zu einem fürsorglichen Vater und einem zufriedenstellenden Ehemann. Zwar trank er weiter wie eh und je, schimpfte und brüllte zuweilen, doch für Jacqueline überwogen die guten Tage.

Man konnte eben nicht alles im Leben haben.

In Robins zweitem Lebensjahr kam die Zäsur.

Früher als üblich kehrte Thorsten von der Arbeit nach Hause zurück.

Die ganze Baustelle voller Polacken, so seine Wortwahl. Jacqueline musste sich konzentrieren, um ihn richtig zu verstehen. Thorsten lallte. Auf dem Heimweg schien er mehrere Eckkneipen, Imbissbuden und Getränkemärkte aufgesucht zu haben.

Jacqueline ging ihm aus dem Weg, nahm den kleinen Robin und zog sich mit ihm ins Kinderzimmer zurück. Sie hatte gelernt, es auszusitzen, bis er wieder nüchtern wurde.

Doch ab diesem Tag, an dem Thorstens Arbeitslosigkeit begann, verschoben sich die Phasen. Sie konnte schließlich nicht die halbe Woche im Kinderzimmer verbringen. Die Konfrontationen häuften sich.

Als Robin größer wurde, schlug Thorsten manchmal auch ihn. Selten zwar, aber Jacqueline gelang es nicht immer, rechtzeitig dazwischenzugehen. Schwierig, wenn man selbst mit blutender Nase in der Zimmerecke lag.

Jacqueline und Robin entwickelten sich zu einer verschworenen Gemeinschaft.

Parallel dazu versuchte sie, selbst wieder im Berufsleben Fuß zu fassen. Vor der Schwangerschaft hatte sie an der Kasse eines Lebensmitteldiscounters gesessen. Inzwischen gab es Siebzehn- und Achtzehnjährige, die für einen Bruchteil ihres damaligen Gehalts arbeiteten. Während sie weiter fleißig und erfolglos Bewerbungen verschickte, hatte Thorsten dies längst aufgegeben.

Er war der Meinung, man dürfe keinen deutschen Pass haben, um auf dem Bau noch Arbeit zu bekommen.

Vereinzelte Putzjobs halfen Jacqueline, die Hartz-IV-Bezüge und das Kindergeld ein wenig aufzustocken. Besser als nichts.

Jacqueline ertappte sich dabei, dass sie immer noch auf ihren Sohn am Küchentisch starrte. Den blauweiß gemusterten Teller in ihrer Hand hatte sie längst trockengewischt.

»Was malst du da?«, wollte sie wissen.

Robin antwortete, ohne den Kopf zu heben: »Einen Bagger.«

Jacqueline erinnerte sich, wie fasziniert Robin gestern am Bauzaun gestanden hatte, als sie vom Einkaufen nach Hause gegangen waren. Den großen Bagger hatte er nicht aus den Augen gelassen. Sie hatte ihn regelrecht mit sich zerren müssen.

»In Gelb«, ergänzte er. »Wie der von gestern.«

Ein Spielzeugbagger, dachte Jacqueline, darüber würde er sich sicher freuen.

Als sie im Flur das Klacken eines Schlüssels hörte, zuckte sie zusammen. Auch Robin erschrak, fuhr mit seinem Buntstift plötzlich quer übers Blatt. Er sah kurz auf und griff dann nach seinem Radiergummi, um den unerwünschten Farbstrich zu beseitigen.

Während Jacqueline Schritte hörte, die sich der Küchentür näherten, verstaute sie den trockenen Teller und nahm sich einen anderen aus dem Spülbecken.

Sie wusste, dass *er* nun – hinter ihrem Rücken – im Türrahmen stand.

Thorsten atmete hörbar. Er stank.

Das »Bin wieder da«, das er vor sich hin nuschelte, war kaum zu verstehen.

Er kam zu Jacqueline. Sie spürte seinen Atem im Nacken, dann seine Hand an ihrem Hintern. Kommentarlos trat sie einen Schritt zur Seite, trocknete weiter Geschirr ab, beobachtete ihn aus dem Augenwinkel.

Sie hatte längst gelernt, wo der Grat lag zwischen zu viel Gegenwehr und zu wenig. Meistens gelang es ihr, darauf zu balancieren.

Auch heute zeigte ihre Strategie Erfolg. Er wandte sich von ihr ab und öffnete die Kühlschranktür. Bier war im Augenblick mit weniger Aufwand zu bekommen als Sex. Wie genau sie ihn doch nach all den Jahren kannte.

Der Schublade entnahm er einen Flaschenöffner und mit dem üblichen ploppenden Geräusch entkronte er eine Flasche Pilsator.

Leicht torkelnd ging er hinüber zum Küchentisch und setzte sich übers Eck zu Robin. Der Junge sah nicht auf, sammelte nur seine Buntstifte zusammen, die quer verstreut über den Tisch lagen, und platzierte sie sorgfältig und ordentlich in seiner unmittelbaren Nähe.

Nach einem großen Schluck setzte Thorsten die Flasche an der Stelle ab, an der bis eben noch die Stifte gelegen hatten. Aus seiner Hosentasche fummelte er eine neue Packung Marlboro heraus, riss sie auf und steckte sich eine der Zigaretten an.

»Ah, ein Bagger«, lallte er, als er erkannte, was sein Sohn da malte.

»Mhmm«, so Robins knappe Reaktion.

»Weißu, dass der Papa früher auch am Bau gearbeitet hat?«

Den Zigarettenqualm blies er dem Jungen genau ins Gesicht.

»Mhmm«, Robin hustete kurz.

»Jetzt sinna überall die Polacken und die Russen-Mafia.«

Jacqueline verstaute den letzten abgetrockneten Teller im Schrank und verließ die Küche. Im Flur schlüpfte sie in ihre Straßenschuhe.

»Wo willste denn noch hin?«

Jacqueline ärgerte sich über die Frage. Es klappte nicht, es einfach hinunterzuschlucken. Jacqueline merkte, dass sie das Gleichgewicht verlor und es ihr unmöglich wurde, sich auf dem Grat zu halten.

Sie hörte sich keifen.

»Ich habe dir schon tausendmal erzählt, dass ich heute ein Vorstellungsgespräch habe.«

»Haste nicht!«

»Oh doch, das habe ich.«

»Nein.«

Robin mischte sich ein, ohne den Blick zu heben.

»Doch, Mama hat es gesagt«, nahm er Jacqueline in Schutz.

»Halt du dich da raus, Kleiner«, herrschte Thorsten ihn an.

»Du sollst ihn nicht anschreien«, sagte Jacqueline resolut und betrat erneut die Küche.

»Ich rede so mimeinem Sohn, wie ich's für richtig halte.«

Seine Augen verengten sich und sahen Jacqueline herausfordernd an.

Gleichzeitig hob er seine Hand und gab dem Jungen provozierend einen sanften Klaps auf den Hinterkopf. Es konnte Robin nicht weh getan haben, dennoch zuckte er zusammen.

»Nicht wahr, Kleiner?«

»Ja, Papa«, sagte Robin schnell.

Auch er hatte längst gelernt, seinen Vater nicht unnötig zu reizen.

Jacqueline ängstigte sich bei dem Gedanken, ihren Sohn bei seinem betrunkenen Vater zurückzulassen.

»Es ist besser, ich nehme Robin mit.«

Der Junge wollte aufstehen, doch Thorsten legte ihm seine Hand auf den Unterarm.

»Er bleibt hier.«

»Er kommt mit.«

Thorsten erhob sich, baute sich vor Jacqueline auf.

Seine Lippen bebten, Jacqueline kannte dieses Vorzeichen.

»Wenn ich sag', dasser hierbleibt, dann bleibter auch hier.«

Seine Macht unterstreichend, versetzte er Robin einen weiteren Klaps.

Dann nahm er die eine Hand in die andere und ließ seine Knöchel knacken.

Jacqueline wollte sich keine neue Verletzung einfangen,

außerdem wollte sie pünktlich und wohlbehalten zu ihrem Gespräch erscheinen. Also gab sie auf.

Mit stummem Blick versuchte sie, Robin Mut zuzusprechen. Sie sah, dass er Tränen unterdrückte, die seinen Vater nur noch wütender machen würden.

»Dann is' das ja geklärt«, sagte Thorsten und setzte sich wieder. »Wo is' dieses Vorstellungsgespräch?«

»In Kleinmachnow«, antwortete Robin an Jacquelines Stelle.

»So, so, in Kleinmachnow«, Thorsten blickte zur Uhr über dem Türrahmen. »Ich möchte, dass du danach sofort nach Hause kommst.«

Jacqueline nickte.

»Was is' das für 'ne Arbeit?«

Jacqueline verkniff sich, ihm unter die Nase zu reiben, dass sie ihm auch dies bereits mehrfach mitgeteilt hatte.

»Ein Putzjob.«

Thorsten verzog das Gesicht.

»Wie heißen die Leute?«

»Warum?«

»Weil ich wissen will, bei wem de dich rumtreibst. Also?«

»Pozzuoli.«

»Italiener?«

»Keine Ahnung.«

»Wohnen hier überhaupt keine Deutschen mehr?«

Jacqueline schnappte sich ihre Handtasche. Sie überlegte kurz, ihrem Sohn einen Abschiedskuss zu geben, entschied sich aber dagegen. Ihr Mann käme dabei vielleicht auf unerwünschte Gedanken.

So lächelte sie Robin lediglich an und verließ dann die Wohnung.

Ehe die Tür sich hinter ihr schloss, hörte sie noch die Stimme ihres Mannes.

»Haste gehört, Kleiner? Dein Papa hat so 'ne verdammte Putze geheiratet.«

20. KAPITEL

Ein Tag vor der Katharsis; nachts

Das Vernehmungszimmer grau und schmucklos.

Die Wände hätten längst einen neuen Anstrich vertragen. Ein Tisch und drei Stühle stellten das einzige Mobiliar dar.

Das winzige Fenster ließ tagsüber nur wenig von der sommerlichen Hitze herein. Entsprechend kühl präsentierte sich das Zimmer nun des Nachts.

Auf einem der Stühle saß eine kurzhaarige, maskulin wirkende Polizistin. Martin Manthey kannte sie: Katharina Häring. Vor ihr auf dem Tisch lagen ein Aufnahmegerät, ein Schreibblock und ein Kugelschreiber.

Als Manthey den Raum betrat, notierte sie seinen Namen.

Auf einem anderen Stuhl Jacqueline Hinz.

Sein Eintreten musste sie bemerkt haben. Sie zeigte jedoch keine Regung. Völlig apathisch stierte sie auf eine Unebenheit der hölzernen Tischplatte.

Manthey nahm ihr gegenüber Platz, zur Linken von

Frau Häring. Er nickte der Kollegin zur Begrüßung kurz zu.

»Frau Hinz?«

Jacqueline reagierte nicht.

Plötzlich hieb Manthey mit der Faust auf den Tisch. Die beiden Frauen zuckten zusammen, das Aufnahmegerät machte einen Satz. Häring vergewisserte sich sofort, dass es weiterhin ordnungsgemäß funktionierte.

Jacquelines Haltung war bereits wieder die gleiche wie vor Mantheys Ausbruch.

»Ich bin mir immer noch nicht sicher, ob Sie uns nicht lediglich Theater vorspielen.« Manthey sprach völlig gelassen. »Falls ja, dann muss ich sagen: Respekt! Hohes schauspielerisches Niveau.«

Manthey musterte Jacqueline ganz genau. Ihre Gesichtszüge glichen kaum noch dem Fahndungsfoto. Die Haare völlig derangiert, kein Make-up, das Gesicht blass, das weinrote T-Shirt mit der Aufschrift ›Budapest‹ spannte an ihren Brüsten und wirkte wie ein Fremdkörper an ihr. Manthey wusste, dass es eigentlich dem Krankenpfleger aus der Karl-Bonhoeffer-Nervenklinik gehörte.

»Ihnen ist klar, dass Sie alles nur noch schlimmer machen?«

Jacquelines Hände lagen unterhalb der Tischplatte. Weisungsgemäß trug sie immer noch Handschellen. Von hier würde sie nicht entkommen.

»Ihr Schweigen könnte einen hohen Preis kosten.«

Da sie den Blick gesenkt hielt, konnte er ihr nicht in die Augen sehen.

»Die Liste Ihrer Straftatbestände wird immer länger.«

Seine Stimmlage vermittelte, dass er den Schongang ausgeschaltet hatte.

»Unerlaubter Waffenbesitz.«

»Hausfriedensbruch.«

Nach jedem Punkt seiner Aufzählung überprüfte er, ob eine Reaktion erfolgte.

»Stalking.«

»Einbruch.«

Jacqueline blieb ungerührt.

»Diebstahl.«

»Kindesentführung.«

»Gefährliche Körperverletzung in drei Fällen.«

Manthey versuchte, einen persönlichen Bezug zu schaffen, um damit an ihr Herz zu appellieren.

»Ayse Ökmen. Sie studiert Grundschulpädagogik an der Freien Universität. Theoretisch arbeitet sie gerade an ihrer Masterarbeit. Praktisch liegt sie im Klinikum Benjamin Franklin in Steglitz und benötigt sowohl medizinische als auch psychologische Betreuung.«

Manthey wunderte sich über Jacquelines Abgebrühtheit. Selten hatte er in seiner Karriere so wenig Reflexion erlebt.

»Maximilian Stubbe, Zivildienstleistender in der Karl-Bonhoeffer-Nervenklinik. Thomas Hembus, Polizeiobermeister. Drei Fälle von Gehirnerschütterung, bei Herrn Hembus eine schwere. Er liegt immer noch auf der Intensivstation.«

Erneut krachte seine Faust auf den Tisch.

Erneut hüpfte das Aufnahmegerät, die Frauen erschraken.

»Verdammt noch mal!«, brüllte Manthey. »Geht Ihnen das alles am Arsch vorbei?«

Die Unebenheit auf der Tischplatte schien weiterhin eine hypnotisierende Wirkung auf Jacqueline auszuüben.

»Kommen wir zum schwersten Straftatbestand.«

Manthey ließ das Wort auf sie wirken: »Mord.«

Doch Jacqueline verharrte in ihrer Stasis.

Mit der Hand griff Manthey in die Innentasche seiner Jacke.

Dann musste er eben seine Trümpfe ausspielen.

Er zog einen Briefumschlag hervor und daraus einen Satz Fotografien.

Sorgfältig wählte er drei der Bilder aus.

Er legte eines davon auf den Tisch, schob es über die Tischplatte und hielt in der Bewegung inne, als das Foto die Unebenheit und damit Jacquelines Fokus erreicht hatte.

Ein eingerollter Teppich, an einer Ausbeulung klar erkennbar, dass darin etwas eingewickelt war.

Jacqueline wandte den Blick nicht ab.

Auf das erste Bild legte Manthey das zweite.

Der Teppich, halb ausgerollt, ein Kinderarm lag bereits frei, deutlich erkennbare Blutflecken.

Dann das dritte Foto.

Der tote Junge. Die glasigen Augen, die genau ins Objektiv geblickt hatten, starrten nun vorwurfsvoll nach oben.

Jacqueline und Robin sahen sich an.

Falls Jacqueline darauf nicht reagierte …

Manthey wusste im Moment nicht, wie er danach vorgehen sollte.

Während er wartete, überlegte er, ihr eine Zigarette anzubieten. Vielleicht wäre das hilfreich.

Er schreckte aus seinen Gedanken, als es unerwarteterweise an der Tür klopfte.

Einmal. Zweimal. Dreimal.

Bei jedem Klopfen lief ein Schaudern durch Jacquelines Körper.

Manthey hatte doch ausdrücklich befohlen, dass er nicht gestört werden wollte.

»Ja?«, rief er und drehte sich zur Tür.

Schultheiss streckte seinen Kopf durch den Spalt.

»Entschuldigung, Herr Manthey.«

»Was ist denn los?«

»Können Sie mal kurz rauskommen? Es ist wirklich wichtig.«

Wütend erhob sich Manthey und verließ das Vernehmungszimmer. Kaum war er an Schultheiss vorbei, schloss dieser hinter ihm die Tür.

Drei Meter entfernt, an der Biegung des Ganges, erkannte Manthey die Ursache der Unterbrechung: Rakowski!

Verdammt, dachte Manthey, er hat schneller von der Festnahme erfahren, als ich gehofft habe.

Rakowskis Gesichtsfarbe glich einer reifen Tomate. Seine Augenringe und sein ungekämmtes Haar ließen Manthey darauf schließen, dass er bereits im Bett gelegen und geschlafen hatte, als ihn die Nachricht erreicht hatte. Er hatte keine Zeit verloren.

Über wen war er an die Information gekommen?

Über jemanden von der Polizei?

Über die Staatsanwaltschaft?

Manthey blieb keine Zeit, sich weiter darüber den Kopf zu zerbrechen, denn Rakowski eilte bereits schnellen Schrittes auf ihn zu.

»Sie!«, rief er schrill. »Was fällt Ihnen ein?«

Und schon hatte er ihn erreicht und tippte ihm mit dem Zeigefinger in schneller Folge auf die Brust.

Ohne eine Reaktion zu zeigen, ließ Manthey den Affront über sich ergehen. Mantheys Schweigen erregte Rakowski nur noch mehr.

»Wie können Sie es wagen, meine Patientin hierherzubringen?« Seine Stimme überschlug sich.

Manthey blieb ungerührt. Er drehte sich um und ging davon.

»Folgen Sie mir in mein Büro!«, sagte er nüchtern. »Sie auch, Schultheiss.«

Manthey hörte Rakowskis Schnauben, dann Schritte, die ihm folgten.

Gelassen passierte er die zwei Glastüren, die in den benachbarten Trakt führten, in dem sein Büro untergebracht war. Rakowskis lautstarkes Schimpfen ignorierte er.

Er trat ein, ließ die Tür offen stehen und setzte sich hinter seinen Schreibtisch.

Auf seiner Schreibunterlage lag der Haftbefehl. Er hielt ihn dem wütenden Psychologen unter die Nase.

»Sie wissen, wo Sie sich befinden?«, fragte er süffisant.

»Was soll die Frage?«

»Polizeiwache Potsdam-Mitte.«

»Ja. Und?«

»Dies ist mein Reich. Und solange Sie sich in diesem Gebäude aufhalten, gelten meine Spielregeln. Wir befinden uns nicht auf ›Bonnies Ranch‹.«

Die im Volksmund übliche Bezeichnung der Karl-Bonhoeffer-Nervenklinik hatte gesessen. Sie musste beleidigend gewirkt haben auf den ehrgeizigen Psychologen. Er wirkte ausgebremst, schluckte eine Entgegnung hinunter.

»Lesen Sie es sich ruhig durch.«

Manthey sah hinüber zu Schultheiss und deutete auf einen in der Nähe befindlichen Bürostuhl. Schultheiss verstand und rollte den Stuhl zu Rakowski, der Platz nahm, während er weiterlas.

»Beantragt von Frau Karin Schaplau von der Staatsanwaltschaft Potsdam und richterlich erlassen.«

Mit Karin Schaplau hatte er bereits zu DDR-Zeiten hervorragend zusammengearbeitet. Sie hatten sich im Laufe der Jahre – sowohl vor als auch nach der Wende – in vielen Fällen wechselseitig geholfen. Das verkürzte die langen, bürokratischen Dienstwege, wenn es einmal schnell gehen musste.

»Scheint korrekt zu sein«, gab Rakowski zu.

»Holen Sie ihm bitte einen Kaffee, Schultheiss.«

Schultheiss nickte und ging nach draußen.

»Zu Ihnen, Herr Psychologe. Ich erwarte, dass Sie sich mir gegenüber angemessen verhalten. Sowohl hier auf der Wache als auch anderswo.«

Manthey war klar, dass er sich selbst ganz und gar nicht

an solche Gepflogenheiten hielt. Den Psychologen hatte er in der Karl-Bonhoeffer-Nervenklinik mehrfach vor dem Krankenhauspersonal und sogar vor Patienten zusammengestaucht.

Rakowski senkte den Kopf. Er schien viel zu perplex darüber, dass es Manthey gelungen war, in solch kurzer Zeit einen Haftbefehl zu erwirken, als dass er den Widerspruch in Mantheys Forderung erkannt hätte.

Manthey kannte die Vorgehensweisen, Zuckerbrot und Peitsche, good cop – bad cop, und wie sie alle hießen. Und er wusste, mit welcher er den gewünschten Erfolg erzielte.

Über dreißig Jahre Polizeidienst ließen einen ebenfalls zum Psychologen werden.

»Sie hatten mehr als vier Tage Zeit, um herauszufinden, wo der entführte Junge ist«, sagte er sanft.

Im gleichen Tonfall antwortete Rakowski: »Ja, ich weiß.«

Es klang demütig.

»Erzählen Sie mir bitte, zu welchem Ergebnis Sie gelangt sind.«

Rakowski sah auf. Er schien nun viel ruhiger zu atmen, sein Gesicht hatte wieder die normale Farbe angenommen.

»Der Fall ist äußerst diffizil.«

Manthey blickte ihm auffordernd in die Augen.

»Jacqueline, ich meine Frau Hinz, leidet – einhergehend mit einer posttraumatischen Belastungsstörung – an anhaltenden wahnhaften Störungen, ausgelöst durch den Tod ihres Sohnes, so meine Diagnose.«

»Hört sich an wie Ihr Bericht an die AOK. Erklären Sie es mir in ein paar einfachen Sätzen.«

Rakowski suchte nach Worten.

»Robins schrecklicher Tod hat für Frau Hinz eine Kette von Ereignissen losgetreten. Während sie einerseits Robins Tod verdrängt, flüchtet sie andererseits in ihr angenehmere Phantasiewelten. Diese nehmen immer stärker ihre Realität und ihre Wahrnehmung ein. Trifft sie auf eine Ungereimtheit, so biegt sie sich das vermeintlich Erlebte so lange zurecht, bis es wieder in ihr Weltbild passt.«

Einen Pappbecher, aus dem es dampfte, vor sich hertragend, kehrte Schultheiss ins Büro zurück. Rakowski nahm den Kaffee dankend an.

»Ein Beispiel?«, bat Manthey.

Nach einem kurzen Nippen stellte Rakowski den Becher auf den Schreibtisch.

»Frau Hinz erzählte mir, dass sie mit ihrer Mutter im Lafayette beim Einkaufen gewesen sei und dass sie dies abends ihrem Mann – in ihrer Wahrnehmung ›René‹ – erzählt habe. Zu diesem Zeitpunkt wusste ich schon, dass ihre Mutter bereits vor zwei Jahren gestorben war. Behutsam machte ich sie darauf aufmerksam. Schließlich wollte ich sie nach und nach in die Realität zurückholen.«

»Was passierte dann?«

»Es gelang mir, sie davon zu überzeugen, dass ihre Mutter nicht mehr lebte. Als sie die Geschichte am nächsten Tag wiederholte, war es René, der Zweifel an der Shoppingtour äußerte.«

»Ich verstehe nicht.«

»Sie hatte die Ungereimtheiten bereits in ihre eigenen, vermeintlichen Erinnerungen mit eingebaut. In der ersten

Version hatte ›ihr René‹ ihren Bericht vom mittäglichen Besuch im Lafayette stillschweigend zur Kenntnis genommen.«

»Warum hat sie den Einkaufsbummel überhaupt erfunden?«

»Ich vermute, sie wollte, dass ihre verstorbene Mutter stolz auf sie ist. Immerhin hielt sie sich ja für eine erfolgreiche Architektin. Ihre Mutter, der sie es zeit ihres Lebens nie recht machen konnte, sollte dies würdigen.«

Für Manthey fügten sich die Puzzlestücke allmählich zu einem Bild zusammen. Rakowski redete weiter.

»Wer weiß, vielleicht wäre sie in der nächsten Variante statt mit ihrer Mutter mit einer Freundin im Lafayette gewesen, um die Widersprüchlichkeit komplett zu umgehen.«

Rakowski machte eine kurze Pause.

»Sogar ich selbst wurde Teil ihres Wahns.«

»Wie das?«

»Sie behauptete inzwischen mit felsenfester Überzeugung, sie wäre aus freien Stücken zu mir gekommen. Sie erfand sogar eine ehemalige Kommilitonin, die mich empfohlen hatte. Immer öfter äußerte sie inzwischen auch, sie wäre lediglich wegen der Behandlung ihrer Kopfschmerzen bei mir. Dass sie in der Friedrichstraße aufgegriffen und zwangseingewiesen wurde, hatte sie völlig verdrängt.«

»Ich mach' mir die Welt, widdewidde wie sie mir gefällt …«

»Wie meinen?«

»Pippi Langstrumpf. Meine Frau sieht sich immer die

DVDs an. Musste nur gerade daran denken. Egal. Reden Sie weiter.«

»In ihrem Kopf ist der komplette Besuch eines Symposiums entstanden, inklusive Einchecken, Vorträgen und Kaffeepausen. Ein Symposium, von dem sie nur ein Ankündigungsblatt in Händen gehalten hatte, und das noch nicht einmal stattgefunden hat.«

Erneut nahm Rakowski einen Schluck Kaffee, bevor er fortfuhr.

»Ihre Wahnvorstellungen haben inzwischen solche Ausmaße angenommen, dass sie mir ohne mit der Wimper zu zucken versichert, weder einen Thorsten Hinz noch einen Robin Hinz zu kennen. Sie ist überzeugt davon, mit René Adam verheiratet zu sein.«

Manthey klappte sein Notizbuch auf und schrieb etwas hinein.

»Klingt für mich nicht so, als hätten Sie Fortschritte gemacht.«

Das saß. Rakowski sah ihn entgeistert an.

»Frau Hinz war in Ihrer Obhut, damit Sie herausfinden, wo der entführte Junge ist. Wohin Thorsten und Jacqueline Hinz ihn gebracht haben. Ich sehe nicht, dass sie sich der Information auch nur einen Schritt genähert hätten. Ganz im Gegenteil.«

»Aber … die Patientin. Der Fall. Ich habe bereits mit mehreren Kollegen Kontakt aufgenommen. Er ist ein besonders …«

Manthey schlug mit der Faust auf den Schreibtisch. Seine Ablagekörbchen und Rakowskis Kaffeebecher wackelten. Erschrocken wich Rakowski mit seinem Bürostuhl nach hinten, sein Gesicht fahl, die Augen geweitet.

Mantheys wohldosierter Wutanfall wirkte, wieder einmal.

Zufrieden beugte er sich vor, sein Gesicht ließ er ernst und streng aussehen.

»Ich habe es Ihnen schon einmal gesagt. Es geht um die Opfer, nicht um die Täter. Und um die Lebenden, nicht um die Toten. Ein Kind wurde entführt. Vermutlich schwebt es in Lebensgefahr. Es ist mit einem Mann zusammen, der wahrscheinlich bereits ein Kind auf seinem Gewissen hat. Was ist mit Lukas' Eltern? Sie sind verzweifelt! Begreifen Sie das?«

Rakowski kniff die Augen zusammen und musterte Manthey. Er schien zu überlegen. Er suchte etwas in Mantheys Gesichtsausdruck. Zum ersten Mal fühlte Manthey sich unwohl in seiner Gegenwart. Der Psychologe war drauf und dran, tief in seine Seele zu blicken.

»Was ist eigentlich Ihr Problem? Da steckt doch mehr dahinter«, sagte Rakowski.

Da ahnte Manthey, dass er Rakowski vielleicht doch unterschätzt hatte.

»Es geht nicht nur um das entführte Kind. Oder um die verzweifelten Eltern.«

Verfluchter Seelenklempner.

»Ich habe sie für einen sachlichen Menschen gehalten, Herr Manthey. Aber Sie nehmen die Sache viel zu persönlich.«

Manthey sackte in sich zusammen. Mit einem Mal

fühlte er sich noch nicht einmal mehr körperlich überlegen. Er griff sich mit der Hand an die Stirn.

»Möchten Sie es mir erzählen?«

Jetzt kramte Rakowski auch noch seine Pastorenstimme heraus.

Zuerst wollte Manthey aufbegehren, doch plötzlich erkannte er, dass Rakowski recht hatte: Er nahm die Sache persönlich.

Und er hatte viel zu lange mit niemandem *darüber* gesprochen.

Der Zeitpunkt war gekommen: jetzt.

Völlig zusammenhanglos stellte er Rakowski eine Frage: »Wissen Sie noch, was Sie am 9. November 1989 gemacht haben?«

Rakowski sah ihn verwirrt an.

»Klar weiß ich das. Jeder Deutsche weiß noch, was er am 9. November 1989 gemacht hat.«

21. KAPITEL

9. November 1989

Aus dem Gesicht des Mädchens war längst jegliche Farbe gewichen. Blutleer und wächsern wirkte es nun. Kein einziges der einstmals langen, brünetten Haare zierte mehr seinen Kopf.

Die Mimik, in den letzten Wochen und Monaten meist bitteres Spiegelbild der Qualen des abgemagerten Mädchens, zeugte jetzt von Schmerzfreiheit, Entspannung und Frieden.

Die Bettdecke bewegte sich nicht mehr auf und ab, keine Atmung mehr darunter.

Seine Lider zu schließen war der letzte Kraftakt des Mädchens gewesen.

Kathleen Manthey war tot, gestorben im Alter von vier Jahren an Leukämie.

Kathleen Manthey, sanft entschlafen vor über zwei Stunden.

Ihre Eltern, Martin und Vera, saßen immer noch unverändert auf Krankenhausstühlen zu beiden Seiten des kleinen Bettes. Sowohl Martin als auch Vera hielten eine der kalten Mädchenhände. Bis zum letzten Augenblick hatte das Ehepaar der Tochter Trost und Zuversicht gespendet, ihr gezeigt, dass sie bei ihr waren.

Martin Manthey ließ los. Sanft bettete er die zierliche Hand auf die Zudecke, dann zog er seine eigenen Hände in seinen Schoß zurück, legte sie wie zum Gebet zusammen, verharrte.

Doch er betete nicht; den Glauben an einen Gott oder an eine himmlische Gerechtigkeit hatte er nie entwickelt.

Manthey wandte den Blick von seiner Tochter ab und ließ ihn zu seiner Frau wandern. Veras Tränen waren längst versiegt. Stumm und liebevoll betrachtete sie Kathleens Gesicht. Gerade so, als erhoffe sie sich, das Leben würde zurückkehren, Kathleen würde einfach wieder die Augen aufschlagen und ihre Mutter anlächeln.

Kathleens heiteres, unbeschwertes Lachen klang nach in Manthey. In den letzten Tagen hatte er es nicht mehr gehört, und es würde nie wieder zurückkehren.

Die Stuhlbeine, die sonst unangenehm quietschend über den Zimmerboden schabten, blieben stumm, als Manthey sich vorsichtig erhob.

Auf leisen Sohlen schritt er zu seiner Frau und legte ihr seine Linke auf die Schulter.

Vera reagierte nicht.

»Es ist vorbei«, flüsterte er.

Nicht der Ansatz einer Bewegung ging durch seine Frau.

So sank er vor ihr auf die Knie, hob seine Hand und

strich ihr zärtlich über die Wange. Obwohl sie ihre Pupillen nur um einen Millimeter hätte bewegen müssen, blieben ihre Augen stur auf Kathleen gerichtet.

»Du musst sie loslassen«, sagte er leise.

Er drehte sich zum Bett, griff nach den Händen seiner Frau und löste sie sanft von der Hand seiner Tochter.

Vera schluchzte einmal laut auf, danach schwieg sie wieder.

Sie wehrte sich nicht gegen ihren Mann. Auch nicht, als er sie hochzog und auf die Füße stellte. Er legte einen Arm um ihre Hüfte und drehte sie weg vom Krankenbett. Sie versuchte, einen letzten Blick auf Kathleen zu erhaschen, doch Manthey nahm ihr Kinn und bewegte ihren Kopf sachte, aber resolut in Richtung der Tür.

Er führte Vera hindurch, und die beiden erreichten den Krankenhausflur.

Die Tür des benachbarten Schwesternzimmers stand einen Spaltbreit offen.

Vera sackte in Martins Arm zusammen. Während die Muskeln seiner Frau versagten, vernahm Manthey eine Stimme aus dem Schwesternzimmer.

Sie klang künstlich und es rauschte: ein Radio, oder ein Fernseher.

Nur Mantheys Unterbewusstsein nahm die Stimme wahr.

»... allerdings ist heute, soviel ich weiß, eine Entscheidung getroffen worden, es ist eine Empfehlung des Politbüros aufgegriffen worden, dass man aus dem Entwurf des Reisegesetzes den Passus herausnimmt und in Kraft treten lässt, der, wie man so schön sagt, oder so unschön sagt, also die ständige Ausreise regelt, also das Verlassen der Republik.«

Manthey, selbst geschwächt, gelang es nicht, seine Frau weiter auf den Beinen zu halten. Zwischen ihm und der Wand des Flurs glitt sie langsam, durch Manthey gestützt, zu Boden. Mit dem Rücken zur Wand und ausgestreckten Beinen blieb sie sitzen. Manthey bückte sich hinab und sah ihr in die Augen. Sie erwiderte seinen Blick nicht.

»Also Privatreisen nach dem Ausland können ohne Vorliegen von Voraussetzungen, Reiseanlässen und Verwandtschaftsverhältnissen beantragt werden, die Genehmigungen werden kurzfristig erteilt, zuständige Abteilungen Pass- und Meldewesen der Volkspolizei-Kreisämter in der DDR sind angewiesen, Visa zur ständigen Ausreise unverzüglich zu erteilen, ohne dass dafür noch geltende Voraussetzungen für eine ständige Ausreise vorliegen müssen. Ständige Ausreisen können über alle Grenzübergangsstellen der DDR zur BRD erfolgen. Damit entfällt die vorübergehende mündliche Erteilung von entsprechenden Genehmigungen in Auslandsvertretungen der DDR beziehungsweise die ständige Ausreise mit dem Personalausweis der DDR über Drittstaaten. Die Passfrage kann ich jetzt nicht beantworten, das ist auch eine technische Frage, die Pässe müssen ja, also damit jeder im Besitz eines Passes … Also, die müssen ja erst mal ausgegeben werden.«

Günter Schabowski, Sekretär des ZK der SED für Informationswesen, erreichte Martin Manthey, Unterleutnant der Volkspolizei, nicht.

»Das tritt, nach meiner Kenntnis … ist das sofort, unverzüglich.«

Manthey erkannte, dass er fortan die Kraft für zwei Personen aufbringen musste.

»Komm«, sagte er. »Ich bin bei dir.«

Mit einem tiefen Atemzug inhalierte er all die Stärke, die er benötigte, und half seiner Frau wieder auf die Beine.

»Also, doch, doch. Ständige Ausreisen können über alle Grenzübergangsstellen der DDR zur BRD – beziehungsweise Berlin-West – erfolgen.«

Dieses Mal wurde ihm Vera nicht wieder zu schwer und er geleitete sie den langen Flur entlang bis zum Treppenhaus. Den Pförtner im Erdgeschoss nahm er nur am Rande wahr. Es schien Manthey so, als habe ihm der Mann etwas sagen wollen, sich dann aber doch zurückgehalten. Vermutlich aus Rücksichtnahme auf den Zustand Veras.

Die trostlose Novemberstimmung eines trüben Tages hatte den Einbruch der Nacht überdauert. Manthey und seine Frau schlurften durch welkes Laub über den mäßig ausgeleuchteten Parkplatz des Potsdamer Klinikums Ernst von Bergmann.

Vorbei an einer Vielzahl von Trabants und Wartburgs erreichten Martin und Vera ihr eigenes Fahrzeug. Manthey öffnete die Beifahrertür des ockerfarbenen Wartburgs und half seiner Frau hinein.

Da seine Frau nicht in der Lage schien, sich anzugurten, erledigte er das für sie.

Dann quälte er sich selbst in den Wagen, nahm neben ihr Platz und steckte den Zündschlüssel ins Schloss.

Noch einmal drehte er sich zu Vera, deren Augen starr nach vorn gerichtet waren. Er folgte ihrem Blick. Durch Buschwerk und Bäume hindurch sah er Lichter aufblitzen.

Lichthupen, erkannte er.

Endlich drangen auch wieder Geräusche an sein Ohr.

Hupen; Tröten; lautes, fröhliches Lachen.

Dazu Sprechgesänge.

»Wir kommen wieder. Wir kommen wieder. Wir kommen wieder.«

Manthey startete seinen Wagen und fuhr seine Frau nach Hause.

22. KAPITEL

Ein Tag vor der Katharsis; nachts

Ob im Augenblick des Todes tatsächlich noch einmal das komplette Leben wie in einem zeitgerafften Film am Sterbenden vorüberzieht?

Keiner, der die Erfahrung gemacht hat, hatte danach noch die Möglichkeit, davon zu erzählen.

Hinterbliebene dagegen erinnern sich.

Der Witwer streichelt behutsam mit den Fingern über die Parkbank, auf der er um die Hand seiner Liebsten angehalten hat; die Parkbank vor dem See, in dem sie sich nun, Jahre später, wegen ihrer Depressionen das Leben genommen hat.

Die Enkeltochter weiß noch genau, wie ihr der Großvater, der nun vor ihr auf dem Totenbett ruht, bei jedem Besuch als Erstes eine Tafel Schokolade in die Hand gedrückt hat.

Die Witwe spürt jedem der vielen Küsse nach, die ihr der Ehemann schenkte, ehe er mit dem PKW zur Arbeit aufbrach, bis hin zum letzten Kuss vor der letzten Autofahrt, bei der er durch den Zusammenprall mit einem Geisterfahrer den Tod gefunden hat.

Jacqueline Adam kämpfte gegen Jacqueline Hinz.

Sie wehrte sich gegen die Bilder, die in ihrem Geist aufstiegen, und gegen das eine reale, das vor ihr lag. Ein unsichtbares Drahtseil schien ihr zwischen den beiden Augenpaaren gespannt, so mitleidlos stramm, dass es ihr unmöglich war, den Blick abzuwenden.

Endlich gab Jacqueline Adam auf: Jacqueline Hinz siegte.

Jacquelines Hände, in Handschellen gefesselt, starr unter dem Tisch; ihre Körperhaltung leicht vornübergebeugt; außer flachem Atem keine Körperregung zeigend.

Sie glaubte nicht, dass die Polizistin ihr gegenüber die Veränderung wahrnahm, die sich in ihr vollzog.

Im stillen Kammerspiel zwischen dem toten Jungen und Jacqueline Hinz blieb die Polizistin hinter Block und Aufnahmegerät nur Statistin.

Und so zog Robins Leben zumindest an seiner Mutter wie ein Film vorbei.

Seine Geburt vor über sieben Jahren mitsamt den vielen Schmerzen.

Der erste Zahn.

Wie Robin anfing zu krabbeln.

Wie er sich an den Knäufen der Schubladen festhielt, um aufrecht stehen zu können.

Seine ersten unbeholfenen Schritte.

Wie seine Lippen zum ersten Mal das Wort ›Mama‹ formten, und später ›Papa‹.

An die vielen Tränen erinnerte sich Jacqueline, als Robin zum ersten Mal im Kindergarten allein bleiben musste, an sein Schluchzen und Weinen, an sein Halten und Festklammern.

Der erste Schultag; Robin voller Stolz Schultasche und Schultüte tragend.

Doch der Film in Jacquelines Kopf blieb ein Kurzfilm. Der Regisseur hatte sich gegen ein Happy End entschieden.

Jacqueline wartete darauf, dass der tote Junge, dessen Abbild vor ihr auf der Tischfläche lag, sie anklagte. Er sollte mit ihr zu Gerichte ziehen. Sollte auf sie zurennen, mit seinen kleinen, geballten Fäusten auf sie einhämmern.

Er sollte ihrem Körper Schmerz zufügen, um sie abzulenken von dem Schmerz, der in ihrem Innern tobte.

Er sollte die Gelegenheit zu einem kleinen Stück Vergeltung erhalten, um ihr selbst eine gewisse Form der Absolution zu ermöglichen.

Robin blieb ihr diesen Gefallen schuldig.

Er starrte sie an und schwieg beharrlich.

Jacqueline Hinz begann zu weinen.

23. KAPITEL

Ein Tag vor der Katharsis; nachts

Eine weitere Strecke als die vom Klinikum bis zu uns nach Hause ist sie seither nicht mehr gefahren. Sie verlässt selten die Wohnung. Manchmal, wenn sie die Kraft dazu aufbringt, geht sie bis zum Zeitungskiosk – der ist nur zwei Wohnblocks weiter –, kauft dort eine Schlager Süßtafel für Kathleen und kehrt dann zurück. Sie legt die Schokolade auf den Küchentisch und setzt sich wieder aufs Sofa im Wohnzimmer.«

Manthey sah den Psychologen an. Rakowskis Gesichtsausdruck war so verdammt mitfühlend. Doch Manthey ignorierte es.

Mit wenigen Menschen hatte er in den vergangenen Jahren über sein Privatleben oder gar über seine Frau gesprochen. Heute war ihm sogar egal gewesen, dass Schultheiss mit im Raum stand und nun all dies über ihn wusste.

Schultheiss verhielt sich ruhig, stand einfach nur da.

Es hatte einfach aus Manthey herausgedrängt. Rakowski mit all seinen Forderungen nach Verständnis für Jacquelines Schicksal. Seine Anteilnahme, seine Parteilichkeit, seine Scheuklappen-Mentalität.

Ein jeder hatte sein Päckchen zu tragen; Jacqueline Hinz war in großer Gesellschaft.

Manthey und seine Frau mussten mit der eigenen Geschichte leben, Jacqueline Hinz mit der ihren.

Doch für Paula Adam war die Geschichte noch nicht zu Ende geschrieben.

Darum ging es Manthey.

»Der Fall der Mauer ist mehr als zwanzig Jahre her«, durchbrach Rakowski das Schweigen.

Manthey nickte.

»Wie haben Sie das so lange durchgestanden?«, fragte Rakowski.

»Ich glaube, Sie kennen die Antwort.«

Rakowskis Augen bejahten.

Manthey hatte gesagt, was er hatte sagen wollen.

Die Gegenwart hatte ihn wieder eingeholt, und er riss die Initiative an sich.

»Irgendwo da draußen ist ein Junge. Solange wir nichts Anderweitiges in Erfahrung bringen, gehe ich davon aus, dass er noch am Leben ist. Vermutlich ist Thorsten Hinz bei ihm und hält ihn gefangen. Nur wo, das ist die Frage.«

Manthey erhob sich.

»Jacqueline Hinz ist die einzige Person, die diese Frage beantworten kann.«

Rakowski stand nun ebenfalls auf.

»Darf ich Sie begleiten?«

»Die oberste Priorität hat, Paula Adam das Schicksal Jacquelines zu ersparen.«

Manthey war klar, dass er ›Vera‹ meinte, wenn er ›Jacqueline‹ sagte. Und er wusste, dass Rakowski dies ebenfalls klar sein musste.

»Das hat die oberste Priorität«, bestätigte der Psychologe.

Manthey wandte sich an seinen Kollegen: »Bringen Sie Herrn Rakowski bitte einen Stuhl ins Vernehmungszimmer.«

Schultheiss schnappte sich einen Stuhl und trug ihn hinter den beiden her.

Als Manthey den Raum betrat, erkannte er die Veränderung sofort.

Der vormals starre Körper Jacquelines wippte nun sacht hin und her, ihre Augen immer noch auf das Foto gerichtet.

Im Blick der Polizistin sah er Erleichterung darüber, dass er zurückgekehrt war.

Während er Platz nahm, entdeckte er Feuchtigkeit auf der Oberfläche des Bildes und darin Reflektionen des Oberlichts.

Leise stellte Schultheiss den Stuhl an den Tisch und verließ den Raum.

Rakowski setzte sich.

Ehe Manthey etwas sagen konnte, hob Jacqueline ihren Kopf.

Sie musterte ihn und Rakowski, als vergliche sie die beiden. In ihren Augen der Wunsch nach Erlösung.

Schließlich begann sie zu erzählen.
Die Polizistin drückte hastig die Aufnahmetaste.

24. KAPITEL

Sieben Tage vor der Katharsis; spätnachmittags

Jeder Mensch entwickelt Rituale. Beim Verlassen der Wohnung oder des Hauses beispielsweise.

Der eine kontrolliert sorgfältig, ob der Gasherd auch bestimmt ausgeschaltet ist und alle Wasserhähne zugedreht sind; der andere vergewissert sich mit einem Klopfen auf die Hosentasche, dass er auch wirklich den Wohnungsschlüssel eingesteckt hat; der dritte wiederum rüttelt zwei-, dreimal sanft an der Tür, um sicherzustellen, dass sie auch tatsächlich geschlossen ist.

Die meisten Menschen sind sich ihrer Rituale noch nicht einmal mehr bewusst.

Jacqueline Hinz öffnete beim Verlassen des Hauses stets den Briefkasten, der im Eingangsbereich des Neuköllner Hochhauses zwischen einer Vielzahl verbeulter und verschmierter anderer hing.

So auch heute. Mit einem raschen Blick überprüfte sie den Absender auf dem Kuvert, das sie herausfischte: Gebühreneinzugszentrale.

Konnte ja nur eine Rechnung oder eine Mahnung sein.

Sie steckte den ungeöffneten Brief achtlos in ihre Handtasche.

Strammen Schritts marschierte sie zur U-Bahn-Station. Eine gute Stunde später erreichte sie mit dem Bus Kleinmachnow.

Von Frau Pozzuoli hatte sie sich telefonisch den Weg von der Bushaltestelle bis zum Haus genauestens erklären lassen. So dauerte es nur wenige Minuten, bis sie vor der Tür stand und klingelte.

Auf dem Fußabstreifer las sie ›Home, sweet home‹.

Eine extrem übergewichtige Frau öffnete, die Haare schwarz und kinnlang, das Gesicht auffällig geschminkt. Die Augen der etwa Fünfzigjährigen funkelten freundlich.

»Sie müssen Frau Hinz sein«, empfing sie die Besucherin lächelnd, ehe Jacqueline das Wort ergreifen konnte.

Jacqueline nickte. »Guten Tag.«

»Sehr erfreut«, erwiderte die Hausherrin. »Mein Name ist Angela Pozzuoli, wir hatten telefoniert. Haben Sie gut hergefunden?«

Frau Pozzuoli streckte Jacqueline die Hand entgegen. Als Jacqueline sie ergriff, war sie überrascht über die Intensität des Händedrucks.

»Ja, Sie haben den Weg wunderbar beschrieben.«

»Kommen Sie herein.«

Frau Pozzuoli trat zur Seite, aber Jacqueline gelang es nicht, an ihr vorbeizukommen, ohne ihren Bauch zu streifen. Frau Pozzuoli ignorierte die Berührung.

»Darf ich Ihnen eine Tasse Tee anbieten?«

»Oh, gerne, vielen Dank.«

Doch Jacqueline besann sich. Sie dachte an die Unberechenbarkeit ihres Ehemanns und daran, dass ihr Robin sich mit ihm allein zu Hause aufhielt.

»Nein, besser doch nicht. Ich muss möglichst rasch wieder zurück.«

»Verstehe. Dann zeige ich Ihnen am besten gleich das Haus. Damit Sie einen Eindruck davon haben, was an Arbeit auf Sie zukommt.«

Von wegen Italiener. Jacqueline hörte nicht den Hauch eines Akzents. Sie glaubte eher, einen sächsischen Einschlag wahrzunehmen.

Ein leichtes Ächzen begleitete jede Bewegung Frau Pozzuolis.

»Ich würde eigentlich alles selbst putzen«, rechtfertigte sie sich, während sie vor ihr herwalzte, »aber Sie sehen ja selbst …«

Die Hausherrin spielte auf ihre Leibesfülle an.

»Die Drüsen«, erläuterte Frau Pozzuoli, »es sind die Drüsen. Das ist bei mir schon als kleines Mädchen losgegangen.«

Alles klar, dachte Jacqueline, die Drüsen.

»Meinem Mann ist's zum Glück egal. Er mag es, wenn er was in den Händen hat, sagt er immer. So, das ist das Badezimmer. Genau darüber ist ein weiteres, gleicher Grundriss. Das obere muss nicht jedes Mal geputzt werden. Wir benutzen es selten.«

Gleich darauf öffnete sie die Tür daneben. »Toilette«, kommentierte sie.

»Sieht alles sehr sauber aus.«

»Ja, Petra, unser letztes Mädchen war sehr ordentlich.«

Jacqueline zuckte kurz zusammen. Sie bezog die Titulierung sofort auf sich. Es war lange her, dass jemand sie als ›Mädchen‹ bezeichnet hatte. Schließlich ging sie inzwischen deutlich auf die vierzig zu.

»Leider ist sie nun zu ihrem Verlobten nach Duisburg gezogen. Vorgestern hat sie hier noch einmal alles auf Vordermann gebracht.«

Frau Pozzuoli führte sie weiter.

»Und das hier ist die Küche. Ich koche für mein Leben gern.«

Das hatte Jacqueline bereits vermutet.

»Entsprechend sieht meine Küche hinterher aus. Dass alles immer wieder blitzt und glänzt, darauf lege ich großen Wert, Jacqueline. Ich darf doch ›Jacqueline‹ sagen, ja?«

Obwohl Jacqueline dies überhaupt nicht behagte, hob sie die Schultern.

»Gut. Als Nächstes das Wohnzimmer.«

Ein dicker, langflusiger Teppich und eine schwere, dunkelbraune Sitzgarnitur, über dem Sofa ein handgeknüpfter Teppich, der eine Landschaft in den Bergen zeigte.

Der Fernseher lief, war aber auf stumm geschaltet. Jacqueline erkannte eine dieser billig produzierten Gerichtsshows.

»Hier muss jedes Mal richtig durchgesaugt werden. Wegen meines Asthmas.«

»Verstehe.«

»Und über die Treppe geht es dann nach oben.«

Jacqueline folgte der Frau, die sich mit jeder Stufe abquälte.

Frau Pozzuoli zeigte zunächst das Schlafzimmer. Auf dem Nachtkästchen stand ein gerahmtes Foto Herrn Pozzuolis, dessen Gewicht dem seiner Ehefrau in nichts nachzustehen schien.

Eines der beiden Kinderzimmer im ersten Stock war zu einem Abstellraum umfunktioniert worden, das andere wurde als Arbeitszimmer genutzt, in der Mitte ein Bügelbrett.

»Ich hatte Ihnen gesagt, dass Sie sich auch um die Wäsche kümmern sollten?«

»Ja, das hatten Sie.«

»Na ja, dann sind Sie wenigstens einige Zeit hier bei uns. Sonst lohnt sich die weite Anreise aus Neukölln ja nicht für Sie.«

»Ja, das stimmt.«

»So, nun haben Sie einen ersten Eindruck erhalten. Meinen Sie, dass Sie hier klarkommen werden, Jacqueline?«

»Denke schon, ja.«

»Wunderbar. Und sympathisch sind Sie mir auch. Ich finde, wir sollten es einfach mal miteinander versuchen.«

»Was meinen Sie mit ›versuchen‹?«

»Sie kommen in den nächsten Tagen für ein paar Stunden vorbei und putzen alles mal so richtig durch, von oben bis unten. Und wenn ich zufrieden bin, dann bekommen Sie den Job.«

Während der Worte quälte sie sich wieder die Stufen ins Erdgeschoss hinunter.

»Mein Mann hat zwar auch noch ein Wörtchen mitzureden, aber wenn ich sage, dass ich Sie haben möchte, dann wird auch er einverstanden sein.«

»Ähm ...«

»Ja?«

»Probeputzen? Für ein paar Stunden?«

»Sie bekommen das selbstverständlich voll bezahlt. Zu dem Stundensatz, den wir in der Annonce stehen hatten.«

Jacqueline atmete auf.

Sie hatte schon gedacht ...

»Passt es Ihnen am nächsten Donnerstag, 10 Uhr?«

»Ja«, sagte Jacqueline sofort, ohne lange zu überlegen.

»Gut, Jacqueline, dann sehen wir uns am Donnerstag.«

Frau Pozzuoli öffnete Jacqueline die Haustür und Jacqueline drängte sich an ihr vorbei, was ihr diesmal ohne eine Berührung gelang.

»Auf Wiedersehen«, hörte sie noch, dann hatte sich die Tür bereits wieder hinter ihr geschlossen.

Das hat keine Viertelstunde gedauert, dachte sie erleichtert, steckte sich eine Zigarette an und eilte zurück zur Bushaltestelle.

Eigentlich putzte sie schon die eigene Wohnung ungern, doch den Leuten vom Amt musste sie endlich mal demonstrieren, dass sie sich bemühte. Die drohten ihr schon mit der Kürzung ihrer Bezüge.

Während sie auf den Bus wartete, dachte sie wehmütig an ihre lang zurückliegende Arbeit im Einzelhandel. Ein Job in einer Modeboutique, das hätte ihr gefallen. Doch als sie beim letzten Einkaufsbummel spontan den Geschäftsführer – so ein junger Schnösel mit gegeltem Haar – auf eine Teilzeitstelle angesprochen hatte, hatte der sie mit solch arrogantem Blick gemustert, dass ihr bereits ohne seine Antwort klar war, wie er die Sache einschätzte: »Wissen Sie, wir sind hier ein außerordentlich junges Team, und ich glaube, jemand mit Ihrer großen Erfahrung kann diese sicher woanders nützlicher einbringen.« Sie hatte sich umgedreht und den Laden ohne Gruß verlassen. Ein weiteres Glied in einer Kette demütigender Absagen.

Gegenüber, auf der anderen Straßenseite, hielt ein silberfarbener Mercedes an. Eigentlich hatte er abbiegen wollen, sie hatte sein Blinken gesehen. Doch jetzt stand er.

Wieso glotzte der Fahrer nur so auffällig zu ihr herüber?

Sie sah an sich hinab, um ihre Kleidung zu kontrollieren, dann wieder zu dem Mann.

Jetzt blinzelte er.

Irgendetwas an ihm schien ihr vertraut.

Er kontrollierte im Rückspiegel, ob er seine Tür öffnen konnte. Anschließend stieg er aus und kam genau auf sie zu: Nadelstreifenanzug, dunkelblaue Krawatte, breiter Oberkörper, selbstbewusster Gang, das Gesicht freundlich und strahlend.

Wollte der feine Pinkel sie etwa am helllichten Tag auf offener Straße anbaggern?

Unsympathisch erschien er ihr nicht, auch nicht unattraktiv, trotz kleinem Bauch und lichter werdendem Haar. Ganz im Gegenteil. Die kastanienbraunen Augen zeugten von Wärme und Herzlichkeit, sein Lächeln von Charme und Lebensfreude.

Sie erinnerte sich an das Gesicht.

Ehe sie ihr Gedächtnis durchforsten konnte, trat er schon vor sie und sprach sie an.

»Jacqueline Collin?«

»Äh, ja. Das ist mein Mädchenname.«

Nein, das konnte nicht wahr sein. War das tatsächlich …?

»Erkennst du mich denn nicht?«

Er breitete die Arme aus.

»Ich bin's: René! René Adam.«

Sie spürte, wie ihre Knie weich wurden und ihr die halbgerauchte Zigarette aus den Fingern glitt.

»Meine Güte, du wirst ja ganz blass.«

Auf ihre Beine war kein Verlass mehr. Sie knickten unter ihr weg. Geistesgegenwärtig griff René nach ihr, nahm sie in die Arme und verhinderte damit, dass sie fiel.

Es knisterte. Wie bei einer chemischen Reaktion sprühten die Funken, als er sie berührte. Genau wie damals.

Zusammenreißen, dachte sie.

»Geht es wieder, Jackie?«

So hatte sie lange niemand mehr genannt.

»Ja«, flüsterte sie und hoffte, dass er sie trotzdem nicht loslassen würde.

»Unglaublich, dich wiederzusehen. Nach all der Zeit. Wie lange ist das her? Fünfzehn Jahre?«

»Mindestens«, sagte Jacqueline und schenkte ihm ein Lächeln.

25. KAPITEL

Viele Jahre vor der Katharsis

Wir müssen miteinander reden, René.«

Jackie Collin drehte ihren Kopf zur Seite. Auf dem Rücken im Bett ihres Liebsten liegend, hatte sie bis gerade eben schweigend an die Decke gestarrt.

In Renés Gesichtsausdruck las sie, dass er genau wusste, was die Stunde geschlagen hatte.

Beide waren sie bekleidet, sie fühlte Renés Handfläche, die unter ihrer Bluse auf ihrem Bauch ruhte. Im Rhythmus ihres Atems bewegte sich Renés Linke sanft auf und ab. Sie genoss die wärmende Nähe.

René lag auf der Seite, den rechten Arm nach oben gestreckt und angewinkelt, den Kopf auf seine rechte Hand gestützt.

Sie hielt seinem Blick nicht stand und sah nun auf das ›Ärzte‹-Poster, das hinter ihm – mit Tesafilm befestigt – an der Wand hing. ›Die Beste Band der Welt‹ stand darauf geschrieben und ›Abschiedstour‹. Jackie erinnerte sich daran, wie stolz René gewesen war, als er es an die Wand seines Jugendzimmers geheftet hatte, und wie traurig gleichzeitig darüber, dass sich die Band aufgelöst hatte.

Das Poster daneben zeigte die gefesselte Gwendoline aus dem gleichnamigen Song.

Sweet sweet Gwendoline, geisterte die Melodie plötzlich durch Jackies Gedanken.

Auch sie fühlte sich gefesselt.

»Es geht alles so schnell, René.«

René schwieg genauso wie Gwendolines geknebelter Mund.

»Ich frage mich, ob wir nicht noch zu jung sind für all das.«

Jackie wünschte sich, René würde reagieren.

»Zwei Jahre sind wir jetzt schon zusammen.«

Noch nicht einmal seiner Hand merkte sie eine Veränderung an. Er schien weiter abzuwarten.

»Wir waren beide damals erst vierzehn Jahre alt.«

Ihr Mut wuchs an, doch es gelang ihr immer noch nicht, den Blick von Gwendoline zu lösen.

»Ich war verknallt in dich«, sie machte eine kurze Pause, »und du warst genauso verknallt in mich.«

»Ich bin es immer noch«, flüsterte René.

»Ja, aber ich glaube einfach nicht, dass wir uns so früh festlegen sollten.«

»Was meinst du mit ›festlegen‹?«

Sie suchte nach Worten.

»Na ja, festlegen eben.«

»Kann man Liebe ›festlegen‹?«

Jackie wollte ihm nicht weh tun.

»Ich glaube nicht, dass wir eine gemeinsame Zukunft haben.«

»Warum?«

»Weil ich jetzt denke, dass es ein Fehler war, dass du das Gymnasium verlassen hast.«

»Aber du bist doch selbst drei Monate vor mir runter.«

»Das ist etwas anderes!«

»Wieso ist das etwas anderes?«

»Ich bin eine Frau.«

»Hä? Was hat das damit zu tun?«

»Na ja, Frauen haben ja noch andere Möglichkeiten.«

»Was denn? Kinderkriegen?«

»Zum Beispiel.«

»Heiraten?«

»Auch.«

»Ich will auch heiraten. Irgendwann. Und Kinder. Irgendwann.«

»Ich möchte es einmal besser haben als meine Mutter. Meine Mutter möchte das auch.«

Fühlte sich Renés Hand tatsächlich kälter an als noch vor wenigen Minuten?

»Mein Vater hat nie etwas Ordentliches gelernt. Er hält die Familie nur mit Gelegenheitsjobs über Wasser.«

Jackies Gedanken wanderten zu ihrer Freundin Katja. Katjas Vater arbeitete als Geschäftsführer. In welcher Branche die Firma tätig war, hatte Jackie nicht verstanden. Jedenfalls hatten Katjas Eltern eine große Villa direkt am Grunewald. Jackie hatte sich darüber geärgert, dass Katja ihre neidvollen Blicke aufgefallen waren.

»Aber ich habe doch gestern meinen Ausbildungsvertrag unterschrieben.«

»Ja, und jetzt wirst du Zimmermann. Toll.«

»Du weißt doch, dass das nicht meine erste Wahl war. Aber man kann ja froh sein, wenn man überhaupt eine Lehrstelle bekommt. Weißt du, wie viele aus meiner Klasse immer noch keine haben? Und du, du hast ja auch noch keine.«

»Eine Freundin meiner Mutter kann mich vielleicht in der Bäckerei unterbringen, in der sie arbeitet.«

»Super. Mensch. Ich freue mich. Und das erzählst du mir erst jetzt?«

Für einen Moment spürte Jackie den Hautkontakt wieder intensiver.

Sie sah kurz zu René, dann gleich wieder zurück zu Gwendoline.

»Na ja, ›Verkäuferin‹.«

»Du sagst das ebenso abwertend wie ›Zimmermann‹.«

»War nicht so gemeint.«

»Ich glaube doch.«

Er zog seine Hand unter ihrer Bluse hervor und legte sie auf die Bettdecke.

»Du hältst mich für einen Versager«, konstatierte er.

»Nein«, sagte sie schnell.

»Du meinst, ich könnte keine Familie ernähren.«

Sie schwieg.

»Dir nicht das bieten, was du gerne hättest.«

»Meine Mutter knausert an allem. Sie dreht jeden Pfennig viermal um.«

»Ich bin nicht wie dein Vater.«

Ihr Vater widersprach ihrer Mutter nie. Mutter hatte in der Beziehung die Hosen an, sie schimpfte und maßregelte ihn. Vater harrte einfach nur aus, saß still da und ließ die Tiraden über sich ergehen. Beide hatten sich längst in ihr gemeinsames Schicksal ergeben.

Plötzlich spürte sie Renés Finger an ihrem Kinn. Mit einer resoluten Bewegung drehte er ihren Kopf zu sich. Seine Hand fixierte ihr Kinn, sie musste ihn ansehen.

»Ich bin nicht wie dein Vater«, wiederholte er.

»Du hättest auf dem Gymnasium bleiben sollen.«

Seine Lippen verzogen sich zu einem zynischen Lächeln.

»Aber du hast doch selbst gesagt, dass ich auf die Realschule runterwechseln soll.«

»Ja, aber das war ein Fehler.«

Er presste die Lippen aufeinander, atmete hörbar durch die Nase. Obwohl sein Kopf immer noch in seiner Rechten ruhte, gelang es ihm, ihn leicht zu schütteln.

»Du meinst erst, dass ich das Gymnasium verlassen soll, und dann sagst du, dass es falsch war?«

Sie hasste es, sich rechtfertigen zu müssen.

»Ich weiß ja auch nicht, wie es weitergeht.«

»Sieht so aus, als hättest du deine Entscheidung längst getroffen.«

»Ich möchte einfach nur glücklich sein.«

»Und das kannst du mit mir nicht?«

»Ich habe Träume, René.«

»Glaubst du, ich nicht?«

»Und wie willst du die verwirklichen? Als Zimmermann?«

»Jackie. Wir sind sechzehn. Unser ganzes Leben liegt noch vor uns.«

Jackie griff nach seiner Hand und löste sie von ihrem Kinn. Er ließ es geschehen.

»Ich möchte meinen eigenen Weg gehen, René.«

In seinem Blick schimmerte ein letzter Funken Hoffnung.

»René aime Jacqueline. Jacqueline aime René«, flüsterte er die Worte, die ihr Herz so oft so weich hatten werden lassen. Heute blieb es hart. Die Stiche ignorierte sie.

Sie versuchte, möglichst selbstsicher zu wirken. Sie wollte nicht, dass René kämpfte.

Endlich las sie in seinen Augen, dass er resignierte. Ihre Worte waren wie ein unerwarteter Regenschwall auf ihn niedergegangen. Er musste erst mal seine Gedanken sortieren, das sah sie ihm an.

»Dann geh deinen Weg«, erwiderte er trotzig.

Sein Blick wanderte hinüber zur Zimmertür. Sie verstand. Sorgfältig strich sie ihre Bluse glatt und stand auf.

Kein Wort des Abschieds kam über seine Lippen.

Jackie ging einfach hinaus, hinaus aus seinem Zimmer, hinaus aus seinem Leben.

Sie wusste, dass er jetzt – im Gegensatz zu ihr – weinen würde.

26. KAPITEL

Sieben Tage vor der Katharsis; spätnachmittags

Wohl eher zwanzig Jahre«, bestätigte René und lächelte zurück.

Die beiden lösten sich voneinander, traten einen Schritt zurück und musterten sich.

Die Zeit hatte Spuren an ihm hinterlassen, erkannte Jacqueline, doch war sie weitaus gnädiger mit René gewesen als mit ihr selbst oder mit Thorsten.

Und Kleider machen Leute, dachte sie, denn er wirkte außerordentlich attraktiv in seinem Anzug. Jacqueline vermutete eine Maßanfertigung.

»Du siehst toll aus«, urteilte er, und Jacqueline war sich unsicher, ob er es ehrlich meinte oder ob er lediglich eine Floskel bemühte.

Verglichen mit ihm fühlte sie sich schäbig in ihren Alltagsklamotten.

»Du aber auch«, mehr brachte sie im Moment nicht hervor.

Sie fühlte, wie ihr Herz schneller schlug. Die plötzliche

Erinnerung an lang vergessene Momente trauter Zweisamkeit raubten ihr immer noch den Atem.

»Wohnst du auch hier in Kleinmachnow?«, fragte er, und da sie nicht antwortete, ergänzte er: »Wir sind vor einem halben Jahr hierhergezogen. In Berlin gibt es ja nichts Vergleichbares, das auch bezahlbar ist.«

»Ja, das stimmt.«

»Und?«

»Was?«

»Wohnst du auch hier?«

»Nein«, sie zögerte kurz, »ich habe nur jemanden besucht, Freunde.«

»Wen denn? Vielleicht kenne ich sie.«

»Lutter«, war der erste Name, der ihr einfiel. »Sie heißen Lutter.«

René sollte keinesfalls erfahren, dass sie putzen ging.

»Sagt mir nichts. Aber wundert mich auch nicht. Kleinmachnow ist schließlich kein Dorf mehr. – Und? Hat es das Leben gut mit dir gemeint?«

Er betrachtete ihre linke Hand, und als er entdeckte, was er gesucht hatte, hob er seine eigene und streckte Jacqueline die Rückseite entgegen.

»Ich bin auch verheiratet«, sagte er fröhlich.

Nervös nestelte sie an ihrem Ehering herum.

»Kenne ich ihn? Jemand von damals?«

»Nein.«

»Ich habe zu überhaupt niemandem aus unserer Teenagerzeit mehr Kontakt. Zu den Klassentreffen bin ich auch nie gegangen.«

»Ich auch nicht.«

»Weißt du was? Bevor wir hier ewig auf der Straße herumstehen: Ich wohne gleich um die Ecke; wir könnten einen Tee bei mir trinken. Hast du etwas Zeit?«

Wider besseren Wissens bejahte sie.

»Steig ein.« Er machte eine einladende Geste in Richtung seines Autos.

Sie überquerten die Straße, und Jacqueline stieg auf der Beifahrerseite ein.

»Der riecht aber noch neu.«

»Zwei Wochen alt, das ganz neue Modell.«

Staunend betrachtete Jacqueline das Armaturenbrett. Es erinnerte mehr an das Cockpit einer Maschine der Lufthansa.

René startete den Wagen, das Motorengeräusch war kaum zu hören.

Es war für Jacqueline nicht notwendig, sich mit Autos auszukennen – sie würde sich ohnehin keines leisten können. Aber sie wusste auch so, dass der Mercedes eine horrende Summe gekostet haben musste.

»Du arbeitest sicher nicht mehr als Zimmermann.«

René lachte schallend auf.

»Nein. Das ist längst Geschichte.«

Während er sprach, steuerte er das Fahrzeug sicher durch die Straßen.

»Da bin ich unmittelbar nach der Ausbildung raus. Das war nichts für mich.«

Bereits nach zwei Kurven erreichten sie ihr Ziel.

»Ich habe dann doch noch das Abitur gemacht. Zweiter Bildungsweg.«

»Wow.«

In einem Carport vor einem stattlichen Neubau parkte René ein.

»Noch mal wow. Das ist dein Haus?«

»Yep. Meins. Und Paulas. Und natürlich gehört ein Teil der Bank.«

»Paula?«

»Meine Frau.«

Jacqueline leistete keinen Widerstand gegen die Stiche in ihrer Bauchgegend, die die zwei Worte verursacht hatten. Sie gab sich den Schmerzen hin.

Die beiden stiegen aus. Während sie zum Hauseingang gingen, verriegelte René mittels Fernbedienung die Autotüren.

Eine Plakette aus Ton verkündete an der Haustür, dass hier die ›Familie Adam‹ wohnte.

»Familie?«, fragte Jacqueline.

Nachdem René aufgeschlossen und Jacqueline die Tür aufgehalten hatte, antwortete er.

»Paula, Lukas und ich.«

»Dein Sohn?«

»Ja, unser ganzer Stolz. Das beste, was uns bisher im Leben passiert ist. Häuser und Autos sind völlig unwichtig geworden.«

Nur dann, wenn man welche hat, dachte Jacqueline.

»Ich habe auch einen Sohn«, sagte sie, froh, endlich etwas gefunden zu haben, wofür sie Anerkennung bei René ernten konnte.

Es funktionierte. Sein Lächeln wurde noch breiter.

»Das freut mich. Dann weißt du ja, wovon ich rede. Kinder sind etwas Großartiges. Komm, ich zeige dir das Haus.«

Nach dem kurzen Flur, von dem die Gästetoilette abzweigte, erreichten sie das Treppenhaus. Oben öffnete er die erste Tür, sie führte zum Schlafzimmer. Jacqueline war sofort klar, dass die Möbel, die sie sah, nicht von Ikea stammen konnten. Das Bett war so breit, dass man sich aussuchen konnte, in welcher Richtung man sich hinlegte. Sie hätte zu gerne die Matratze getestet, getraute sich aber nicht zu fragen.

Dann das Kinderzimmer.

Anders als Frau Pozzuoli kommentierte er nicht die Räume, die er ihr zeigte.

»Wie heißt noch mal dein Sohn?«, wollte Jacqueline wissen.

»Lukas.«

»Schöner Name. Wie alt ist er?«

»Sieben.«

»So ein Zufall. Genau wie meiner.«

»Das ist ja wirklich ein Zufall.«

»Und die Liebe zu SpongeBob scheinen die beiden zu teilen«, sagte sie, während sie das große Poster über dem Kinderbett begutachtete.

Ansonsten schätzte sie, dass Lukas mindestens vier Mal so viel Spielzeug besaß wie Robin.

»Wie heißt dein Sohn, Jackie?«

Da war er wieder gefallen, ihr damaliger Kosename. Hoffentlich merkte ihr René nicht an, wie gut er ihr tat.

»Robin.«

»Auch schön. Gefällt mir. Erinnert mich an Batman.«

»An Batman?«

»Ich habe doch damals immer die Comics gelesen: Batman und Robin.«

»Ach so. Daran hatte ich gar nicht gedacht.«

Das geräumige Bad, das René ihr nun präsentierte, war ein Traum. Das Dekor erinnerte Jacqueline an ihre Hochzeitsreise nach Tunesien. Die erste und einzige Auslandsreise, die sie jemals mit Thorsten unternommen hatte. Badewanne und Duschkabine – welch ein Luxus.

Ans Bad schloss sich eine Toilette an.

»Was ist hinter den letzten beiden Türen?«

René öffnete sie.

»Wir arbeiten viel von zu Hause aus«, erklärte er zu den beiden Büros.

»Wenn Lukas Geschwisterchen bekommt, ist's aber vorbei mit der Arbeit von zu Hause aus.«

Zum ersten Mal schien Renés Freude über das Wiedersehen getrübt.

Ein Zucken durchlief sein Gesicht.

»Was ist? Habe ich etwas Falsches gesagt? Das waren doch deine Worte vorhin: ›Kinder sind etwas Großartiges.‹ Und ich denke, das Haus ist groß genug. Man könnte sogar aus dem riesigen Schlafzimmer zwei normal große Räume machen.«

»Paula kann keine Kinder mehr bekommen«, sagte er leise.

»Oh, das tut mir leid.«

René wandte den Blick ab und ging zurück zur Treppe.

Als sie wieder zurück ins Erdgeschoss gelangten, war Jacqueline erneut beeindruckt. Das Staunen über die überdimensionierte Wohnküche überlagerte ihre stille Freude darüber, dass sie mindestens einen Vorzug gegenüber der unbekannten Paula hatte.

Noch nie im Leben, noch nicht einmal in einem Möbelprospekt, hatte sie solch einen Luxus gesehen.

»Ich sehe, es gefällt dir«, meinte René, und Jacqueline ertappte sich dabei, dass ihr Mund offen stand.

»Da hat ja meine ganze Wohnung drin Platz!« Sofort biss sie sich auf die Unterlippe. Sie wollte nicht, dass René zu viel über ihre Lebensverhältnisse erfuhr. Verglichen mit Renés heutigem Standard empfand sie den ihren als armselig.

»Eine Arbeitsfläche als Raumteiler, wie in den Hollywood-Filmen.«

Sie ging hinüber und strich mit den Fingern über die Ceran-Kochfläche des Herds.

Dann drehte sie sich um und erfreute sich an der Farbkomposition der Hängeschränke und Abdeckplatten.

»Bordeaux und weiß. Es sieht sehr harmonisch aus.«

»Das ist auch Paulas Meinung. Die Küche wurde exakt nach ihren Vorstellungen zusammengestellt. Es sind teilweise Sonderanfertigungen.«

»So was kann Paula?«

»Sie hat Architektur studiert. Da war sie natürlich an den ganzen Planungen beteiligt. Eine Freundin von ihr ist Küchendesignerin. Die beiden haben sich hier regelrecht ausgetobt.«

Der anderen Hälfte der Wohnküche, der, in dem die luxuriöse Sitzgarnitur und der Plasmafernseher standen, konnte sie sich nicht mehr angemessen widmen, nachdem ihr Blick auf den Wintergarten gefallen war.

Ihr erster Eindruck gaukelte ihr vor, sie würde vor einem Dschungel stehen.

Das Zimmer ging in einen einzigen Urwald über, grüne Blätter in allen Formen, Farne, Bonsais, Schilf, dazwischen Blüten in allen Farben des Regenbogens.

Obwohl es mucksmäuschenstill war – nicht einmal der Kühlschrank summte –, glaubte Jacqueline beinahe, das Schreien und Brüllen unbekannter Tiere zu hören, das Pfeifen und Singen exotischer Vögel.

Als folge sie dem Flötenspiel des Rattenfängers von Hameln, ließ sie Wohnküche und René hinter sich zurück und schritt in den Wintergarten.

Sie schloss für einen Moment die Augen, um die betörenden Düfte besser genießen zu können.

»So stelle ich mir das Paradies vor.«

»Der Satz hätte auch von Paula stammen können.«

Der Name trübte die Vorstellung vom Garten Eden.

»Das muss ja eine tolle Frau sein.«

»Das ist sie. Meine große Liebe.«

Seine große Liebe, pah.

»Und der Wintergarten ist ihr ganzer Stolz.«

Diese Aussage schmälerte ihren Genuss.

»Vielleicht lernst du sie ja bald kennen. Sie muss jeden Augenblick nach Hause kommen. Du hast doch noch Zeit für eine Tasse Tee? Dann setze ich gleich Wasser auf.«

Diese Wunderfrau wollte sie sich auf keinen Fall entgehen lassen.

»Klar habe ich Zeit.«

27. KAPITEL

Sieben Tage vor der Katharsis; spätabends

Es schien so, als wüssten die Nachbarn Bescheid und zeigten Respekt vor dem Toten.

Die basslastigen Hip-Hop-Klänge verstummten und überließen einer endlosen Stille das Feld.

Um Jacqueline herum versanken alle Sinneseindrücke, als wäre sie in einen riesigen Wattebausch gepackt.

Lediglich ihr eigenes Herz hörte sie noch schlagen.

Ein Geräusch, zu dem der tote Körper vor ihr nicht mehr fähig war.

Sie kniete auf dem Teppich und stützte sich mit den Händen ab, die Fingerkuppen ihrer Linken im Blut ihres Sohnes.

So verharrte sie, den Kopf frei von Gedanken, schwebend im Nichts.

Sie verharrte, während sich die Zeit, die um sie herum verging, zur Illusion wandelte.

Aus der Zeitlosigkeit kämpfte sich ein Wunsch in Jacquelines Bewusstsein. Langsam, aber stetig stieg er auf. Schließlich materialisierte er sich.

Es kostete sie die größte Kraftanstrengung ihres Lebens, zurück zum Gesicht ihres Sohnes zu blicken, zu den Augen, die sie unbarmherzig anklagten.

›Dreh deinen Kopf‹, lautete der Wunsch, gefolgt von dem Wörtchen ›bitte‹.

Er erfüllte sich nicht, auch nicht bei seiner hundertsten Wiederholung.

Viel später spürte sie eine Hand auf ihrer Schulter.

Wie lange sie dort schon ruhte, wusste sie nicht. Sie drehte sich zur Seite und erkannte Thorsten neben sich, ebenso am Boden kniend wie sie selbst, zwischen ihm und dem toten Jungen das blutbefleckte Brotmesser.

Thorsten sah sie an und gleichzeitig durch sie hindurch.

Seine Lippen bewegten sich, er flüsterte etwas, immer und immer wieder.

Langsam schälten sich seine Worte aus der Stille.

»Es ist nicht meine Schuld. Es war ein Versehen.«

Sie hörte ihm zu, wie er die Sätze betonungslos rezitierte.

Irgendwann wurde ihr bewusst, dass sie den Kopf schüttelte.

»Du hast ihn getötet«, formulierte ihr Unterbewusstsein und zwang ihren Mund, es auszusprechen; leise zunächst.

»Es ist nicht meine Schuld. Es war ein Versehen.«

»Du hast ihn getötet.«

»Es ist nicht meine Schuld. Es war ein Versehen.«

»Du hast ihn getötet.«

»Es ist nicht meine Schuld …«

Als habe jemand einen Schalter umgelegt, kehrte plötzlich ihre Energie zurück.

Sie unterbrach ihn, schrie ihn an.

Sie ballte die Hände, schlug damit ziellos auf ihren Mann ein.

Der ließ es zunächst geschehen, bis er endlich selbst aus dem Bann erwachte. Er griff nach Jacquelines Handgelenken und umklammerte sie.

»Es war ein Versehen.«

Die Kraft, sich zu wehren, fehlte ihr ebenso wie der dazugehörige Wille.

Sie verlor das Gleichgewicht und kippte gegen Thorsten.

Der ließ ihre Hände los und nahm sie schützend in die Arme.

»Du hast ihn getötet«, schluchzte sie.

Schweigend drückte Thorsten sie an sich.

28. KAPITEL

Sieben Tage vor der Katharsis; spätnachmittags

Während René Jacqueline die zweite Tasse Rooibos-Tee einschenkte, fiel ihr Blick auf den siebenarmigen Kerzenständer, der auf einem Sideboard stand.

Gusseisern und mit barocken Verzierungen, wollte er ins moderne Design der Wohnküche nicht so recht passen, und doch wirkte es so, als habe er einen Ehrenplatz.

»Ein Familienerbstück«, erklärte René. »Er stammt noch aus Ostpreußen und ist seit fünf Generationen im Besitz meiner Familie. Paula hatte vergangene Woche Geburtstag, meine Mutter hat ihn ihr feierlich übergeben. Sie konnte sich selbst nur ganz schwer trennen. Mit Tränen in den Augen hat sie davon erzählt, wie sie ihn damals von ihrer eigenen Mutter geschenkt bekam.«

Jacqueline stand auf, ging hinüber und streckte gerade ihre Finger aus, um das gute Stück zu berühren, als sie ein Geräusch hörte. Ein Schlüssel, der sich im Schloss drehte.

Klackende Töne hochhackiger Schuhe, und schon stand sie im Türrahmen: Paula!

Feuerrotes, lockiges Haar, die Wangen leicht gerötet.

Sie trug einen graumelierten Hosenanzug, der ihre schlanke Figur betonte.

Über der Schulter eine kleine schwarze Handtasche, unter dem Arm eine lederne Aktenmappe. Nur die große grüne Flasche in ihrer Rechten irritierte Jacqueline.

Jetzt trafen sich ihre Blicke.

Paula wirkte wie ein Mensch, der sich unter Kontrolle hielt, und doch gutgelaunt und fröhlich. Nur für den kurzen Augenblick, in dem sie der fremden Frau in ihrem Haus gewahr wurde, wechselte ihr Gesichtsausdruck zu Verwunderung, ehe sie sofort wieder zu ihrer Haltung zurückfand.

René sprang auf.

Auch er schien erstaunt über die Flasche, eilte jedoch zielstrebig auf seine Frau zu und küsste sie zärtlich auf die Lippen.

»Das ist Paula.«

Den Stolz in seiner Stimme empfand Jacqueline als Hörigkeit.

Mit einer großen Geste wies er in ihre Richtung.

»Und das ist Jackie.«

Paula runzelte die Stirn.

»Ich habe dir von ihr erzählt. Erinnerst du dich? Meine große Jugendliebe.«

Paulas Mimik spiegelte wider, dass sie inzwischen wusste, wen sie vor sich hatte.

»Stell dir vor«, fuhr René fort, »wir haben uns ganz zufällig getroffen, hier in Kleinmachnow, beinahe vor unserer Haustür.«

Paula reichte Jacqueline die Hand.

»Freut mich sehr, Sie kennenzulernen«, sagte sie.

»Mich auch.«

»Wieso trägst du denn eine Sektflasche bei dir?«, fragte René.

»Champagner«, korrigierte Paula und präsentierte das Etikett: »Veuve Clicquot.«

Jacqueline kannte die Marke nicht, interpretierte jedoch das Etikett und Paulas Tonfall als ›teuer‹.

»Gibt es was zu feiern?«, wollte René wissen.

»Oh ja«, entgegnete seine Frau freudestrahlend und drückte ihm die Flasche in die Hand, »wenn du sie öffnest, hole ich schon mal die Champagnerschalen.«

»Sie trinken doch ein Gläschen mit?«, wandte sie sich an Jacqueline.

»Gerne.«

Dass sie bereits auf dem Weg nach Hause sein wollte, hatte Jacqueline längst verdrängt.

Während René die Flasche entkorkte, entledigte sich Paula ihrer Handtasche und ihrer Aktenmappe und holte drei Champagnerschalen aus einem der Hängeschränke.

Sie gab eine an Jacqueline weiter und behielt die anderen beiden bei sich.

Ein verhaltener Knall ertönte, dann schenkte René ein.

Nachdem er die Flasche abgestellt hatte, reichte ihm Paula ein Glas.

»Du machst es ganz schön spannend«, sagte René zu seiner Frau. Paula hob ihr Glas und stieß zuerst mit René an, dann mit Jacqueline.

»»Le Mirage««, kommentierte sie geheimnisvoll das erste Klirren, mit »Santé« das zweite.

»Nein!«, sagte René ungläubig.

»Mais oui«, bestätigte Paula. Sie wirkte unauthentisch in ihrer Theatralik, und Jacqueline fühlte sich davon beeindruckt und gleichzeitig abgestoßen.

»Ich verstehe nicht«, meinte sie und nippte an ihrem Glas.

»Schönefeld«, erklärte René. »Es gab eine Ausschreibung für ein Nobelhotel auf dem Flughafengelände. Ich hatte dir doch erzählt, dass Paula in einem Architekturbüro arbeitet? Jedenfalls soll das Hotel ›Le Mirage‹ heißen. Und wie es aussieht, hat sich die französische Investorengruppe für ›Vogt & Hall‹ entschieden. Sehe ich das richtig, Paula?«

»Correctement, mon cher.«

Jacqueline merkte Paula an, dass sie sich unwohl fühlte in der kleinen Show-Einlage, zu der sie sich hatte hinreißen lassen.

In einem Tonfall, den Jacqueline als geschäftsmäßig und belehrend empfand, erklärte Paula: »Ich bin bei ›Friedrich Vogt & Simon Hall‹ beschäftigt. Das ist ein kleines, aber äußerst renommiertes Büro in der Friedrichstraße. Das ›Le Mirage‹ soll das exklusivste Hotel werden, das im Nahbereich des BBI angesiedelt wird. Ich habe bei der Planung mitgewirkt.«

»Mitgewirkt? Du hattest die Leitung!«

»Heute Morgen kam der Anruf aus Paris«, fuhr Paula fort, ohne auf die Anmerkung Renés einzugehen. »Es werden kleine Nachbesserungen gewünscht, aber der Auftrag ist definitiv erteilt.«

»Herzlichen Glückwunsch, meine Liebe.«

Erneut klirrten die Gläser.

Jacqueline schloss sich der Gratulation an, etwas leiser und etwas weniger enthusiastisch als René.

»Herr Vogt hat mir höchstpersönlich gratuliert. Er hat dabei sogar gelächelt.«

Aus Renés Gesichtsausdruck zu schließen, schien das tatsächlich eine Bemerkung wert gewesen zu sein.

»Und Simon«, Jacqueline fiel auf, dass Paula den Namen stets englisch aussprach, »zauberte sofort den Veuve Clicquot hervor. Keine Ahnung, wie er das arrangiert hat. Und ich habe mich sogar dazu hinreißen lassen, daran zu nippen.«

»Meine Frau ist sehr prinzipientreu«, erklärte René Jacqueline. »Kein Alkohol während der Arbeit. Dienst ist Dienst.«

»Heute habe ich mal fünfe gerade sein lassen. Meine Mutter wird's mir verzeihen.«

Paulas Tonfall veränderte sich: »›Contenance, Paula. Das Wichtigste im Leben ist, immer die Contenance zu wahren.‹«

Paula kicherte über sich selbst und René grinste.

»Manchmal muss eben doch auch Zeit sein, um zu feiern«, ergänzte Paula.

Je mehr sich Paulas Champagnerschale leerte, desto stärker wurden ihre Wangen durchblutet.

Ihr Lachen empfand Jacqueline als unangenehm und Paula erinnerte sie – auch wegen ihrer roten Haare – immer mehr an eine Hexe.

Dennoch spürte Jacqueline Neid. Und sie ärgerte sich darüber, als sie sich dessen bewusst wurde.

»Alles klar, Jacqueline?«, riss René sie aus ihren Gedanken.

»Ja, sicher, ich freue mich für deine Frau.« Sie hoffte, dass der Satz ehrlich geklungen hatte.

Doch Paula schien viel zu aufgeregt zu sein, um darauf zu achten.

»Und weißt du was, René?«

Sie machte eine dramaturgische Pause, dann fischte sie eine Broschüre aus ihrer Aktenmappe. Als zeige ein Schiedsrichter einem Spieler die rote Karte, streckte sie sie nach oben.

»Herr Vogt hat mir seinen Platz bei dem Stadtentwicklungs-Symposium überlassen.«

Es sollte in einem Grand Hotel am Großen Wannsee stattfinden, wie Jacqueline auf der Titelseite las. Und Renés ungläubigem Blick entnahm sie, dass dies etwas ganz Besonderes darstellte.

»Weißt du, was das bedeutet?«, fragte Paula, der gar nicht mehr gewahr zu sein schien, dass eine ihr fremde Frau anwesend war.

Sie wartete Renés Antwort nicht ab.

»Ich vermute, Herr Vogt wird sich über kurz oder lang aus dem Büro zurückziehen. Alt genug ist er ja. Meine Chancen, mit Simon das Büro weiterzuführen, sind mit dem heutigen Tag deutlich gewachsen.«

René wirkte glücklich. Er umarmte Paula und küsste sie.

Und Jacqueline stellte fest, dass sie Paula zu hassen begann.

29. KAPITEL

Sechs Tage vor der Katharsis; morgens

Jacqueline wehrte sich dagegen, doch ihre Gedanken kehrten immer wieder zu Paula zurück.

Paula besaß all das, was sie selbst angestrebt hatte.

Was war aus den vielen Zukunftsvisionen geworden, die sie als Kind und als junge Erwachsene gehabt hatte?

Die Träume?

Verpufft.

Die Chancen?

Verspielt.

Während die Sonne unter- und wieder aufgegangen war, hatte sie sich nicht mehr von der Stelle bewegt.

Ihre Tränen waren längst versiegt.

Thorsten gab ihr Halt mit seinen Armen, die ihren kraftlosen Körper umschlangen.

Auch er hatte sich seit Stunden nicht mehr gerührt.

Der Mann, den sie verabscheute, spendete ihr Nähe und Trost.

Sie hasste ihn dafür – und sich selbst.

Sie hatte seinerzeit das Los mit der Aufschrift ›Hauptgewinn‹ gezogen; sie hatte es zerknüllt und in die Gosse gekickt. Stattdessen hatte sie sich für eine der vielen Nieten entschieden.

Wie ein Häufchen Elend lag sie bei ihm und sehnte sich fort von ihm.

Sie hatte nicht genügend Kraft, um sich von ihm zu lösen.

Die ganzen Jahre über hatte sie nicht genügend Kraft gefunden.

Sie stierte auf einen Punkt auf der Strukturtapete an der Wand vor ihr.

Fixierte sie ihn bereits seit Stunden?

Sie wusste es nicht.

Wieder schlich sich Paula in ihren Kopf. Diesmal ließ Jacqueline sie widerstandslos hinein.

»Das ist Paula«, hörte sie Renés Stimme.

»Freut mich sehr, Sie kennenzulernen«, krächzte die rothaarige Hexe.

Jacqueline wunderte sich, dass sie den Pickel auf Paulas krummer Nase nicht schon früher entdeckt hatte. Die lederne Aktenmappe unter Paulas Arm verwandelte sich in eine schwarze Katze, die Paula auf den Buckel kletterte. Die Katze fauchte Jacqueline böse an.

Während sich Paula den Hängeschränken in der Küche zuwandte, warf René Jacqueline einen Kussmund zu. Anscheinend traute er sich nicht, die Worte im Beisein der Hexe auszusprechen. So formulierte er sie lediglich mit den Lippen: »René aime Jacqueline. Jacqueline aime René.«

Ehe Jacqueline darauf reagieren konnte, kehrte Paula zurück.

In ihren warzenübersäten Händen balancierte sie drei Champagnerschalen, aus denen grauer Dampf aufstieg.

Als stünde sie unter Hypnose, griff Jacqueline zu, René ebenfalls.

»Santé!«, erklang Paulas kratzende Stimme.

»Santé!«, wiederholten Jacqueline und René wie aus einem Munde.

Jacqueline schluckte, die Flüssigkeit brannte auf ihrer Zunge, dann rann sie ätzend ihre Speiseröhre hinab.

Jacqueline rang nach Atem.

Sie zitterte, am ganzen Körper. Und sie fror.

Vor ihr verschwammen René, der sich stöhnend krümmte, und die kichernde Hexe. Sie verloren sich in Jacquelines Wahrnehmung und verwandelten sich zu einem alles beherrschenden Weiß.

Dann schälten sich Strukturen heraus: Jacqueline starrte immer noch auf die Tapete.

Der Mann, der sie hielt, streichelte mit seinen kräftigen Händen über ihre Oberarme. Sie ekelte sich vor seinen Berührungen. Sie stellte sich vor, es wären Renés Finger, die an ihrer Haut entlangglitten.

Vielleicht konnte René mit ihrer Hilfe den Klauen der Hexe entrinnen?

Sie wand sich in Thorstens Armen.

Da entdeckte sie, dass vor ihr ein toter Junge auf dem Boden lag; auf der Höhe des Halses vertrocknetes Blut auf dem Teppich.

Sie kannte den Jungen nicht.

Lukas, dachte sie.

Er war ebenso Gefangener der Hexe wie ihr René.

Sie musste die beiden befreien, sie aus dem Bann der Hexe lösen.

René gehörte zu ihr und sie musste ihm helfen, damit er seine Bestimmung erkannte.

Aber zunächst musste sie sich um ihren Sohn kümmern.

Erst Lukas, dann René.

Endlich würden sie eine glückliche Familie sein.

Sie schälte sich aus Thorstens Umarmung und erhob sich.

Wie in Trance ging sie ins Badezimmer. Vor dem Spiegel beseitigte sie die Spuren, die Trauer und Verzweiflung in ihrem Gesicht hinterlassen hatten; ihre Augenringe überschminkte sie.

Nachdem sie das Bad verlassen hatte, kehrte sie ein letztes Mal zu dem toten Jungen zurück.

Thorstens Blick traf den ihren.

»Wir müssen die Leiche beseitigen«, flüsterte Thorsten.

Jacqueline nickte.

»Die Polizei. Wir könnten Probleme bekommen«, hörte sie die ferne Stimme ihres Ehemanns.

Dass ihr Mann damit begann, den toten Jungen in den Teppich einzuwickeln, nahm sie nur noch am Rande wahr.

Ein letztes Mal dachte sie an Robin, dann vergaß sie ihn und verließ die Wohnung.

30. KAPITEL

Sieben Tage vor der Katharsis; spätnachmittags

Kaum hatte sich die Haustür geschlossen, da hörte Jacqueline auch schon die schnell trippelnden Schritte eines Kindes.

Der Junge blieb im Türrahmen stehen, seinen Schulranzen auf dem Rücken.

Mit neugierigen Blicken musterte er die ihm unbekannte Frau. Er trug ein beigefarbenes Hemd und eine schwarze Baumwollhose, sein braunes Haar saß sauber gescheitelt.

Unwillkürlich verglich Jacqueline den Jungen mit ihrem Robin. Statur und Größe der beiden glichen sich sehr. Auch die Haarfarbe. Robins Frisur dagegen war meist verwuschelt. Das gefiel Jacqueline besser.

»Das ist Lukas«, sagte René.

»Sag schön ›Guten Tag‹«, ergänzte Paula.

Lukas näherte sich Jacqueline und streckte seine Hand aus.

»Hallo, Lukas. Ich bin eine Freundin deines Vaters.«

Sie strich ihm mit der Hand durchs Haar, was Lukas mit einem missbilligenden Blick quittierte.

»Oh, das mag er nicht.«

René lachte laut auf.

»Das gibt sich wieder. Ich habe ihm gestern einen Kamm geschenkt. Jetzt ist er pausenlos damit beschäftigt, sich die Haare zu striegeln.«

Bevor Jacqueline etwas darauf sagen konnte, erschien eine türkisch aussehende Frau im Türrahmen.

»Guten Tag«, begrüßte sie die Anwesenden.

»Das ist Ayse«, stellte René vor, nur um sich sofort zu korrigieren: »Ich meine, Frau Ökmen. Sie bringt Lukas morgens zur Schule und holt ihn abends wieder ab, falls wir es nicht selbst schaffen. Außerdem hilft sie uns im Haushalt.«

Jacqueline nickte ihr zu.

»Trinken Sie ein Gläschen mit uns?«, fragte Paula.

»Ich muss leider los«, lehnte Ayse ab. »Aber was gibt es denn zu feiern?«

»Raten Sie mal!«

»Das ›Le Mirage‹?«

Paula lächelte nur.

»Ich freue mich sehr für Sie, Frau Adam.«

Ayses Reaktion klang ehrlich, sie schüttelte Paula herzlich die Hand.

»Danke. Na, doch ein Gläschen Champagner?«

»Bitte seien Sie mir nicht böse, aber ich muss ja heute zu meinem Vater ins Krankenhaus – und dafür muss ich noch Auto fahren.«

Überrascht nahm Jacqueline zur Kenntnis, dass Ayse akzentfreies Deutsch sprach.

»Schade, ich hätte gerne auch mit Ihnen angestoßen.«

»Vielleicht ein andermal, Frau Adam.«

Lukas hatte sich inzwischen seines Ranzens entledigt und war auf einen der Küchenstühle geklettert. Vor sich breitete er verschiedene Schulutensilien aus.

»Tschüs, Lukas.«

Als er Ayses Worte hörte, sprang der Junge vom Stuhl und eilte auf sie zu. Die beiden drückten sich innig zum Abschied.

Jacqueline wunderte sich über die Vertraulichkeit.

»Gute Besserung für Ihren Vater«, meinte Paula und René schloss sich an.

»Danke. Auf Wiedersehen, alle zusammen.«

Nachdem Ayse verschwunden war, wetzte Lukas zum Tisch zurück.

»Lukas, wofür hast du denn einen Schreibtisch in deinem Zimmer? Wir wollen hier gleich zu Abend essen.«

»Aber ich muss dir doch was zeigen, Mama.«

Fasziniert beobachtete Jacqueline, wie Lukas krakelige Buchstaben auf ein Blatt Papier kritzelte. Das ging schon deutlich sicherer als bei ihrem Robin. Paula füllte eine weitere Champagnerschale mit Orangensaft und stellte sie vor Lukas.

»Oh«, sagte sie, als sie das Ergebnis von Lukas' Bemühungen betrachtete.

Jacqueline näherte sich und erkannte nun auch, was der Junge geschrieben hatte.

Voller Stolz präsentierte Lukas seine Leistung.

»Jetzt habe ich endlich alle Buchstaben für deinen und meinen Namen, Mama.«

LUKAS stand in Großbuchstaben auf dem Blatt zu lesen, darunter PAULA.

»Morgen frage ich nach ›René‹, Papa.«

»Das hast du aber toll gemacht, Lukas«, lobte Jacqueline, »ich habe übrigens auch einen kleinen Sohn, er heißt Robin.«

»Ich bin nicht klein.«

»Entschuldigung, natürlich nicht. Vielleicht könnt ihr ja mal zusammen spielen?«

Sie stellte sich die beiden Jungen in Lukas' Kinderzimmer vor, das ihr René vorhin gezeigt hatte.

»Wie alt ist der denn? Ich bin schon sieben.«

Lukas reckte seine Hände nach oben, zählte dann seine Finger ab und zeigte sie Jacqueline.

»Robin ist auch sieben.«

»Ist er auch in der ersten Klasse?«

»Ja.«

Lukas wandte sich an Paula: »Darf ich mit ihm spielen?«

»Mal sehen«, sagte Paula. »Jetzt räum' schön deine Sachen hier weg, damit wir nachher essen können.«

»Ich wollte nur noch das Bild vom Rummel zeigen.«

Er kramte eine Zeichnung aus seinem Ranzen, die – mit viel Phantasie – einen Erwachsenen, ein Kind und drei Bären vor einem Riesenrad zeigte.

»Da gehe ich mit Papa hin.«

»Aber erst musst du noch ein paar Mal schlafen«, zügelte René die Vorfreude seines Sohnes. »So, und jetzt wird endlich aufgeräumt.«

Paula half Lukas, seine Schulsachen wieder im Ranzen zu verstauen. Dann schulterte Lukas ihn und trottete aus dem Zimmer hinaus und die Treppe hoch.

»Ein toller Junge«, sagte Jacqueline, »und er sieht dir so ähnlich, René.«

»Ach, ja? Die meisten behaupten, er käme nach seiner Mutter.«

»Und ihr vertraut ihn einfach einer …«, Jacqueline machte eine Pause, suchte nach einer unverfänglichen Formulierung, »… fremden Frau an?«

»Du meinst Ayse? Sie ist ausgebildete Erzieherin und steht kurz vor dem Abschluss ihres Studiums. Eine starke Frau. Finanziert sich alles selbst.«

Jacqueline ließ sich die Scham über ihre Vorurteile nicht anmerken.

»Möchten Sie mit uns zu Abend essen?«, fragte Paula, und Jacqueline zuckte augenblicklich zusammen.

Siedend heiß fiel ihr Thorsten ein. Zu lange schon ließ sie ihn warten. Er würde wütend sein.

»Was ist mit dir? Du wirkst so blass. Möchtest du dich setzen?«

»Nein, René. Alles in Ordnung. Danke für die Einladung, Frau Adam, aber ich muss los. Mein Mann und mein Sohn haben ja auch Hunger, zu Hause.«

»Du hast mir noch kaum was von dir erzählt. Wie du lebst. Was du arbeitest. Über deinen Mann. Über Robin.«

René wirkte enttäuscht.

»Ein anderes Mal.«

»Versprochen?«

»Ja, klar.«

»Weißt du was? Du kommst einfach mal mit deinem Mann zu uns zum Essen. Dann können auch Lukas und Robin miteinander spielen. Was hältst du davon?«

Jacqueline konnte sich Thorsten in dieser Kulisse nicht vorstellen. Sie wollte nicht, dass die Adams ihn kennenlernten.

»Eine gute Idee«, sagte sie dennoch.

»Ich gebe dir einfach eine Visitenkarte.« René griff in die Innentasche seines Jacketts. »Die Rufnummer ist die vom Büro. Aber sag meiner Sekretärin einfach, dass es privat ist, damit sie dich auch sofort durchstellt. Dann vereinbaren wir einen Termin, ja?«

Einen Termin – wie geschäftsmäßig, dachte Jacqueline abfällig und nickte.

Ihr Blick fiel auf das Sideboard, wo neben dem Kerzenständer die Broschüre über das Symposium lag, zu dem Paula geladen war.

Zu gerne hätte sie einen Blick hineingeworfen.

Während René und Paula die Champagnerschalen zur Spülmaschine trugen, steckte sie das Heft rasch in ihre Handtasche. Gleich auf der Nachhausefahrt würde sie ihre Neugierde befriedigen.

Die Adams geleiteten sie zur Haustür.

»Es hat mich wirklich sehr gefreut, dass wir uns wiedergetroffen haben«, verabschiedete sich René.

»Mich auch. Nach all den Jahren. Ich kann es immer noch kaum glauben.«

»Auf Wiedersehen, Frau …«, Paula stutzte und sah Jacqueline fragend an.

»Hinz«, vollendete Jacqueline den Satz.

Im Hintergrund sah Jacqueline, dass Lukas die Treppe hinunterstieg.

Ohne dass seine Eltern ihn dazu auffordern mussten, trat er zu den drei Erwachsenen und verabschiedete sich ebenfalls von ihr, höflich, wohlerzogen. Jacqueline war ein weiteres Mal beeindruckt und lächelte ihm freundlich zu.

Dann ging sie, vorbei am Carport der Adams, in dem sich zu dem silbernen Mercedes ein roter gesellt hatte.

Den Gedanken an Thorsten versuchte sie zu verdrängen.

31. KAPITEL

Sechs Tage vor der Katharsis

Jacquelines Füße schmerzten.

Nachdem sie den Waggon der Linie U8 am Alexanderplatz verlassen hatte, war sie gelaufen, einfach nur gelaufen, kreuz und quer. Ohne Sinn, ohne Ziel.

Die lange Besucherschlange am Fuß des Fernsehturms beachtete sie ebenso wenig wie die vor dem Berliner Dom. Die Schlossbrücke, das Zeughaus, die Oper interessierten sie nicht, das Reiterstandbild Friedrichs des Großen auch nicht. Ihre Beine trugen sie sicher Unter den Linden entlang, ihre Gedanken drehten sich dabei schwerfällig im Kreis.

René. Paula. Lukas. Thorsten. René.

Die russische Botschaft. Die britische Botschaft. Das ›Hotel Adlon‹. Das Brandenburger Tor. Das Holocaust-Mahnmal.

Zwischen all den Touristen, die aufmerksam und staunend die Sehenswürdigkeiten betrachteten, ähnelte sie einem Zombie, der aufrechten Hauptes und gedankenverloren durch Gebäude und Menschen hindurchzusehen schien.

Jacqueline ignorierte auch das Brennen in ihren Fußsohlen.

Verglichen mit der nagenden Kälte in ihr, wurde es sowieso zur Lappalie.

Damals hatte sie mit René auf seinem Bett gelegen, in seinem Jugendzimmer. Sie hatte ihn von sich gestoßen. Wochen vorher hatte sie noch, verliebt bis über beide Ohren, heimlich unterschreiben geübt: Jackie Collin, Jackie Adam, Jacqueline Adam. Sie erinnerte sich noch genau an die Namenszüge. Kraftvoll geschwungen, in ihrer jugendlichen Schrift. Wunderschön. Eine Grundlage zum Träumen vom Zusammensein, von Hochzeit, von Familie.

Ein Rotstift strich über die Buchstaben und übermalte sie alle bis zur Unkenntlichkeit.

Es war eine Frauenhand, die den Rotstift führte.

Zu welchem Zeitpunkt hatte sie die Träume und Visionen ihrer Teenagerjahre beerdigt?

Mit dem Beginn ihrer Verkäuferinnenlehre?

Mit der Schwangerschaft?

Mit der Entscheidung für Thorsten?

Oder bereits mit dem Abgang vom Gymnasium?

Die halbwegs guten Noten, die sie zu Schulzeiten erhalten hatte, waren ihr zugeflogen. Keinen Finger hatte sie rühren müssen. Mit ein bisschen mehr Ehrgeiz und Energie hätte sie eine Einser-Schülerin sein können. Alle Lehrer hatten ihr das bestätigt und entsprechende Appelle an sie gerichtet. Jacqueline hatte sich nicht darum geschert, ihr eigenes Ding durchgezogen, sie alle ausgelacht.

Faules Stück, schalt sie sich, während die Touristenmassen am Gendarmenmarkt zur Seite wichen und eine Schneise für sie bildeten.

Wo könntest du heute stehen?

Was könntest du heute sein?

Ärztin, Biologin, Anwältin.

Architektin.

Eine gute Architektin.

Hochgelobt, gutbezahlt, mit Aussicht auf eine Teilhaberschaft.

Der Rotstift erschien wieder vor ihrem inneren Auge und deklarierte alle Träume als geplatzt.

Sie hasste die Frau mit dem Rotstift.

Locker und lässig stand diese Person da und strich Jacquelines Leben zusammen, mit ihrem anderen Arm untergehakt bei René, der sie anhimmelte.

Jetzt malte die Frau einen engen Käfig um Jacqueline. Gleich einer Trickfilmfigur boxte Jacqueline in Gedanken gegen die einengenden Striche, doch diese brachen nicht, sie dehnten sich nur und kehrten wieder an ihre Position zurück.

Ein Junge gesellte sich zu René und Paula: Lukas.

Er könnte mein eigener Sohn sein, dachte Jacqueline, das Ergebnis von Renés Liebe.

»René aime Jacqueline. Jacqueline aime René«, flüsterte sie.

Die Kunden im Kaufhaus Lafayette, das sie eben durchquerte, blickten sie besorgt an.

»René aime Jacqueline. Jacqueline aime René«, erzählte Jacqueline ihnen.

Eine Verkäuferin bot ihr ein Parfüm an. Jacqueline kaufte es, ohne darüber nachzudenken.

Durch eine Glastür verließ sie das Gebäude und trat hinaus auf die Friedrichstraße in den geschäftigen, geschwätzigen Trubel.

Hätte diese vermaledeite Paula sie nicht mit Champagner vollgefüllt, dann wäre sie nicht zu spät zu Thorsten gekommen.

Thorsten?

Unwichtig.

Thorstens Gesicht verwandelte sich in Renés vertraute Züge.

Ohne nach links oder rechts zu sehen, überquerte sie die Straße.

Fahrzeuge hupten und bremsten abrupt.

Fensterscheiben wurden heruntergelassen.

Die Fahrer schimpften und tippten sich mit dem Zeigefinger an die Stirn.

Doch Jacqueline verlangsamte weder ihren Gang, noch beschleunigte sie ihn.

Als hätte sie den Weg hierher gekannt, erreichte sie zielsicher die Plakette, die neben der imposanten Doppeltür an der Wand davon kündete, wer hier im Bürogebäude residierte: ›Architekturbüro Friedrich Vogt & Simon Hall‹.

Resolut ergriff Jacqueline nun selbst den Rotstift und in ihrer eigenen Welt wandelte sich der Schriftzug.

›Architekturbüro Simon Hall & Jacqueline Adam‹.

Jacqueline wollte ihren Beruf zurück, ihren René und ihren Lukas.

Nur die Hexe stand zwischen ihr und ihrem Glück, sie musste verschwinden.

Jacqueline stieg die Treppen zum U-Bahnhof Stadtmitte hinab.

Eine gute Stunde später verließ sie in Kleinmachnow den Bus.

Als sie das Haus der Pozzuolis passierte, waren diese längst aus ihrem Gedächtnis verschwunden. Alles um sie herum verblieb in einem undurchdringlichen Nebel, aus dem sich wie eine Lichtgestalt ein Einfamilienhaus schälte.

Im Carport kein Auto, dafür ein dunkelgrüner Fiat Punto am Straßenrand.

Vermutlich Ayses Wagen.

Höchstwahrscheinlich waren nur die Türkin und Lukas zu Hause.

Jacqueline schlich ums Haus herum und postierte sich so, dass sie Garten und Wintergarten gut im Auge behalten konnte.

Mit dieser Ayse würde sie schon fertig werden.

Und hatte sie erst mal Lukas, dann würde sicher auch alles andere wieder gut werden.

32. KAPITEL

Ein Tag vor der Katharsis; nachts

Die Finger seiner Rechten kribbelten, ganz automatisch ballte sich seine Hand.

Es kostete Martin Manthey enorme Anstrengung, die Faust nicht auf seinen Schreibtisch zu donnern.

Er beherrschte sich und versuchte, sich nichts anmerken zu lassen.

Unangenehm, wie Rakowskis wache Augen ihn musterten.

Unerfreulich, wie der Psychologe einen weiteren Blick in seine Seele nehmen wollte.

»Ich würde nun doch lieber eine härtere Gangart vorschlagen«, sagte Manthey ruhig und sachlich.

Rakowski hob die Augenbrauen.

Anscheinend hatte er einen neuerlichen Gefühlsausbruch Mantheys erwartet und nicht mit einer so weichen Formulierung gerechnet.

Manthey freute sich darüber, dass es ihm gelungen war, Rakowski zu überraschen.

Jacqueline hatte um ein Glas Wasser gebeten. Diese Gelegenheit hatten Manthey und Rakowski genutzt, um das Vernehmungszimmer kurz zu verlassen und sich zu besprechen.

Erneut saßen sie sich in Mantheys Büro gegenüber.

»Bisher haben wir nicht viel Neues erfahren«, fuhr Manthey fort. »Das meiste wussten wir bereits aus den Gesprächen mit Herrn und Frau Adam. Die Erzählung von Frau Hinz unterscheidet sich nur in wenigen Details.«

»Was beweist, dass sie nicht phantasiert. Sie ist im Moment so klar, wie ich sie noch nie erlebt habe.«

»Und das widerum liegt daran, dass ich die Realität und die Vergangenheit nicht von ihr ferngehalten, sondern sie damit konfrontiert habe.«

Rakowski schwieg.

»Dass Sie mir nicht widersprechen, interpretiere ich als Zustimmung.«

»Ich gebe zu, dass die Fotos des toten Jungen eine Reaktion in ihr hervorgerufen haben. Es gibt ja auch den Begriff der Schocktherapie. Keine seriöse therapeutische Methode, allerdings.«

»Aber eine wirkungsvolle.«

»Glauben Sie mir, das kann sehr schnell kippen.«

»Wir müssen endlich wissen, wo Lukas steckt. Je länger wir ihr Zeit lassen und ihrer Erzählung lauschen, desto schlimmer könnte die Situation für den Jungen werden. Wer weiß? Vielleicht steckt er in irgendeinem Kellerloch ohne Essen und Trinken.«

»Herr Manthey, mich belastet die Vorstellung ebenso

sehr wie Sie. Aber ich muss dringend davon abraten, Frau Hinz weiter unter Druck zu setzen. Sie könnte sich wieder völlig verschließen oder sogar gänzlich in ihre Traumwelt abdriften. Sie wäre nicht der erste Mensch, dem so etwas widerfährt.«

Manthey weigerte sich, ihm zuzustimmen, doch er ließ ihn ausreden. Er dachte an Vera.

»Dann noch kurzfristig an die Information zu gelangen wäre kaum möglich. Ich bitte Sie inständig, verlassen Sie sich auf mich. Im Moment ist sie Herrin ihrer Sinne und vertraut uns. Wir sind kurz davor, herauszubekommen, was Lukas widerfahren ist. Aber wir müssen geduldig vorgehen, Herr Manthey, geduldig und sachte.«

Ohne weiteren Kommentar stand Manthey auf und trat auf den Flur.

Er hörte, dass Rakowski ihm folgte.

Am Durchgang zum anderen Gebäudetrakt stand ein Wasserspender. Manthey versorgte sich mit einem Pappbecher voll Wasser und nahm ihn mit zum Vernehmungszimmer.

Bevor er mit der freien Hand die Klinke hinunterdrückte, drehte er sich noch einmal zu Rakowski um.

»Dann werde ich versuchen, mich in Geduld zu üben.«

Er trat ein und setzte die Vernehmung fort.

Ihm blieb nur zu hoffen, dass Lukas nicht längst schon Robins Schicksal teilte.

33. KAPITEL

Sechs Tage vor der Katharsis; abends

Lukas jauchzte vor Vergnügen.

Das Kettenkarussell beschleunigte, und die Gondeln entfernten sich immer weiter von der tragenden Säule in der Mitte.

Von wegen, ›er kommt nach seiner Mutter‹.

Wenn Jacqueline ihn so im Profil betrachtete, erinnerte sie Lukas' Lachen eindeutig an seinen Vater.

Sie flog in der Gondel daneben und freute sich mit ihm. Außer ihnen beiden saß niemand im Kettenkarussell. Im Zeitalter von Höher-Schneller-Weiter hatte sich diese Art von Fahrgeschäften zu einem Dinosaurier entwickelt, der vom Aussterben bedroht war.

Sofern das Schild an der Kasse nicht zu viel versprochen hatte, schwebten sie gemeinsam in einer Höhe von acht Metern über dem Rummel. Doch für die vielen Attraktionen und Sensationen unter ihr hatte Jacqueline keine Sinne.

Nur für Lukas.

Sie spürte ein unsichtbares Band zwischen sich und ihm.

Ein Band, wie es nur eine Mutter zu ihrem Kind spüren kann.

›Deutsch-Amerikanisches Volksfest‹ hatte sie vorhin durch die Glasscheibe des Busses auf einem Plakat gelesen. Kurzentschlossen war sie an der nächsten Haltestelle ausgestiegen und hatte – an der Hand den Jungen – die Fahrtroute gewechselt. Das neue Ziel hatte Clayallee geheißen, der Ort, an dem es seit 1961 alljährlich gefeiert wurde.

Anfangs der Festigung der deutsch-amerikanischen Freundschaft gewidmet, hatte es sich nach und nach zu einem der größten Volksfeste der Hauptstadt entwickelt.

Jacqueline besuchte es allerdings zum ersten Mal. Es verschaffte ihr die Gelegenheit, das Versprechen einzuhalten, das sie Lukas gegeben hatte und ihn damit zu beruhigen.

»Noch mal«, rief Lukas fröhlich, als die Gondeln sich wieder absenkten. Seine Fußspitzen erreichten gerade so den Erdboden.

Ja, sie würde ihm diesen Wunsch erfüllen.

Sie stieg aus, verständigte sich mit einem kurzen Blick mit dem Cowboyhut tragenden Asiaten, der die Fahrgäste einwies, und holte an der Kasse zwei neue Plastikchips. Diese überreichte sie dem Mann und setzte sich dann wieder zu Lukas.

Zweite Runde.

Lukas' Begeisterung ebbte nicht ab.

Doch als sie ihn nach dem erneuten Halt auf die Füße

stellte, schwankte er ein bisschen. Auch sein Gesicht schien ihr blasser. Nach wenigen Augenblicken hatte er sich jedoch wieder unter Kontrolle und marschierte bereits zielstrebig auf einen Stand mit Zuckerwatte zu.

Lukas' Augen glänzten, als Jacqueline der Verkäuferin die Münzen in die Hand zählte.

»Die pinkfarbene oder die weiße?«

Natürlich entschied er sich für Erstere.

Er biss hinein und zog gleichzeitig mit der Hand den Holzstab von sich. Zuckerfäden zogen sich und rissen schließlich.

Jacqueline und Lukas gingen weiter und passierten eine hölzerne Dekowand mit der aufgemalten Silhouette eines Indianerdorfes. Verklärende Lagerfeuerromantik, klischeehafte Bilder feiernder und jagender Indianer. Lukas besah sich alles ganz genau.

»Wann kommt denn der Papa?«, wollte er wissen, während er einen Indianerjungen musterte, den ein Erwachsener ins Bogenschießen einwies.

»Bald. Wir treffen uns bald mit ihm.«

»Ruf ihn doch noch mal an, wo er bleibt.«

»Ja, das ist eine gute Idee. Aber sieh mal, da ist eine Geisterbahn.«

Sie zeigte nach vorne. Die Verkleidung des Fahrgeschäftes erinnerte an eine verlassene Westernstadt mit dem Eingang zu einer Mine. Knäuel vertrockneter Pflanzen, skelettierte Rinderschädel, ein Sandhaufen, aus dem sich die Hand eines Eingegrabenen reckte. Einst liebevoll gestaltet, blätterte an manchen Stellen bereits die Farbe ab. Als sie bei der Kasse ankamen, übertönte ein Lautsprecher mit Pistolenschüssen, Windgeräuschen, Peitschenknallen und Schreien die Diskoklänge der benachbarten Fahrgeschäfte.

Lukas versuchte verzweifelt, die Buchstaben oben an der Vorderfront zu entziffern.

Seine Lippen bewegten sich, doch man hörte nichts.

»Spooky Mine«, half Jacqueline, »das ist englisch und heißt so viel wie Spukbergwerk. Möchtest du rein?«

Lukas nickte stumm und ehrfürchtig.

»Zwei Karten«, sagte Jacqueline.

»Wie alt ist er denn?«, fragte der Mann an der Kasse.

Aus dem Augenwinkel heraus sah Jacqueline das erforderliche Mindestalter und reagierte geistesgegenwärtig: »Acht!«

Ohne weiter nachzuhaken, händigte ihr der Mann die Karten aus.

»Das stimmt doch gar nicht«, sagte Lukas, als sie zum Einstieg in die Geisterbahnwagen marschierten.

Mit ihren Augen gab sie ihm zu verstehen, dass er schweigen sollte.

Sie reihten sich in die Schlange der Wartenden ein.

Lukas stopfte sich den Rest der Zuckerwatte in den Mund und wusste nicht so recht, was er mit dem Holzstab anfangen sollte.

»Lass ihn einfach fallen.«

»Aber Mama sagt, man darf nichts auf den Boden werfen.«

»Das geht schon in Ordnung, lass ihn einfach fallen.«

Lukas gehorchte.

Nach wenigen Minuten war es so weit. Sie stiegen in einen Waggon, der so aussah, als transportiere er normalerweise Kohlen. Aber natürlich waren Sitze in die Lore eingebaut.

Die Fahrt selbst glich einer Tour durch ein von Geistern bewohntes Bergwerk. Gespenster, lebende Tote, Spinnweben, Schock- und Splattereffekte. Für Jacqueline war eine Geisterbahn wie die andere, alles billig und durchschaubar. Lukas' Mimik zeigte jedoch ein Wechselspiel von Vergnügen und wohligem Gruseln.

Dennoch wollte er kein zweites Mal fahren.

Erneut fragte er nach seinem Vater. Rasch machte Jacqueline ihn auf ein Rondell aufmerksam, in dem Pony-Reiten angeboten wurde.

»Dafür bin ich doch schon viel zu groß«, sagte er entrüstet.

Dennoch schritt er hinüber und beobachtete eine Zeitlang die hintereinander geführten Ponys mit den Kleinkindern auf ihren Rücken.

Jacqueline hielt sich ihr Handy ans Ohr und simulierte ein Telefonat.

»René? – Ja, ich bin's, Jacqueline! – Wie? Es geht nicht? – Dir ist ein Termin dazwischengekommen? – Das ist aber schade! – Ja, Lukas hat eine Menge Spaß hier.«

Lukas drehte sich um und rief ihr ein langes ›Jaaa‹ zu.

»Verstehe. Ist es denn in Ordnung, wenn ich ihn mit zu mir nach Hause nehme? – Nein, das macht keine Probleme. Das tue ich doch gern für dich. – In Ordnung. – Ja, bis dann. Tschüs.«

»Was ist denn los?«, fragte Lukas.

Jacqueline ging in die Knie, um mit ihm auf Augenhöhe zu sein.

Mit ihren Händen griff sie nach Lukas' Oberarmen, hielt ihn fest und sah ihn ernst an.

»Du musst jetzt sehr tapfer sein. Ich habe eine schlechte und eine gute Nachricht für dich, Lukas.«

Lukas blickte sie fragend an.

»Dein Papa kommt nicht mehr. Tut mir leid. Er und deine Mama haben sich gestritten und er möchte nicht, dass du zwischen die Fronten gerätst. Das kann gefährlich sein, weißt du.«

Lukas' zaghaftes Nicken zeugte nicht davon, dass er begriff, was sie ihm erzählte. Dennoch fuhr sie fort.

»Die gute Nachricht ist: Du darfst heute bei mir zu Hause übernachten.«

Jacqueline sah dem Jungen an, dass er sich unschlüssig war, ob er sich freuen oder wundern sollte.

»Aber ich habe gar keinen Schlafanzug dabei, und keine Zahnbürste«, sagte er schließlich.

»Ach, Schlafanzüge in deiner Größe habe ich zur Genüge und das Zähneputzen darfst du ruhig einmal ausfallen lassen.«

»Aber Mama sagt, ich soll jeden Abend …«

»Mama, Mama, Mama«, unterbrach sie ihn scharf und Lukas zuckte zusammen. »Du musst nicht auf alles hören, was sie sagt. Wirst sonst noch ein richtiges Mamasöhnchen.«

Jacqueline ärgerte sich, dass sie die Beherrschung verloren und Lukas Angst gemacht hatte. Allerdings schwieg er nun endlich.

»Komm«, sie stand auf und nahm ihn bei der Hand, »hier gibt es noch eine Menge Abenteuer zu erleben.«

Lukas ließ sich führen.

Er schien ihr nun etwas bedrückt. Das besserte sich erst wieder, als sie ihm an einem Stand ein Indianerset kaufte.

Im fernen China hatten Arbeiter den Federschmuck eines Häuptlings, einen Tomahawk und eine Friedenspfeife eingeschweißt, Verpackung und Inhalt aus Kunststoff.

Lukas riss die Plastikfolie auf und stülpte sich sofort die Häuptlingsfedern auf den Kopf, die Enden baumelten ihm bis zu den Schultern. Den Tomahawk steckte er sich in den Hosenbund, danach führte er sich die Pfeife an die Lippen und paffte.

Als Lukas bemerkte, dass Jacqueline sich eine Zigarette ansteckte, nahm er die Friedenspfeife wieder aus dem Mund. Er blickte sie skeptisch an.

»Mama sagt, dass Rauchen …«

Jacqueline spürte, wie ihre Hand kribbelte, und unterbrach ihn rüde: »Es ist mir egal, was deine Mama sagt.«

Vor Schreck glitt Lukas die Friedenspfeife aus den Fingern und fiel zu Boden. Keiner der beiden bemerkte es.

Sie passierten einen der Ausgänge des Volksfestes.

»Ich will nach Hause«, quengelte Lukas.

»Ich habe dir doch gesagt, dass das nicht geht. Deine Eltern streiten sich.«

»Warum streiten sie denn?«

Lukas blieb stehen, Jacqueline nahm ihn an der Hand und zerrte ihn zur Bushaltestelle.

»Das weiß ich nicht. Aber ich glaube, sie werden sich trennen.«

»Trennen?«

»Ja, ich vermute, dass deine Mutter ausziehen wird.«

Lukas kämpfte mit den Tränen.

»Was?«

Die beiden erreichten die Haltestelle und Jacqueline fühlte sich durch die Leute beobachtet, die auf den Bus warteten. Sie beugte sich zu Lukas hinab und versuchte, ihn zu beruhigen.

»Das wird schon nicht so schlimm, Lukas. Du hast ja noch den Papa – und mich.«

»Aber …« Er schluckte und schnappte nach Luft.

Jacqueline wusste, dass sie keine Aufmerksamkeit erregen durfte.

Sanft strich sie ihm mit der Hand über die Wange.

»Schschscht, alles wird gut. Keine Sorge. Jetzt fahren wir erst mal zu mir.«

Dem Gesichtsausdruck des Jungen war anzumerken, dass er die Situation nicht verstand und es ihm schwerfiel, sie zu verarbeiten.

Er wehrte sich nicht, als er in Jacquelines Schlepptau in den Bus stieg und von ihr auf einen Fenstersitz gedrückt wurde. Sie nahm neben ihm Platz.

Sie mussten noch mit zwei verschiedenen U-Bahnlinien fahren, bis sie Neukölln erreichten.

Während dieser letzten Stunde hatten sie kein Wort mehr gewechselt.

Auf dem Weg zur Fahrstuhltür passte sie prompt die alte Frau Lutter ab.

Neugierige Vettel. Stellt dumme Fragen.

Jacqueline ließ sich auf einen kurzen Wortwechsel ein, während sie Lukas in die Aufzugkabine schob. Sie ärgerte sich über die Alte – und über sich selbst, denn sie hatte Frau Lutter viel mehr verraten, als ihr lieb war.

Als sich die Fahrstuhltür geschlossen hatte, begann Lukas leise zu weinen.

Der Häuptlingsschmuck saß schief auf seinem Kopf, Lukas' Augen sahen Jacqueline ängstlich und vorwurfsvoll an.

»Ich bin nicht dein Sohn«, widersprach Lukas mit belegter Stimme dem, was Jacqueline eben zu Frau Lutter gesagt hatte.

»Aber du könntest es sein«, sagte Jacqueline freundlich. »Wenn dein Papa die rothaarige Hexe erst mal aus dem Haus geworfen hat, dann könnte ich deine Mama sein.«

»Meine Mama ist keine Hexe«, erwiderte Lukas trotzig.

Jacquelines Tonfall wurde schärfer: »Du wirst schon noch begreifen, wer die bessere Mama von uns beiden ist, und dein Papa auch!«

Als die Aufzugtür zur Seite glitt, griff sie resolut nach Lukas' Hand und zerrte ihn aus der Kabine.

Mit dem Öffnen der Tür drangen auch die verhassten Hip-Hop-Rhythmen der Nachbarn wieder an ihr Ohr. Dazu gesellte sich Lukas' immer lauter werdendes Heulen.

Jacqueline beeilte sich, den Jungen in die Wohnung zu schieben, ehe jemand trotz der Musik auf ihn aufmerksam wurde.

Der Geruch von Bier hing in der Luft.

Rasch schloss sie hinter sich die Tür.

Das Bild, das sich ihr bot, ließ sie innehalten.

Jacqueline hatte längst vergessen, was für ein schreckliches Unglück der eingerollte Teppich verheimlichte.

Daneben kniete Thorsten.

Unrasiert, sein Haar zerzaust, unter den Augen dunkle Ringe.

Völlig ausdruckslos starrte er ins Leere und wippte dabei mit dem Oberkörper hin und her, immer und immer wieder.

Jacqueline benötigte einige Sekunden, um zu verarbeiten, was sie sah.

Der Junge an ihrer Hand rührte sich nicht. Er war jetzt still.

Sie ließ ihn los und trat zu ihrem Mann.

Selbst als sie Thorsten sanft an der Schulter anfasste, beendete er seine Bewegung nicht. Sie griff fester zu; endlich hörte er auf zu schaukeln.

Er sah an ihr hoch, erkannte sie und umarmte ihre Hüfte. Als er zu schluchzen begann, strich sie ihm mit den Fingern durchs Haar.

»Es wird alles gut«, flüsterte sie und wollte damit nicht nur ihn beruhigen.

Sie wusste nicht, wie lange sie so verharrten, doch irgendwann vernahm sie eine Bewegung. Lukas sah sie verständnislos an.

»Komm her«, forderte sie ihn auf, und der Junge gehorchte.

Als hätte ihn ein Hypnotiseur in Trance versetzt, näherte er sich den beiden Erwachsenen.

»Sieh nur, der Papa weint. Er wollte uns nicht weh tun. Ihm tut das alles sehr leid, nicht wahr?«

Sie spürte, dass Thorsten nickte.

»Ich wollte das nicht, Jacqueline. Es war ein Unfall.«

Jetzt drehte er seinen Kopf und sah zu Lukas.

»Magst du den Papa nicht in die Arme nehmen?«, fragte Jacqueline.

Lukas' Gesichtszügen entnahm sie, dass er widersprechen wollte, sich aber nicht getraute.

»Komm näher.«

Zunächst zögerte er, doch schließlich tat er wie geheißen.

»Leg deine Arme um uns.«

Unschlüssig stand Lukas da, rührte sich nicht von der Stelle. Da packte Jacqueline ihn an seinem T-Shirt, zog ihn an sich heran und presste seinen Körper gegen den ihren.

Mit der anderen Hand löste sie einen von Thorstens Armen und legte ihn um den Jungen.

Sie fühlte, dass sie die Situation nun wieder im Griff hatte.

»Jetzt wird alles gut werden.«

Der kniende Thorsten reichte ihr bis zur Hüfte, ebenso der stehende Lukas. Sie war nun das Familienoberhaupt und würde sich fortan um alles kümmern.

»Solange wir zusammenbleiben und uns lieben, kann uns nichts geschehen.«

Sie streichelte Thorsten über den Kopf und dachte dabei an René.

Ihr Blick fiel auf die mit einer Harpune bewaffnete SpongeBob-Figur, die lieblos auf dem Boden lag.

»Du musst noch aussuchen, was du von deinem Spielzeug mitnehmen möchtest«, sagte sie.

Lukas blickte ängstlich zu ihr hoch und sie deutete auf die Kunststofffigur.

»Hol den kleinen roten Koffer, der unter deinem Bett liegt, und pack alles hinein, was dir wichtig ist.«

Sie schob Lukas von sich. Er hob die SpongeBob-Figur auf, ging in den Flur und sah sich hilflos um.

»Die Tür, an der der Hampelmann hängt.«

Lukas verschwand in Robins Kinderzimmer.

»Wir müssen hier weg«, wandte sie sich an Thorsten.

Thorsten sah zu ihr auf, seine Züge verwandelten sich in die von René. Es stand ihm ins Gesicht geschrieben, dass er nicht begriff, worauf Jacqueline hinauswollte.

»Weil die Alte aus dem Erdgeschoss uns gesehen hat«, sagte sie. »Sie hat Fragen gestellt.«

»Wo sollen wir hin?«

»Ich weiß es nicht. Auf jeden Fall müssen wir von hier weg.«

Hatte Thorsten früher aus Prinzip allem widersprochen, was von seiner Frau ausging, so schien er nun jegliche Streitlust verloren zu haben. Ohne zu diskutieren, ergab er sich ihrer Initiative und folgte ihrem Plan.

Er wischte sich die Augen trocken und überlegte angestrengt.

»Rangsdorf«, kam er zu einem Ergebnis.

»Was meinst du?«

»Du kennst doch Willi?«

Jacqueline dachte an den rotnasigen Kumpel, mit dem Thorsten am einen Tag dick befreundet war, während er am nächsten wie ein Rohrspatz über ihn schimpfte. So ging es seit Jahren.

»Klar kenne ich Willi«, sagte sie abfällig.

»Seine Mutter ist vor vierzehn Tagen gestorben.«

»Und?«

»Sie wohnte in Rangsdorf.«

»Allein?«

»Ja, das Haus steht leer. Willi hat gesagt, dass es bereits verkauft ist, aber der Käufer zieht erst in ein oder zwei Monaten ein. Er hat gefragt, ob ich ihm nächste Woche beim Entrümpeln helfe. Es sind noch alle Möbel drin.«

»Das hört sich so an, als könnte es klappen.«

Während Thorsten nickte, oszillierten seine Gesichtszüge zwischen seinen eigenen und denen Renés. Sie zog ihn auf die Füße.

»Weißt du die Adresse?«

»Nein, aber ich war vor ungefähr zwei Jahren mal dort. Wir hatten Willis Mutter etwas vorbeigebracht. Ich glaube schon, dass ich das Haus wiederfinden kann. Wir müssen nicht weit laufen. Es steht gleich in der Nähe des Bahnhofs.«

»Dann sollten wir keine Zeit mehr verlieren.«

Thorsten ging in Richtung des Kinderzimmers.

»Ich sage Robin, dass er sich beeilen soll.«

34. KAPITEL

Ein Tag vor der Katharsis; nachts

›Induzierter Wahn?‹ las Manthey auf dem Notizzettel Rakowskis.

Er kannte den Begriff, denn er war dieser Form der psychischen Störung bereits in einem früheren Fall begegnet.

Auf einem abgelegenen Bauernhof in der Nähe von Caputh war vorletzten Herbst ein Familienvater, keine fünfzig Jahre alt, an einem Herzinfarkt verstorben. Im ehelichen Bett war das Unglück passiert, und im ehelichen Bett sollte der Tote auch die nächsten drei Wochen liegen.

Da er arbeitslos war und kaum soziale Kontakte hatte, vermisste ihn niemand. Seine Ehefrau führte ihren Alltag weiter, als lebe ihr Mann noch. Sie schlief sogar an seiner Seite.

Die dreizehnjährige Tochter der beiden übernahm die Wahnvorstellungen. Um ihre Mutter vor der Realität zu schützen, driftete sie selbst in die Phantasiewelt ab, in der der Familienvater Haus und Leben mit ihnen teilte. Letztendlich waren beide überzeugt, dass alles seinen gewohnten Verlauf nahm.

Verhaltensauffälligkeiten der Tochter in der Schule führten dazu, dass die Lehrer hellhörig wurden und die Polizei informierten.

Als Manthey den Familienvater aufgefunden hatte, war der Verwesungsprozess bereits in vollem Gange gewesen.

Mittlerweile erzählte Jacqueline davon, wie sie Kleidung in ihren Koffer gepackt hatte.

Anders als Rakowski hatte Manthey sich ›Rangsdorf‹ notiert. Langsam kroch die Ungeduld in ihm hoch. Es machte ihn zunehmend wütender, hier sitzen und zuhören zu müssen.

Er wollte raus, aktiv werden; er musste den Jungen finden.

Sein Oberschenkel zuckte nervös.

Detailliert beschrieb Jacqueline, wie sie vor allem die wenigen hübschen und teuren Sachen einpackte. Sie berichtete ganz sachlich und ließ die Zuhörer über ihre Intentionen im Unklaren.

Als ob sie von einer fremden Frau spräche, dachte Manthey. Rangsdorf … Es gibt viele Häuser, die in der Nähe des Bahnhofs liegen.

Rakowski verfügte hingegen über eine Engelsgeduld. Immer wieder hakte er nach, wollte Details wissen, bremste den Redefluss.

Manthey spürte, wie jetzt auch seine rechte Hand zu zucken begann. Sie führte ihn in Versuchung, sie wollte, dass er endlich wieder das Ruder übernahm.

Nachdem sich Rakowski nun auch noch nach Jacquelines Befindlichkeiten erkundigte, platzte Manthey der Kragen.

Hatte er sich bis gerade eben nichts von seiner Erregung anmerken lassen, so musste er nun auf die drei anderen wirken, als explodiere er.

Als seine Faust auf die Tischplatte krachte, fiel Rakowski der Kugelschreiber aus der Hand und Katharina Häring, die Protokollführerin, kippte vor Schreck beinahe vom Stuhl.

Jacqueline wurde aschfahl. Ihre Augen weiteten sich. Manthey las Angst darin und einen Heidenrespekt.

Jetzt hast du sie!

»Wie lautet die Adresse?«, bellte er.

»Ich weiß es nicht, ich bin einfach hinterhergelaufen.«

»Beschreiben Sie den Weg.«

Ohne lange zu überlegen, schilderte sie, wie die drei zu dem leerstehenden Haus gelangt waren.

Das genügte Manthey.

»Aber ...«, versuchte Rakowski sich einzumischen, »das können Sie doch nicht ...«

»Sie gehört Ihnen, Rakowski«, unterbrach Manthey das Stammeln des Psychologen.

In Stichpunkten hatte er sich die notwendigen Informationen notiert. Jetzt stand er ruckartig auf und verließ das Vernehmungszimmer.

Zurück in seinem Büro, telefonierte er mit dem Bereitschaftsdienst des SEK Brandenburg und forderte Kollegen des Spezialeinsatzkommandos an.

Möglicherweise war der Junge längst tot. Jacqueline

selbst hatte ihn seit Tagen nicht mehr gesehen. Von der Karl-Bonhoeffer-Nervenklinik war sie direkt nach Kleinmachnow gefahren, wo Manthey sie festgenommen hatte.

Manthey glaubte zwar nicht, dass Thorsten Hinz in der Lage war, Lukas bewusst etwas anzutun. Aber was, wenn er den Jungen in ein Zimmer gesperrt und das Haus verlassen hatte? Hinz konnte selbst orientierungslos durch Berlin oder das Umland irren und Lukas längst vergessen haben. Im ungünstigsten Fall war der Junge bereits verdurstet.

Alles war möglich. Je schneller Manthey reagierte, desto besser. Er klingelte Schultheiss aus dem Bett.

Keine fünfundvierzig Minuten später verließen Manthey, Schultheiss und sechs Beamte des SEK mit zwei Fahrzeugen die Landeshauptstadt.

Sicherheitshalber verzichteten sie darauf, das Martinshorn einzuschalten. Auch so kamen sie schnell voran im nächtlich leeren Brandenburg.

In Rangsdorf fand Manthey sehr rasch das Haus, das Jacqueline beschrieben hatte.

Es war unbeleuchtet. Falls sich im Moment jemand dort aufhielt, so schlief er.

Manthey organisierte den Zugriff.

35. KAPITEL

Sechs Tage vor der Katharsis; abends

Eine einzige Ohrfeige von Thorsten hatte ausgereicht, um Lukas zum Schweigen zu bringen. Kein Quengeln mehr, kein Weinen, keine Fragen mehr nach Mama und Papa.

Lukas krachte gegen Robins Kleiderschrank und rieb sich den Oberarm. Schlimmer als der Schmerz schien der Schreck über die ungewohnte körperliche Gewalt zu sein.

Jacqueline spendete ihm Trost und belehrte ihn. Es sei besser, den Papa nicht zu reizen, und sie sei hier, um ihn zu beschützen. Nie wieder würde sie ihn allein lassen.

Kein Widerspruch wagte sich mehr über Lukas' Lippen.

Mit sich zufrieden packte Jacqueline weiter ihre Habseligkeiten zusammen.

Sie verließen die Wohnung in Neukölln mit zwei Rucksäcken, einer blauen Reisetasche, einem schwarzen Schalen- und einem roten Kinderkoffer.

Als sie in Rangsdorf vom Bahnhofsgelände marschierten und sich orientierten, dachte Jacqueline, dass sie ein merkwürdiges und auffälliges Bild abgeben mussten. Besonders Lukas, der mit hängenden Schultern den beiden Erwachsenen hinterherschlurfte. Jacqueline fühlte sich von allen, denen sie begegneten, beobachtet und gemustert.

Thorsten benötigte nicht lange, um das gesuchte Haus ausfindig zu machen.

Das Einfamilienhaus erinnerte Jacqueline an das von René, obgleich es deutlich älter war. Auch schien es ihr längst nicht so gut in Schuss zu sein. Willis Mutter hatte die letzten Jahre keinerlei Reparaturarbeiten mehr durchführen lassen.

Entsprechend einfach gestaltete sich der Einstieg. An einer der Seitenwände führte eine Treppe in den Keller des Hauses. In die Kellertür war eine quadratische Milchglasscheibe mit einer Seitenlänge von etwa vierzig Zentimetern eingelassen. Aus der Einfassung eines vernachlässigten Blumenbeetes nahm Thorsten einen faustgroßen, spitz zulaufenden Stein. Mit einem Blick zum Nachbargrundstück vergewisserte er sich, dass ihn niemand beobachtete, dann schlug er den Stein gegen die Scheibe.

Auch nach dem lauten Klirren regte sich nichts in der Umgebung; keine neugierigen Blicke; kein besorgter Nachbar, der auf die Eindringlinge aufmerksam wurde.

Thorsten fluchte.

Beim Griff durch das Loch hatte er sich an einem Splitter den Handrücken aufgeritzt. Doch als er die Hand wieder herauszog, hielt er tatsächlich den Kellerschlüssel in den Fingern.

»Schwein gehabt«, triumphierte er.

Das Blut, das von seiner Hand tropfte, ignorierte er.

Er steckte den Schlüssel von außen ins Schloss und öffnete die Tür.

Sie untersuchten die unteren Räume. Es roch muffig. Für Durchzug hatte anscheinend schon länger niemand mehr gesorgt. Auch als sie ins Erdgeschoss hochstiegen, wurde die Luft nicht besser.

»Wir sollten die Fenster erst öffnen, wenn es ganz dunkel ist«, meinte Thorsten. »Sonst merkt noch einer, dass wir hier drin sind.«

»Auf keinen Fall darfst du dich am Fenster zeigen«, instruierte Jacqueline Lukas.

Lukas nickte ängstlich.

»Es ist besser, wir bringen Robin im Keller unter.«

Der Name ›Robin‹ verursachte in Jacqueline einen stechenden Schmerz. Gleichzeitig wurde Renés Gesicht für einen kurzen Moment zu dem eines Fremden, den sie früher als ›Thorsten‹ gekannt hatte. ›Lukas‹, verbesserte sie René in Gedanken.

»Ja, du hast recht.«

»Der Raum mit dem alten Sofa. Das Kellerfenster war vergittert.«

Jacqueline nickte.

»Ich möchte aber nicht in den Keller.«

Lukas verschränkte die Arme vor der Brust. Tapfer verdrängte er die erneut aufsteigenden Tränen.

»Du tust, was ich dir sage, Kleiner.«

Thorstens Ton war scharf, duldete keinen Widerspruch.

»Es ist ja nur für kurze Zeit«, versuchte Jacqueline den Jungen zu beruhigen.

»Ich will zu meiner Mama.«

»Pscht.« Jacqueline ging in die Knie, umarmte ihn und drückte ihn fest an sich. »Ich bin doch bei dir.«

Sie spürte nicht, dass Lukas auf ihre Zuwendung nicht reagierte. Wie eine Puppe stand er da, ließ Jacquelines Berührung teilnahmslos über sich ergehen.

Dann nahm sie ihn bei der Hand und führte ihn zurück in den Keller. Sie hörte, dass Thorsten folgte. Vor dem Zimmer mit dem Sofa hielt sie an. Vor ihren Augen verwandelte sich der dunkle Kellerraum mit dem kleinen Gitterfenster in Lukas' Kinderzimmer aus Kleinmachnow: die bunte Tapete mit den Comicfiguren, das SpongeBob-Poster über dem Bett aus massivem Kiefernholz.

Sie wusste, dass Lukas sich hier wohl fühlen würde.

Warum er sich schreiend mit seinen Händen am Türrahmen festklammerte, verstand sie nicht.

Mit Gewalt löste Thorsten Lukas' Finger.

Lukas brüllte laut auf.

Ehe Jacqueline sich's versah, verpasste Thorsten dem Jungen eine weitere Ohrfeige.

Lukas fiel in den Raum hinein und landete auf seinem Hintern.

Geschockt und vorwurfsvoll sah er die beiden an.

Thorsten warf ihm den roten Kinderkoffer hinterher, den der Junge hatte fallen lassen, danach schloss er die Tür und sperrte sie ab.

»Wir bringen dir nachher etwas zu essen, Kleiner«, sagte er, laut genug, damit Lukas es hören konnte. »Aber nur wenn du brav bist.«

Zum zweiten Mal stiegen sie die Treppe nach oben.

Kühlschrank und Herd, die sie in der Küche vorfanden, waren ältere Modelle, doch funktionstüchtig, wie Thorsten feststellte.

Das Wohnzimmer war über und über mit wertlosem Nippes vollgestellt.

»Wenn es hier nur nicht überall so nach alten Menschen stinken würde«, meinte Thorsten.

Da es inzwischen dämmerte, riskierte er, ein Fenster zu kippen.

Während Thorsten das Sofa von alten, zerschlissenen Plüschtieren befreite und sich setzte, erkundete Jacqueline das Haus.

Bereits auf der Treppe nach oben hörte sie, dass Thorsten den Fernseher eingeschaltet hatte.

Im ersten Stock stieß sie auf zwei kleinere Räume, deren Türen kaum zu öffnen waren, so viel Gerümpel stand dahinter.

Die nächste Tür führte in ein großes Schlafzimmer. Sie testete das Bett und legte sich hinein.

Endlich Ruhe. Endlich angekommen.

Langsam entledigte sie sich ihrer Kleidung und schob sie über die Bettkante. Mehrere Minuten lang starrte sie einfach zur Decke, dann schloss sie die Augen.

Ein leises Seufzen schlich sich über ihre Lippen, als Renés Fingerspitzen ihre Seite berührten und langsam daran entlangstrichen. Er ließ sich Zeit, wie immer.

Seine Hand wanderte, sanft tastend, zu ihrer Brust und schmiegte sich zärtlich an. Der Daumen glitt spielerisch hin und her, bis er ihre Brustwarze erreichte und sie sachte hin und her bewegte.

Renés andere Hand ruhte auf ihrem Bauch. Sie griff danach und schob sie langsam tiefer. Als er ihr Haar berührte, durchlief sie ein wohliger Schauer.

Sie öffnete leicht die Beine und lud Renés Finger zu sich ein.

Schließlich versank sie in intensiven Gefühlen, die Minuten später in einen traumlosen Schlaf mündeten.

Ein Schlaf, so tief und fest, dass er sie all die Anspannung und Aufregung der vergangenen zwei Tage auf ihre Art und Weise verarbeiten ließ.

Die Sonne schickte ihre Strahlen bereits ins muffige Schlafzimmer, als Jacqueline die Augen wieder öffnete.

Der Platz neben ihr war leer, doch sie glaubte, noch Renés Körperwärme zu spüren, als ihre Finger die Bettdecke befühlten.

Lag da nicht auch eine Spur seines Rasierwassers in der Luft?

Ihre Gedanken kehrten zum Ausklang des gestrigen Abends zurück, in dessen Glück sie eingeschlummert war.

Sie stand auf und ging – nackt, wie sie war – hinunter ins Erdgeschoss. Im Flur entdeckte sie ihre blaue Reisetasche und fand, was sie darin suchte. Nachdem sie geduscht hatte, zog sie sich das geblümte Sommerkleid an, in dem sie sich so wohl fühlte. Sie fand, dass sie jugendlich und gleichzeitig elegant darin aussah. Zuletzt hatte sie es vor wenigen Wochen zur Konfirmation des Sohnes einer Freundin getragen. Von anderen Frauen hatte sie Lob und neidvolle Blicke geerntet, und von einigen männlichen Gästen auch Reaktionen, die ihr bewiesen, dass sie sich um ihre Attraktivität noch keine Sorgen zu machen brauchte.

Für ihr Make-up nahm sie sich Zeit, bis sie restlos zufrieden mit ihrem Aussehen war.

Vor dem Spiegel im Badezimmer übte sie erst, ihre Miene selbstbewusst aussehen zu lassen, dann einen verführerischen Augenaufschlag.

Schließlich nahm sie noch ihre sandfarbene Lieblingshandtasche und hängte sie sich über die Schulter.

René saß im Wohnzimmer auf dem Sofa.

Sie liebte es, ihn in seinem Nadelstreifenanzug zu sehen. Sein weißes Hemd zierte eine dunkelblaue Krawatte, mit dezenten, fast unauffälligen schwarzen Längsstreifen durchsetzt.

Auf dem Fernsehbildschirm suchte eine hyperaktive, leichtbekleidete Blondine nach Automarken, die ein X enthielten. Nein, sie täuschte sich: René sah eine Börsensendung. Die Blondine trug ihr Haar streng nach hinten gekämmt, und selbstverständlich war sie angemessen gekleidet. Sie referierte über Aktienkurse von Autoherstellern.

Warum roch es nur so nach Bier?

Sicher täuschte sie ihre Wahrnehmung.

René musterte sie und runzelte die Stirn.

»Wo willste denn hin?«, fragte er. Sie fand, dass er heute ausgesprochen undeutlich artikulierte.

Sie ging zu ihm und hauchte ihm einen Kuss auf die Stirn.

Genießerisch sog sie den Duft seines Rasierwassers ein. Der Biergeruch war vergessen, obwohl neben ihr auf dem Wohnzimmertisch drei leere braune Flaschen standen. Sie ignorierte sie erfolgreich.

»Aber ich muss doch ins Büro.«

»Ins Büro? In welches Büro?«

»Ich habe es dir doch erzählt, Schatz. Wir haben darauf angestoßen. Das ›Le Mirage‹. Der Auftrag von den Franzosen. Viel Arbeit.«

»Hä? Was ist los?«

»Ich weiß ja, dass du in der Kanzlei im Moment selbst viel um die Ohren hast. Aber du musst mir schon zuhören, wenn ich dir etwas erzähle. Vor allem, wenn es sich um so fantastische Neuigkeiten handelt.«

Noch während sie sprach, merkte sie, dass sie René einfach nicht böse sein konnte.

Sie sah sich um: von Lukas keine Spur. Sicher hatte Ayse ihn bereits abgeholt und brachte ihn gerade zur Schule.

»Sag mal, wovon redest du eigentlich?«

»Wir sprechen heute Abend weiter, ja?«

Sie drehte sich um und verließ das Haus.

Mit dem Zug erreichte sie auf direktem Weg den Potsdamer Platz und fuhr dann mit der U-Bahn zum Bahnhof Stadtmitte.

Sie schritt die Friedrichstraße entlang, bis sie endlich an einer Hauswand das gesuchte Hinweisschild entdeckte: ›Architekturbüro Friedrich Vogt & Simon Hall‹.

Wie lange sie unschlüssig im Eingangsbereich herumstand, hätte sie später nicht mehr sagen können. Bereits seit längerem trog sie ihr Empfinden für Zeit.

Irgendwann sprach ein Mann sie an, bekleidet mit einer dunkelgrauen Uniform, die die Aufschrift ›Gebäudeschutz‹ zierte. Er führte einen Schäferhund mit Maulkorb an kurzer Leine.

»Kann ich Ihnen behilflich sein?«

Sie spürte, dass sie etwas sagen wollte, wusste aber nicht mehr, was es war.

»Ist alles in Ordnung mit Ihnen?«

Worte, sie suchte intensiv nach Worten. Ohne Ergebnis.

Oder hatte sie ihm eben geantwortet?

»Sie sehen ja ganz blass aus. Möchten Sie sich setzen?«

Ohne Gegenwehr ließ sie sich von dem Mann in einen nahe gelegenen kleinen Raum führen, dessen Einrichtung vor ihren Augen verschwamm. Als die Innenseiten ihrer Knie die Kante eines Stuhls berührten, setzte sie sich einfach hin.

Sprach der Mann schon wieder?

Seine Stimme hörte sich nun an, als käme sie aus weiter Ferne.

»Nein, ich kenne die Frau nicht. Ich arbeite schon seit mehr als zehn Jahren hier und habe sie noch nie gesehen.«

Der Mann nannte eine Adresse in der Friedrichstraße.

»Ja, ich warte«, sagte er, dann hörte sie ein Klicken.

Wie ein Schemen wanderte der Graugekleidete nun um sie herum.

Redete er mit sich oder zu ihr?

Wo hatte sie noch mal hingewollt?

Ach ja: das ›Le Mirage‹! Simon wartete sicher bereits auf sie.

Sie versuchte, ihren kleinen Finger zu bewegen. Es gelang ihr nicht.

Zu der einen Stimme gesellten sich zwei weitere. Sie gehörten zu zwei Männern in blauen Uniformen.

Der eine der beiden löste die Handtasche von ihrem Körper. Sie ließ es geschehen.

Er kramte darin und nannte einen Namen, den sie nicht kannte. Sein Partner wiederholte ihn ungläubig und sprach daraufhin schnell und aufgeregt.

»Gesuchte Person.«

Sprachfetzen erreichten ihr Ohr.

»Fahndung.«

»Kindesentführung.«

Schließlich stellten die beiden Blaugekleideten sie auf die Beine, führten sie nach draußen und halfen ihr beim Einstieg in ein Polizeiauto.

36. KAPITEL

Wenige Stunden vor der Katharsis; frühmorgens

Manthey fühlte sich – mal wieder – wie in der sprichwörtlichen Sardinenbüchse.

Er hasste die Enge der mobilen Einsatzzentrale des SEK. Bei jeder Bewegung seines Körpers eckte er irgendwo an. Entweder am technischen Equipment oder an seinem Kollegen Schultheiss, der unmittelbar neben ihm saß. Beide trugen sie Headsets und starrten auf die unscharfen und wackeligen Bilder der sechs Monitore vor sich, die in zwei Reihen à drei Geräten angeordnet waren.

Die Nacht war noch nicht vorüber, und Manthey hoffte, Thorsten Hinz im Schlaf überraschen zu können.

In einer benachbarten Straße stand vorsorglich ein Krankenwagen bereit.

Schultheiss' Stimme erklang doppelt und leicht versetzt, denn Manthey hörte seinen Kollegen sowohl direkt neben sich als auch über den Kopfhörer.

»Alpha?«, fragte Schultheiss.

»Alpha auf Position«, erklang, unterlegt mit einem Rauschen, eine männliche Stimme. »Südostecke des Objekts, Süd- und Ostseite des Objekts im Blick, stehe halb verdeckt hinter einem Baum.«

Auf dem linken, oberen Bildschirm konnte Manthey Frontseite und Eingangstür des Rangsdorfer Einfamilienhauses erkennen. Langsam zuckelnd schwenkte die Ansicht und zeigte nun eine andere Seite des Hauses. Hinter keinem der Fenster brannte Licht. Manthey justierte nach, um die Konturen zu schärfen.

»Nachtsichtkamera in Ordnung, Alpha, auf Position bleiben.«

»Alpha verstanden.«

»Bravo?«

»Bravo auf Position«, antwortete eine tiefe Stimme. Hätte Manthey nicht gewusst, dass sie zu einer Frau gehörte, hätte er sie eindeutig als männlich eingestuft.

»Nordwestecke des Objekts.«

Auf dem Monitor in der Mitte der oberen Reihe erschien die Seite des Hauses, an der eine Treppe in den Keller hinabführte; der Keller, von dem Jacqueline Hinz berichtet hatte. Dann zeigte die Helmkamera die Rückseite des Gebäudes mit breiten Fenstern und einer Terrassentür.

Ab und zu verdeckten die Schemen von Blättern die Sicht; aber auch hier war alles ruhig.

»Nord- und Westseite des Objekts im Blick, befinde mich in einem Busch.«

»Nachtsichtkamera in Ordnung, Bravo, auf Position bleiben.«

»Bravo verstanden.«

»Charly und Delta?«, fragte Schultheiss.

»Charly und Delta auf Position«, übertrug Mantheys Headset.

»Echo und Foxtrott?«

»Echo und Foxtrott auf Position.«

Die vier restlichen Kontrollbildschirme zeigten aus unterschiedlicher Perspektive den Rücken einer Person in schwarzem Kampfanzug, die sich in einem Gebüsch versteckte.

Vereinbarungsgemäß hatten sich die vier SEK-Beamten hinter der Kollegin mit dem Codenamen ›Bravo‹ postiert.

Schultheiss bestätigte die ordnungsgemäße Funktion der Geräte.

Jetzt ergriff Manthey das Wort: »Charly und Delta, Terrassentür.«

»Charly verstanden.«

»Echo und Foxtrott, Kellerabgang.«

»Echo verstanden.«

Auf den Bildern, die die im Busch lauernde Kollegin übermittelte, erschienen vier Uniformierte, die sich ans Gebäude heranpirschten. Während auf den linken oberen Monitoren alles beim Alten blieb, veränderten sich die vier übrigen Darstellungen nun sehr rasch.

Bereits nach wenigen Sekunden erkannte Manthey auf den Übertragungen von Charly und Delta das vage Innere eines Wohnzimmers.

Ein schwacher, flackernder Lichtschein erhellte den Raum. Manthey kniff die Augen zusammen und identifizierte einen eingeschalteten Fernseher, der mit der Rückseite zur Terrassentür stand und für das Restlicht verantwortlich war.

Delta fokussierte die Sitzgruppe hinter dem Fernseher: Kein Mensch zu sehen.

Auf dem Wohnzimmertisch diverse Gegenstände, vermutlich Geschirr. Alles wirkte unauffällig und unverdächtig.

Echo richtete das Objektiv auf die zerschlagene Milchglasscheibe der Kellertür.

»Hier Echo, sollen wir rein?«

»Bestätigt, Echo«, sagte Manthey.

Man sah, wie Echo die Türklinke hinunterdrückte. Ergebnislos.

Seine Kamera näherte sich nun dem Scherbenkranz und zeigte dahinter einen kurzen Kellerflur. Niemand darin zu sehen. Echo ging einen Schritt zurück.

Dann streckte Foxtrott seine Hand durch die Öffnung und griff nach innen. Leer zog er sie wieder heraus.

»Hier Charly, Terrassentür und Fenster verschlossen.«

»Hier Echo, Kellertür verschlossen.«

Ohne lange zu zögern, erteilte Manthey den Einsatzbefehl.

»Alpha und Bravo auf Position bleiben. Charly, Delta, Echo, Foxtrott, gleichzeitiger Zugriff.«

Alle bestätigten.

»Jetzt«, gab Manthey das Kommando.

Lärm brandete durch seinen Kopfhörer. Augenblicklich vermischte sich das Bersten einer Tür mit dem Brechen eines Schlosses und dem Klirren von Glas. Wenn sich tatsächlich noch jemand im Inneren des Hauses aufhielt, so wusste er nun, was die Stunde geschlagen hatte.

Mantheys Alternative wäre gewesen, die Schlösser mittels Werkzeug öffnen zu lassen. Seiner Erfahrung nach ging das selten geräuschlos vonstatten und warnte in der Regel die gesuchte Person, sodass diese ausreichend Zeit hatte, sich auf die Eindringlinge vorzubereiten.

Jetzt hatten sie zumindest das Überraschungsmoment auf ihrer Seite.

Entsprechend schnell agierten die Einsatzkräfte.

In rascher Folge wechselten auf Charlies und Deltas Monitoren die Ansichten aus dem Wohnzimmer. Deutlich zu sehen die durchgestreckten Arme der Beamten mit den Pistolen in den Händen. Sie blickten sich um, untersuchten Schränke und Kommoden und sicherten sich dabei gegenseitig ab.

»Hier Charly, im Wohnzimmer ist niemand.«

Echos Kamera lieferte gleichzeitig das Bild von Foxtrott, wie er eine Kellertür nach der anderen eintrat, während Echo ihm Deckung gab.

Heizungsraum, Rumpelkammer und Waschküche tauchten in rascher Folge auf. In keinem der drei Räume schien es Versteckmöglichkeiten für einen Erwachsenen zu geben.

Deltas Objektiv übertrug inzwischen Bilder aus dem Flur. Auch dort befand sich keine Menschenseele.

Währenddessen erreichte Foxtrott die vierte Kellertür. Sie zersplitterte unter Foxtrotts Springerstiefeln.

Da!

Lukas.

Der Fokus Foxtrotts verharrte auf dem Jungen.

Er lebte!

Im Schneidersitz saß er auf einer Matratze – er wirkte unverletzt. Es schien so, als blicke er genau in die Linse. Trotz der Unschärfe des Bilds erkannte Manthey die Angst in seinen Augen. Gleichzeitig wirkte er apathisch.

Jetzt schaute Lukas nach links, an Foxtrott vorbei.

Foxtrott drehte den Kopf.

Zu spät!

Urplötzlich zeigten seine Bilder den Kellerboden, dann änderten sich die Ausschnitte in Sekundenbruchteilen, als hätte ein tobender Wahnsinniger die Kameraführung übernommen.

Schließlich blieb das Objektiv auf eine graue Stelle der Kellerwand ausgerichtet. Foxtrott war ausgeschaltet. Er lag am Boden.

Echo richtete seinen Blick auf eine Eisenstange, die eben auf den Betonboden aufschlug. Schnell sah Echo wieder auf, und Manthey erkannte auf dem Bildschirm Thorsten Hinz, der sich nach einer Pistole bückte. Foxtrotts Waffe. Sie musste ihm beim Fallen aus der Hand geglitten sein.

Während Hinz die Pistole anhob, glitt sein Daumen über den Entsicherungshebel.

Er richtete die Mündung genau auf Echos Körper. Manthey hatte den Eindruck, Hinz ziele auf ihn selbst.

Einen Herzschlag lang fror für Manthey die Zeit ein. Zur Untätigkeit verdammt, verharrte er.

Geräuschlos und wie von Zauberhand erschien plötzlich ein Loch auf der Stirn von Thorsten Hinz.

Sekundenbruchteile später schossen hinter Hinz Teile seines Gehirns und Blut durch den Raum und bespritzten Boden, Wände und den immer noch auf der Matratze sitzenden Jungen.

Zuerst erschlaffte Hinz' Waffenhand, dann sackte der gesamte Körper in sich zusammen.

Die Kamera schwenkte über den nun bewegungslos am Boden Liegenden. Kein Zweifel, Thorsten Hinz war tot.

»Hier Echo, Situation unter Kontrolle.«

Manthey atmete auf.

»An alle: Einsatz beendet.«

Er hastete aus dem Einsatzwagen.

»Rufen Sie den Krankenwagen, Schultheiss, und schildern Sie die Situation.«

Beim Verlassen des Fahrzeugs prellte er sich die Schulter. Es kümmerte ihn nicht.

Er lief zum Kellerabgang, die Stufen hinab und den Weg entlang, den er von der Übertragung kannte.

Den verstörten, mit Blut und Hirnmasse besudelten Jungen leibhaftig vor sich zu sehen berührte ihn deutlich mehr als das verwackelte Bild auf dem Monitor eben.

Lukas' Augen blickten fassungslos zum Leichnam von Thorsten Hinz, dessen Kopf in einer roten Lache lag, die immer größer wurde.

Über den Kopfhörer vernahm Manthey leises Stöhnen.

Er blickte auf den vor ihm liegenden Polizisten. Kein Blut. Äußerlich schien er unverletzt, doch krümmte er sich immer noch vor Schmerzen. Der Kollege, der den Codenamen ›Echo‹ getragen hatte, kümmerte sich bereits um ihn.

Unmittelbar nach Manthey waren auch die beiden Beamten aus dem Erdgeschoss eingetroffen.

»In den oberen Räumen befindet sich niemand mehr«, sagte einer der beiden leise.

Manthey stieg über den Verletzten und ging hinüber zu Lukas.

Vorsichtig setzte er sich neben ihn und versuchte, ihn zu berühren.

Ohne den Blick von Thorsten Hinz zu wenden, wich Lukas zurück.

»Hier Schultheiss, Krankenwagen ist unterwegs«, hörte Manthey übers Headset.

»Wir brauchen auch einen Kinderpsychologen«, antwortete Manthey.

»Verstanden.«

Erst jetzt bemerkte Manthey, dass Lukas einen Gegenstand in der Hand hielt. Eine Kunststofffigur.

Manthey kannte sie aus den Trickfilmen, die sich seine Frau immer ansah.

SpongeBob.

Die Figur, die Lukas umklammerte, trug eine kampfbereite Harpune.

37. KAPITEL

Katharsis

In der oberen Hälfte der Krankenzimmertür war eine durchsichtige, schlagsichere Kunststoffscheibe eingelassen. Durch sie konnten Ärzte und Pfleger die Patienten beobachten.

Rakowski stand davor und sah in den Raum. Er wirkte hochkonzentriert, und Manthey hatte das Gefühl, Rakowski habe gar nicht bemerkt, wie er neben ihn getreten war.

Manthey folgte Rakowskis Blick.

Jacqueline Hinz' neues Zimmer war deutlich spartanischer eingerichtet als das vorherige: lediglich ein Bett und ein kleiner Beistelltisch. Nichts, was sie hätte als Waffe einsetzen können.

Keine Duschkabine – nur ein Waschbecken, das in die Wand eingelassen war.

Jacqueline trug ein weißes Kliniknachthemd und ging im Raum auf und ab. Ihre Lippen bildeten Worte.

Manthey bemerkte erstaunt, dass Jacquelines Gesichtsausdruck glücklich und zufrieden wirkte.

»Und? Haben Sie erreicht, was Sie wollten?«

Manthey wandte sich Rakowski zu, doch dieser starrte weiterhin reglos durch die Scheibe.

»Ja«, antwortete Manthey leise. »Wir haben den Jungen.«

»Ist er am Leben?«

»Ja, am Leben und unverletzt.«

»Gut.«

Der vorwurfsvolle Tonfall, der in den beiden Fragen noch mitgeschwungen hatte, war verschwunden.

Ob und wie sehr Manthey selbst durch seine ungestüme Art für Jacquelines Schicksal mitverantwortlich war, konnte er nicht beurteilen. Selbst wenn, die Rettung des Jungen war den Preis wert gewesen. Im tiefsten Inneren seines Herzens musste dies auch Rakowski klar sein.

Jacqueline beugte sich nach vorn und tätschelte einem imaginären Kind die Wange. Dann drehte sie sich zur Seite und flirtete mit der Wand. Ihre Wangen röteten sich, ihr Mund formte sich zu einem Kuss. Als Nächstes tat sie so, als würde sie sich eine Handtasche über die Schulter hängen.

»Wollen wir ein paar Schritte übers Gelände gehen?«, fragte Rakowski.

Noch immer sah der Psychologe Manthey nicht an.

»Gerne.«

Rakowski schritt voran, den Gang entlang, die Treppen hinunter; gemeinsam erreichten sie den klinikeigenen Park.

Keiner der beiden Männer sprach ein Wort.

Es war noch früh am Morgen, doch der wolkenfreie Himmel kündigte einen weiteren heißen Sommertag an. In der Ferne, zwischen den Bäumen, drehte ein einzelner Jogger seine Runde.

Das Gras stand in sattem Grün; eine Bewässerungsanlage sorgte für Feuchtigkeit; in einem Schlehenbusch stritten zwei Spatzen miteinander.

Bereits nach wenigen Metern stellte sich Ruhe in Manthey ein. Er spürte, wie endlich die Last und die Anspannung der vergangenen Tage von ihm abfielen.

»Wie ist der Einsatz verlaufen?«, brach Rakowski schließlich das Schweigen.

»Thorsten Hinz ist tot.«

Manthey wartete, aber Rakowski fragte nicht weiter nach. Also begann er von sich aus zu erzählen.

»Er hatte Lukas in einem Kellerraum eingesperrt. Als mein Kollege die Tür eintrat, wurde er von Hinz mit einer Eisenstange empfangen.«

Sie passierten die hellbraunen Backsteingebäude der Klinikverwaltung.

»Keine Ahnung, ob er da schon längere Zeit auf der Lauer lag, oder ob er unser Eindringen bemerkt und sich erst dann bewaffnet hat. Das Überraschungsmoment war jedenfalls auf seiner Seite.«

»Was ist mit Ihrem Kollegen?«

»Drei Rippen sind gebrochen. Abgesehen davon geht es ihm gut.«

Manthey rieb sich die Schulter. Seine Gedanken kehrten zurück zu dem Zeitpunkt, als Sanitäter den verletzten

Beamten auf einer Trage in ihren Krankenwagen befördert hatten. Auf einer zweiten hatte der Leichnam von Thorsten Hinz gelegen, bedeckt mit einem schwarzen Tuch.

»Und der Junge ist wohlauf?«

»Körperlich ja. Er hat zwar in den letzten Tagen wenig gegessen, wie es scheint, und ein paar blaue Flecken abbekommen – ansonsten wirkt er aber physisch stabil. Seine Psyche ist eine andere Geschichte. Er machte einen eingeschüchterten und verwirrten Eindruck auf mich und stand unter Schock. Im Moment kümmert sich eine Polizeipsychologin um ihn. Seine Eltern sind informiert und auf dem Weg zu ihm.«

»Prognosen, wie jemand eine derartige Extremsituation verkraftet, sind schwierig.«

»Ich nehme an, Sie sprechen von Lukas *und* von Jacqueline?«

»Ja, mir ist die Täterin ebenso wichtig wie das Opfer.«

Manthey verstand die Spitze. Er ließ Rakowski seine Meinung.

»Ich kenne Fälle«, fuhr Rakowski fort, »in denen die Betroffenen durchaus wieder ins Leben zurückfanden und es halbwegs normal weiterführen konnten.«

Hinter der nächsten Biegung tauchte das Klinikgebäude zwischen den Bäumen auf. Ihr gemeinsamer Rundgang war zu Ende.

»Es gab aber auch schon Patienten, die nie wieder aus ihrer Phantasiewelt zurückkehrten.«

38. KAPITEL

Jacquelines Berichterstattung

Es klopfte.

Ehe Jacqueline ›herein‹ sagen konnte, öffnete sich bereits die Krankenzimmertür.

Lukas sah kurz umher, dann stürmte er freudestrahlend zum Bett.

Jacqueline breitete die Arme aus. Nachdem Lukas zu ihr hochgeklettert war, drückte sie ihn glücklich an sich.

Hinter ihm hatte René den Raum betreten, in der Hand einen Strauß roter und weißer Rosen. Er schien im Büro gewesen zu sein, denn er trug den Anzug, in dem ihn Jacqueline so gerne sah.

René beugte sich zu ihr hinab und küsste sie.

Sie fühlte sich im siebten Himmel, war froh, ihre beiden Liebsten so nahe bei sich zu haben.

Sie lächelte.

»Wie geht es dir heute?«, fragte René sanft, während Lukas wieder vom Bett hinunterrutschte.

»Die Kopfschmerzen sind unverändert«, antwortete sie.

»Das tut mir leid.«

»Dr. Rakowski kümmert sich gut um mich. Er hat mir neue Medikamente verschrieben.«

Sie deutete auf die dreiteilige Tablettenbox auf dem Beistelltisch. Unter den durchsichtigen Kunststoffdeckeln, beschriftet mit ›morgens‹, ›mittags‹ und ›abends‹, konnte man Pillen in Violett, Blau und hellem Grün erkennen.

»Er ist sich sicher, die Schmerzen bald in den Griff zu bekommen.«

»Ich habe gerade eben kurz mit ihm gesprochen. Ich glaube auch, dass du mit ihm eine gute Wahl getroffen hast.«

Eine Schwester kam ins Zimmer. Sie brachte eine Blumenvase, in die sie nun Renés Rosen steckte.

Sie stellte die Vase auf den Tisch am Fenster, und René bedankte sich bei ihr.

Lukas setzte sich an den Tisch, und Jacqueline beobachtete, wie er etwas auf ein Stück Papier kritzelte. Den Stift und das Papier musste er mitgebracht haben, denn sie erinnerte sich nicht daran, dass Schreibutensilien auf dem Tisch gelegen hätten.

Lukas war fertig und stand auf.

Mit selbstbewusstem Lächeln ging er auf Jacqueline zu und überreichte ihr sein Werk.

»Jetzt hatte ich endlich den letzten Buchstaben in der Schule.«

Jacqueline nahm das Papier entgegen und las:

LUKAS

JACQUELINE

Zufrieden strich sie ihrem Sohn über die Wange.

»Das hast du toll gemacht. Ich bin so stolz auf dich.«

Lukas freute sich sichtlich über das Lob.

Als sie sich wieder René zuwandte, erkannte sie das Begehren in seinem Blick.

Sie genoss es.

Renés Wangen färbten sich rot.

»Der neue Pyjama steht dir übrigens hervorragend«, sagte er ablenkend; vermutlich fühlte er sich ertappt.

»Nicht wahr?«

Sie strich mit der Hand über den rosafarbenen Baumwolljersey an ihrer Brust und ihrer Schulter.

»Und er fühlt sich auch gut an.«

Ihre Finger glitten weiter den Ärmel entlang und rieben schließlich an der feinen, weißen Spitzenborte auf Höhe ihres Oberarms.

»Mutter hat ihn mir gekauft. Er ist aus dem Lafayette.«

»Deine Mutter hat – wie immer – einen vorzüglichen Geschmack bewiesen.«

»Ja, das hat sie.«

»Wann darfst du denn endlich wieder nach Hause, Mama?«, mischte sich Lukas ein.

Jacqueline sah ihrem Sohn in die Augen.

»Bald, Lukas, bald.«

EPILOG

Manthey spürte die Müdigkeit in seinem ganzen Körper. Dennoch hatte er es sich nicht nehmen lassen, seinen Bericht fertigzuschreiben, ehe er am späten Vormittag Feierabend machte.

Seit mehr als vierundzwanzig Stunden war er nun ununterbrochen auf den Beinen. Diverse Tassen Kaffee hatten ihm ausreichend Kraft gegeben, die wichtigsten Formalien des Entführungsfalls unmittelbar nach dessen Abschluss zu erledigen.

Für die Autofahrt nach Hause hatte er seine letzten Energiereserven mobilisiert. Kaum war er auf dem Parkplatz in der Potsdamer Wohnsiedlung angekommen und hatte den Zündschlüssel abgezogen, überfiel ihn die Erschöpfung, gegen die er sich so lange gesträubt hatte.

Obwohl er äußerst zufrieden damit war, dass sie den kleinen Lukas gesund hatten retten können, trottete er mit hängenden Schultern vom Parkplatz zum Wohnblock.

Zu Hause führte ihn sein Weg zuerst ins Wohnzimmer.

Seine Frau saß im Schneidersitz auf dem Sofa, auf ihrem Schoß eine etwa fünfzig Zentimeter große Puppe mit einem Porzellankopf.

Vera hielt die Puppe im Arm, als handele es sich dabei um ein Baby.

Dass ihr Mann gekommen war, schien sie nicht bemerkt zu haben.

Manthey nahm ihr gegenüber auf einem Sessel Platz.

Er betrachtete die Puppe, dachte an seine tote Tochter Kathleen und erzählte von Lukas Adam.

Vera blickte weiterhin auf das lächelnde Porzellangesicht, während er ihr in aller Ausführlichkeit von der Vernehmung berichtete, vom Polizeieinsatz in Rangsdorf und von der Rettung des Jungen.

»Sie lebt in einer Traumwelt«, endete er. »Es steht in den Sternen, ob sie jemals daraus zurückfinden wird.«

Vera Manthey hob ihren Kopf und sah ihrem Mann ins Gesicht.

Es war Manthey nicht möglich, ihren seltsamen Ausdruck zu deuten.

Die Puppe rutschte von ihrem Schoß, bis Vera nur noch die Füße festhielt und der Kopf nach unten baumelte.

Schließlich ließ sie auch die Füße los.

Scheppernd krachte der Puppenkopf auf den Parkettboden und zersprang in Dutzende von Scherben.

Nichts deutete mehr darauf hin, dass die bunten Porzellanteile früher ein fröhliches Puppengesicht ergeben hatten.

Manthey zuckte zusammen, doch seine Frau blieb seelenruhig sitzen.

Manthey sah wieder auf; seine Frau hielt seinem Blick stand, während sie langsam zu sprechen begann.

»Ich war noch nie in meinem Leben am Kurfürstendamm … an der Gedächtniskirche … im KaDeWe.«

Manthey erkannte in ihren Augen den Glanz, den er mehr als zwanzig Jahre schmerzlich vermisst hatte.

In derselben Sekunde wusste er, dass sich das Warten gelohnt hatte.

Seine Müdigkeit war wie weggeblasen.

Er stand auf und streckte seiner Frau auffordernd die Hand entgegen, um ihr den Beginn der kurzen und doch so langen Reise so angenehm wie möglich zu gestalten.

»Dann lass uns keine Zeit mehr verlieren«, sagte er.

Sie ergriff seine Hand und folgte ihm.

Ein herzliches Dankeschön …

… an meine Testleser Barbara Albrecht, Dirk Müller-Hagen, Doreen Harcke, Grit Lohann, Markus Collet und Matthias Habenicht.
… an Markus Collet (www.mcbs.de) für die Erstellung meiner Autoren-Homepage.
… an Annekatrin Heuer und Carlos Westerkamp für die Betreuung und das Lektorat im Hause Ullstein.
… an meinen Agenten Holger Kuntze.
… an Sie, dass Sie meinen Roman gelesen haben. – Ich hoffe sehr, dass er Ihnen gefallen hat.

Wenn Sie sich über mein weiteres Schaffen informieren möchten, so besuchen Sie gerne meine Homepage www.siegfriedlanger.de, meinen Blog www.siegfriedlanger.blogspot.com oder ›befreunden‹ Sie sich mit mir auf Facebook.

Liebe Grüße,
Siegfried Langer

Elisabeth Herrmann

Die letzte Instanz

Kriminalroman. www.list-taschenbuch.de

ISBN 978-3-548-60764-1

Eine Schachtel mit vergilbten Zeitungsausschnitten, ein Schrank mit unberührten Kindersachen, ein Schlafzimmer, das leersteht. Anwalt Joachim Vernau vertritt Margarethe Altenburg, die vor dem Berliner Landgericht auf einen Mann geschossen hat. Ihr Haus wirkt verstörend auf Vernau. Wie gut kennt er die alte Dame wirklich? Da geschehen weitere Morde. Die Fäden laufen an einem Ort zusammen: im Landgericht. Dort scheint Justitia mehr als einmal versagt zu haben. Vernau steht plötzlich vor der Frage: Was ist Gerechtigkeit?

»Es ist die faszinierende Mischung aus Realität, gut recherchierten wahren Begebenheiten und einer spannenden Krimihandlung, die alle Höhen und Tiefen des menschlichen Miteinanders abbildet.«
www.krimi-forum.de

List Taschenbuch

L393

Camilla Läckberg
Die Totgesagten

Kriminalroman. www.list-taschenbuch.de
ISBN 978-3-548-60961-4

Die Hochzeitsvorbereitungen von Erica Falck und Patrik Hedström werden von einer blutigen Mordserie überschattet. Die einzige Fährte: Neben den brutal zugerichteten Frauen finden die Ermittler eine Seite aus dem Märchen *Hänsel und Gretel*. Virtuos enthüllt Camilla Läckberg die Abgründe menschlicher Beziehungen, die sich hinter den idyllischen Fassaden des Städtchens Tanumshede auftun.

»Super Krimi!« *Brigitte*

»Der neue skandinavische Krimi-Star« *Freundin*

»Camilla Läckberg ist eine Krimi-Queen!«
Bild am Sonntag

List Taschenbuch

L391